Maxim Gorki

Jahrmarkt in Holtwa

aufbau

MAXIM GORKI

JAHRMARKT IN HOLTWA

MEISTERERZÄHLUNGEN

Aus dem Russischen
von Ganna-Maria Braungardt

Mit einem Geleitwort von Olga Grjasnowa
und einem Nachwort von Christa Ebert

aufbau

Ausgewählt von Marlies Juhnke

MIX
Papier aus verantwortungsvollen Quellen
FSC® C083411

ISBN 978-3-351-03708-6

Aufbau ist eine Marke der Aufbau Verlag GmbH & Co. KG

1. Auflage 2018

Einbandgestaltung zero-media.net, München
Satz LVD GmbH, Berlin
Druck und Binden CPI books GmbH, Leck, Germany
Printed in Germany

www.aufbau-verlag.de

Inhaltsverzeichnis

Gorki und ich

Der Geist Maxim Gorkis verfolgt mich schon mein Leben lang. Nicht allein seine Literatur, sondern auch sein kulturpolitisches Wirken prägten meinen Weg, insbesondere die Institutionen, die seinen Namen tragen.

Angefangen hat es in der Grundschule, als Gorkis Porträt neben dem von Alexander Puschkin auf mich fünfmal in der Woche herabsah. Es war die berühmte Aufnahme mit dem mächtigen Schnurrbart und dem Mittelscheitel. Sie flößte mir nicht Respekt, sondern Angst ein.

Gorkis Erzählungen las ich erst Jahre später, viele zum ersten Mal in diesem Buch. Von seinen Stücken durfte ich einige auf der Bühne sehen – Nachtasyl, Sommergäste, Kinder der Sonne.

Sie haben mich stark beeindruckt, und ich habe mir immer wieder vorgenommen, Gorkis Werke zu lesen, nur kam ich nicht dazu.

Als ich am Deutschen Literaturinstitut in Leipzig studierte, sollte ich für den damaligen Rektor des Maxim-Gorki-Literaturinstituts in Moskau, Boris Tarassow, dolmetschen. Eigentlich bin ich nur für jemanden eingesprungen. Tarassow war nach Leipzig gekommen, um über eine mögliche Zusammenarbeit der Literaturinstitute zu sprechen. Das Maxim-Gorki-Literaturinstitut in Moskau ist eine Legende. Noch heute ist es die Kaderschmiede russischsprachiger Schriftsteller, Literaturübersetzer und Kritiker, unter ihnen Jewgeni Jewtuschenko, Bella Achmadulina, Juri Andruchowitsch, Viktor Pelewin, Juri Kasakow, Fasil Iskander und Anatoli Pristawkin.

Maxim Gorki hatte 1933 die Gründung des Instituts angeregt, da er erkannt hatte, dass Schriftsteller, Literaturkritiker und Übersetzer eine fundierte Ausbildung brauchen. 1936 erhielt das Institut seinen Namen. Nach dem russischen Vorbild wurde das Literarturinstitut in Leipzig gegründet, das in der DDR den Namen Johannes R. Becher trug.

Irgendwie habe ich damals meine Schüchternheit überwunden und Boris Tarassow gefragt, ob ich an seinem Institut ein Austauschsemester machen dürfte. Ein halbes Jahr später saß ich im Flugzeug nach Moskau.

Das Niveau der Lehre am Institut war tatsächlich überwältigend, und auch für meine berufliche Laufbahn erwies sich dieser Aufenthalt als ein sehr wichtiger. Denn Schreiben ist auch ein Handwerk und kann durch ein Studium auf ein höheres Niveau gehoben werden, oder um einen meiner Lieblingssätze Maxim Gorkis zu zitieren: »Man muss kein Kind geboren haben, um über eine Geburt zu schreiben.«

Im Wohnheim des Instituts waren die ausländischen Studenten in einem gesonderten Flügel untergebracht, der mit dem »russischen« Wohnheim allein über einen gemeinsamen Keller verbunden war. Der »russische« Teil des Wohnheims war allerdings für uns »Ausländer« sehr wichtig, denn nur dort gab es zwei Waschmaschinen – in unserem Teil durften keine angeschlossen werden. Deshalb benutzte meine koreanische Mitbewohnerin ihre Waschmaschine als Nachttisch, vier Jahre lang. Wir, Studenten und Doktoranden um die dreißig, schlichen also immer wieder durch den Keller in den anderen Teil des Wohnheims, vorbei an einem schlechtgelaunten Wachmann und voller Sorge, erwischt zu werden.

Erlaubt waren in unserem Teil jedoch externe Mieter, die nichts mit dem Literaturinstitut zu tun hatten – allen voran Zirkusartisten und Arbeitsmigranten aus dem Kaukasus. Sie nutzten das Wohnheim als billiges Hotel. Ich habe von ihnen viel über die Aufzucht und die Trainingsmethoden von Pinguinen gelernt. Maxim Gorki hätte es sicherlich gefallen.

Ein paar Jahre später übernahm Shermin Langhoff die Intendanz des Maxim Gorki Theaters in Berlin, und eine neue Ära brach für dieses ehrwürdige Theater an. Es wurde »post-migrantisch«. Auch meine beiden Romane wurden dort für die Bühne dramatisiert. Das Theater ist für mich ein zweites Zuhause. Ich habe dort viele Freunde gefunden und enorme künstlerische und intellektuelle Anregungen erhalten. Zurzeit ist mein Mann Oberspielleiter des neugegründeten Exil-Ensembles. Auch dieses Exil-Ensemble ist etwas, das Gorki, der viele Jahre seines Lebens im Exil verbrachte, bestimmt gefallen hätte.

Obwohl die russische Gesamtausgabe der Werke Maxim Gorkis in meinem Bücherregal steht, habe ich erst jetzt, nach vielen Jahren der Abstinenz, wieder darin gelesen. Vielleicht liegt es daran, dass ich Gorki niemals lesen »musste« – im Gegensatz zu Generationen sowjetischer Schüler vor mir. Ich wurde nach dem Zusammenbruch der UdSSR eingeschult, und möglicherweise waren da schon alle so müde von der Pflichtlektüre, dass man sich noch nicht einmal die Mühe machte, die nach Gorki benannten Institutionen und Denkmäler zu ersetzen. Auch am Maxim-Gorki-Literaturinstitut wird auffallend wenig Gorki gelesen und am Maxim-Gorki-Theater wenig Gorki gespielt. Er verschwindet allmählich, und die Erinnerung an ihn wird überschrieben. Was schade wäre, denn kaum jemand durchschaut die Armut und die moderne Gesellschaft, ihre Kleinbürger, Betrüger und Kleinkriminelle besser als Maxim Gorki. Vielleicht wäre es nun endlich an der Zeit, sich neu mit seinem Werk auseinanderzusetzen.

Olga Grjasnowa

Jemeljan Piljai

Uns bleibt nichts weiter übrig, wir müssen ins Salz! Die Saline, das is ne verfluchte Plackerei, aber es muss sein, sonst kommts noch so weit, dass wir verhungern.«

Nach diesen Worten zog mein Kamerad Jemeljan Piljai zum zehnten Mal den Tabaksbeutel aus der Tasche, überzeugte sich, dass der noch ebenso leer war wie am Tag zuvor, spuckte aus, drehte sich auf den Rücken und schaute, vor sich hin pfeifend, in den wolkenlosen, Hitze verströmenden Himmel. Wir beide lagen hungrig auf einer sandigen Landzunge drei Werst vor Odessa, von wo wir fortgegangen waren, weil wir keine Arbeit gefunden hatten. Jemeljan streckte sich im Sand aus, den Kopf der Steppe, die Beine dem Meer zugewandt, und die Wellen, die sanft rauschend ans Ufer rollten, wuschen seine schmutzigen nackten Füße. Er blinzelte gegen die Sonne, rekelte sich bald wie eine Katze, bald rückte er näher zum Meer hin, sodass ihn die Welle fast bis zu den Schultern überspülte. Er mochte das. Ich blickte zum Hafen hinüber, wo sich ein Wald in schwere schwarzgraue Rauchwolken gehüllter Masten erhob, von wo das dumpfe Rasseln von Ankerketten drang und die Pfiffe von Lokomotiven.

Ich entdeckte nichts, was unsere erloschene Hoffnung auf Verdienst hätte wiederbeleben können, stand auf und sagte zu Jemeljan: »Na dann, auf zum Salz!«

»Ja … geh! Aber wirst du das schaffen?«, fragte er gedehnt, ohne mich anzusehen.

»Das sehn wir dort.«

»Wir gehn also hin?«

»Versteht sich!«

»Gut! Na, das ist ein Wort … auf denn! Und das verfluchte Odessa – hols der Teufel! –, das bleibt hier, wo es ist. Hafenstadt! In der Erde soll sie versinken!«

»Schön, steh auf, gehn wir los; fluchen hilft nicht.«

»Wohin? Zum Salz, wie? Ja. Aber weißt du, Bruder, da beim Salz, das bringt auch nichts, selbst wenn wir hingehn.«

»Aber du hast doch gesagt, wir müssen hin.«

»Das ist wahr, das hab ich gesagt. Was ich gesagt hab, hab ich gesagt; meine Worte nehme ich nicht zurück. Aber es wird nichts bringen, das ist auch wahr.«

»Warum denn nicht?«

»Warum? Meinst du, die warten da auf uns, von wegen, bitte, liebe Herren Jemeljan und Maxim, seid so gut, zerschindet euch für uns die Knochen, dafür kriegt ihr ein paar Groschen! O nein, so läuft das nicht! Die Sache ist doch so: Jetzt sind wir beide, du und ich, selber Herr über unsere Haut …«

»Schon gut, genug! Auf jetzt!«

»Warte! Wir müssen zum Herrn Vorsteher von dieser Saline gehn und mit aller Hochachtung zu ihm sagen: ›Gnädiger Herr, hochverehrter Räuber und Blutsauger, wir sind gekommen, um Euer Gierigkeit unsere Haut anzubieten, wollen Sie nicht geruhen, sie uns für sechzig Kopeken am Tag abzuziehen!‹ Und dann …«

»Also los jetzt, steh auf und komm. Bis zum Abend schaffen wirs bis zu den Fischern; wenn wir ihnen das Schleppnetz einholen helfen, kriegen wir vielleicht ein Abendbrot.«

»Ein Abendbrot? Das ist richtig. Das kriegen wir; die Fischer sind ein gutes Völkchen. Ja, gehen wir … Aber nützen wirds uns beiden nichts, mein Lieber, wir beide haben nun mal die ganze Woche nichts als Pech, so ist das.«

Er stand auf, klitschnass, reckte sich, schob die Hände in die Taschen seiner Hose, die er sich aus zwei Mehlsäcken genäht hatte, kramte darin und betrachtete belustigt die leeren Hände, die er hervorgezogen hatte und sich vors Gesicht hielt.

»Nichts! Ich such schon den vierten Tag, und immer – nichts! So ist das, mein Lieber!«

Wir gingen am Ufer entlang, wechselten nur hin und wieder ein paar Worte. Die Füße sanken in den weichen Sand ein, die Muscheln darin klapperten melodisch unter den sanften Schlägen der anrollenden Wellen. Bisweilen lagen da von einer Welle angespülte gallertartige Quallen, kleine Fische, merkwürdig geformte Holzstücke, durchnässt und schwarz … Vom Meer her wehte ein herrlicher frischer Wind, umfing uns mit Kühle und eilte weiter in die Steppe, wo er da und dort den feinen Sand aufwirbelte. Jemeljan, sonst immer fröhlich, war offenbar betrübt, und weil ich das bemerkte, versuchte ich ihn abzulenken.

»Komm, Jemelja, erzähl mir was!«

»Ich würd dir ja was erzähln, Bruder, aber mein Mundwerk ist schwach, denn mein Bauch ist leer. Der Bauch, das ist das Wichtigste am Menschen, einer kann noch so eine Missgeburt sein, aber jemanden ohne Bauch, den wirst du nicht finden! Und wenn der Ruhe hat, dann ist auch die Seele lebendig; alles menschliche Tun kommt vom Bauch …«

Er schwieg eine Weile.

»Ach, Bruder, wenn das Meer mir jetzt tausend Rubel vor die Füße werfen würde – platsch! Ich würd sofort eine Schenke aufmachen; dich würd ich als Gehilfen anstellen, und mir selber würd ich ein Bett unterm Tresen einrichten und einen Schlauch direkt aus dem Fass in meinen Mund legen. Sobald ich Lust hab auf einen Schluck vom Quell der Freude und des Frohsinns, befehl ich dir: ›Maxim, dreh den Hahn auf!‹, und dann – gluck, gluck, gluck – läufts direkt in meine Kehle. Trink, Jemelja! Eine guuute Sache, verdammt noch mal! Und die Bauern, die Herren der Schwarzerde – oho! –, die würd ich ordentlich plündern, denen würd ich das Fell über die Ohren ziehn! Wenn so einer kommt, was trinken will: ›Jemeljan Pawlytsch! Gib mir ein Gläschen auf Kredit!‹ – ›Wie? Was? Auf Kredit?! Du kriegst nichts auf Kredit!‹ – ›Jemeljan Pawlytsch, sei barmherzig!‹ – ›Bitte, gern: Bring mir dein Fuhrwerk, dann kriegst du ein Gläschen.‹ Ha-ha-ha! Quälen würd ich ihn, den Dickwanst!«

»Na, warum denn so grausam! Schau dich um, er hungert doch, der Bauer.«

»Waas? Er hungert? Und ich, hungere ich nicht? Ich, mein Lieber, ich hungere seit meiner Geburt, und das steht nicht im Gesetz geschrieben. Tjaa! Er hungert – warum? Eine Missernte? Bei ihm ist erst im Kopf Missernte, und dann auf dem Feld, so ist das! Warum gibts denn in andern Ländern keine Missernten?! Darum, weil die Leute da den Kopf nicht auf den Schultern tragen, damit sie sich dran kratzen können: Sie benutzen ihn zum Denken, so ist das! Dort, mein Lieber, dort kann man den Regen auf morgen verlegen, wenn er heute nicht gebraucht wird, und die Sonne ein Stück wegschieben, wenn sie zu sehr brennt. Und was haben wir für Mittel? Keine, mein Lieber … Ach was! Das ist alles Spaß. Aber wenn ich wirklich tausend Rubel hätte und eine Schenke, das wäre was Richtiges …«

Er verstummte und langte aus Gewohnheit nach seinem Tabaksbeutel, zog ihn heraus, stülpte ihn um, schaute hinein, spuckte wütend aus und warf ihn ins Meer.

Eine Welle erfasste den schmutzigen Beutel und wollte ihn schon forttragen, doch nachdem sie diese Gabe genauer betrachtet hatte, warf sie sie verärgert zurück ans Ufer.

»Du nimmst ihn nicht? O doch, das wirst du!«

Jemeljan packte den nassen Tabaksbeutel, steckte einen Stein hinein, holte weit aus und warf den Beutel ins Meer.

Ich lachte.

»He, was bleckst du die Zähne? So sind die Menschen!

Liest Bücher, trägt sogar welche mit sich rum, aber einen Menschen verstehen, das kann er nicht! Schreckgespenst, vieräugiges!«

Damit meinte er mich, und daran, dass Jemeljan mich vieräugiges Schreckgespenst nannte, erkannte ich, dass er sehr wütend auf mich war: Nur wenn er äußerst gereizt und voller Hass auf alles war, erlaubte er sich, über meine Brille zu spotten; eigentlich verlieh mir diese unfreiwillige Zierde in seinen Augen so viel Gewicht und Bedeutsamkeit, dass er mich in den ersten Tagen unserer Bekanntschaft nie anders als mit »Sie« und in einem respektvollen Ton ansprechen konnte, obwohl ich mit ihm zusammen auf einem rumänischen Dampfer Kohle schippte und genau wie er zerlumpt, zerkratzt und schwarz wie ein Teufel war.

Ich entschuldigte mich bei ihm, und um ihn etwas zu beruhigen, begann ich von fremden Ländern zu erzählen, versuchte ihm zu beweisen, dass seine Aussagen über die Steuerung von Wolken und Sonne ins Reich der Mythen gehörten.

»Sieh an! So ist das! Ach! Ja, ja …«, warf er hin und wieder ein; aber ich spürte, dass sein Interesse an fremden Ländern und dem Leben dort ungewohnt gering war; Jemeljan hörte mir kaum zu, er starrte eigensinnig in die Ferne.

»Das mag alles sein«, unterbrach er mich und winkte ab. »Aber ich will dich mal was fragen: Wenn uns jetzt ein Mensch mit Geld begegnen würde, mit viel Geld«, unterstrich er, mit einem raschen Seitenblick unter meine Brille, »würdest du, wenn du für dich was rausschlagen könntest, würdest du ihn dann umbringen?«

»Natürlich nicht«, antwortete ich. »Niemand hat das Recht, sein Glück mit dem Leben eines anderen Menschen zu erkaufen.«

»Hmhm! Ja … Das steht so schön in den Büchern, aber nur fürs Gewissen, in Wirklichkeit würde derselbe Herr, der sich das als Erster ausgedacht hat, der würde, wenns ihm schlecht geht, für sein eigenes Weiterleben bestimmt bei passender Gelegenheit jemanden kaltmachen. Das Recht! Hier, das ist das Recht!«

Jemeljan hielt mir seine beeindruckende sehnige Faust unter die Nase.

»Jeder Mensch handelt nach diesem Recht, nur auf verschiedene Art. Das Recht, pah!«

Jemeljan runzelte die Stirn, seine Augen verschwanden tief unter den langen, ausgebleichten Brauen.

Ich schwieg, denn ich wusste aus Erfahrung, dass es sinnlos war, ihm zu widersprechen, wenn er wütend war.

Er schleuderte ein Stück Holz, das ihm vor die Füße geraten war, ins Meer, seufzte und sagte: »Jetzt was zu rauchen …«

Ich blickte nach rechts in die Steppe und entdeckte zwei Schafhirten, die auf der Erde lagen und zu uns schauten.

»Grüß euch, Panowe!«, rief Jemeljan ihnen zu, »habt ihr vielleicht etwas Tabak?«

Einer der Hirten wandte den Kopf dem anderen zu, spuckte einen zerkauten Grashalm aus und sagte träge: »Sie wolln Tabak, he, Michail?«

Michail sah zum Himmel, ersuchte ihn offenbar um Erlaubnis, mit uns zu reden, und drehte sich zu uns.

»Guten Tag!«, sagte er. »Wohin des Wegs?«

»Nach Otschakow, zum Salz.«

»Oho!«

Wir schwiegen und ließen uns neben ihnen auf der Erde nieder.

»He, Nikita, nimm die Tasche da weg, damit die Dohlen sie nicht aufpicken.«

Nikita lächelte listig in sich hinein und griff nach der Tasche. Jemeljan knirschte mit den Zähnen.

»Ihr wollt also Tabak?«

»Wir haben lange nicht geraucht«, sagte ich.

»Wieso nicht? Dann raucht doch.«

»He, du verdammter Chochol*! Halts Maul! Wenn du uns was geben willst, dann tus, aber lass den Spott! Bastard! Oder hast du beim Rumlaufen in der Steppe deine Seele verlorn? Ich zieh dir eins über den Schädel, eh du Piep sagst!«, brüllte Jemeljan und rollte mit den Augen.

Die Hirten zuckten zusammen, sprangen auf, packten ihre langen Knüppel und stellten sich dicht nebeneinander.

»Aha, Brüder, so bittet ihr also! Na los, dann kommt her!«

Die verdammten Chochols waren auf eine Prügelei aus, daran hegte ich nicht den geringsten Zweifel.

Auch Jemeljan hatte, nach seinen geballten Fäusten und dem wilden Feuer in den Augen zu urteilen, nichts gegen eine Prügelei. Ich verspürte keine Lust auf einen Kampf und versuchte, die Parteien zu versöhnen.

»Wartet, Brüder! Mein Kamerad war ein bisschen hitzig – ist doch nicht schlimm! Und ihr – wenn ihr Tabak für uns übrig habt, gebt uns welchen, und dann gehn wir unsrer Wege.«

Michail blickte zu Nikita, Nikita zu Michail, und beide lachten spöttisch.

»Warum sagt ihr das nicht gleich!«

Damit langte Michail in die Tasche seines Kittels, zog einen großen Tabaksbeutel heraus und reichte ihn mir.

»Hier, bedien dich!«

Nikita griff mit einer Hand in die Hirtentasche und hielt mir dann einen großen Laib Brot und ein Stück dick mit Salz bestreuten Speck hin. Ich nahm beides. Michail lachte und schüttete mir noch Tabak in die Hand.

Nikita knurrte: »Lebt wohl!«

Ich bedankte mich.

Jemeljan ließ sich mürrisch auf den Boden sinken und zischte ziemlich laut: »Verdammte Schweine!«

* (russ) Abfällige Bezeichnung für die Ukrainer; bezieht sich auf den traditionellen Haarschopf (russ. Chochol, ukr. Tschub) der ukrainischen Kosaken.

Die Chochols gingen mit schweren, ausgreifenden Schritten weiter in die Steppe und sahen sich ständig nach uns um. Wir setzten uns auf die Erde und aßen das köstliche, fast weiße Brot mit Speck, ohne sie weiter zu beachten. Jemeljan schmatzte laut, schnaufte und mied geflissentlich meinen Blick.

Es wurde Abend. In der Ferne überm Meer war schon die Dunkelheit geboren, sie schwebte darüber und deckte das sachte Kräuseln mit einem bläulichen Schleier zu. In der Steppe aber, ganz weit an ihrem Rand, bildeten die Strahlen der untergehenden Sonne einen riesigen purpurnen Fächer und färbten sanft und lieblich Himmel und Erde. Die Wellen schlugen an den Strand, das Meer – bald zartrosa, bald dunkelblau – war wunderschön und gewaltig.

»Jetzt rauchen wir! Hol euch der Teufel, elende Chochols!« Damit war Jemeljan fertig mit den Chochols und seufzte befreit. »Gehen wir weiter oder übernachten wir hier?«

Ich war zu faul zum Weitergehen.

»Wir übernachten!«, entschied ich.

»Gut, übernachten wir hier.«

Jemeljan streckte sich auf der Erde aus und blickte zum Himmel.

Er rauchte und spuckte ab und zu aus; ich schaute mich um und genoss den wunderschönen Anblick dieses Abends. Über der Steppe lag das klangvolle, monotone Klatschen der Brandung.

»Aber einem Geldsack den Schädel einschlagen, sag, was du willst, das ist eine feine Sache; besonders, wenn mans gekonnt anstellt«, sagte Jemeljan plötzlich.

»Red keinen Unsinn«, sagte ich.

»Unsinn?! Wieso Unsinn? Ich werds tun, auf Ehre und Gewissen! Ich bin siebenundvierzig Jahre alt, und seit zwanzig Jahren zerbrech ich mir den Kopf über diese Operation. Was hab ich denn für ein Leben? Ein Hundeleben. Keine

Hütte, kein Stück Brot – schlimmer als ein Hund! Bin ich etwa ein Mensch? Nein, Bruder, ich bin kein Mensch, ich bin schlimmer dran als ein Wurm und ein wildes Tier! Wer kann mich schon verstehen? Keiner! Aber wenn ich weiß, dass Menschen gut leben können, warum soll ich nicht so leben? He? Hol euch der Satan, ihr Teufel!«

Plötzlich wandte er mir das Gesicht zu und sagte hastig: »Weißt du, einmal hätte ich beinahe ... habs aber nicht ganz geschafft ... verflucht soll ich sein, verdammt, dumm bin ich gewesen, hab Mitleid gehabt. Soll ichs dir erzählen?«

Ich bekundete rasch meine Zustimmung, und Jemeljan zündete sich eine Selbstgedrehte an und begann.

»Das war in Poltawa, Bruder ... vor acht Jahren. Ich war Gehilfe bei einem Kaufmann, einem Holzhändler. Ein Jahr lebte ich da nicht schlecht, alles ging glatt; dann fing ich plötzlich an zu trinken, vertrank sechzig Rubel von meinem Herrn. Sie haben mich vor Gericht gestellt und zur Zwangsarbeit geschickt, für drei Monate, und so weiter – das Übliche. Ich saß die Strafe ab und kam raus – wohin jetzt? In der Stadt kannten mich alle; woandershin konnte ich nicht – ohne Geld und ohne anständige Kleider. Ich also zu einem zwielichtigen Mann, den ich kannte; er führte eine Schenke, handelte mit Diebesgut und deckte allerlei Gauner und ihre Geschäfte. Ein gutherziger Kerl, grundehrlich und ein kluger Kopf. Er war ein großer Bücherfreund, las eine Menge und verstand viel vom Leben. Ich also zu ihm. ›So und so, Pawel Petrow, hilf mir aus der Patsche!‹ – ›Na‹ sagt er, ›das kann ich machen! Die Menschen müssen einander helfen, wenn sie vom selben Schlag sind. Bleib hier, iss und trink und sieh dich um.‹ Ein kluger Kopf, mein Lieber, dieser Pawel Petrow! Ich hatte großen Respekt vor ihm, und er mochte mich auch sehr. Manchmal saß er am Tag hinterm Tresen und las ein Buch über französische Räuber – alle seine Bücher handelten von Räubern, du hörst ganz gebannt zu ... tolle Kerle, machen tolle Sachen –, und am Ende fliegen sie alle mit Karacho auf. Du denkst, so ein Kopf und so geschickte Hände – Donnerwetter! Und am Ende plötzlich – hopp! Vor Gericht! Und basta! Alles aus.

Ein, zwei Monate sitze ich also bei diesem Pawel Petrow, höre ihm beim Lesen zu und bei verschiedenen Gesprächen. Ich sehe – dunkle Gestalten kommen und bringen glitzernde Sachen: Uhren, Armbänder und dergleichen, und ich erkenne – all ihre Operationen sind keinen Groschen wert. Da klaut einer was – Pawel Petrow zahlt ihm dafür den halben Preis – er hat ehrlich gezahlt, Bruder – und dann he! Gib ihm! Gelage, Geprotze, Geschrei – und nichts bleibt übrig! Eine sinnlose Sache, mein Lieber! Bald kommt der eine vor Gericht, bald ein anderer …

Und aus was für schwerwiegenden Gründen? Verdacht auf Einbruchsdiebstahl, und die Beute – hundert Rubel! Hundert Rubel! Wiegen die etwa das Leben eines Menschen auf? Holzköpfe! … Also sag ich zu Pawel Petrow: ›Das ist alles dumm, Pawel Petrow, lohnt die Mühe nicht.‹ – ›Hm! Was soll ich dazu sagen?‹, meint er. ›Einerseits‹, sagt er, ›das Huhn pickt eben Körnchen für Körnchen, andererseits – ja, stimmt, die Menschen haben bei allem zu wenig Achtung vor sich selbst; daran liegt es! Würde ein Mensch, der seinen Wert kennt‹, sagt er, ›sich etwa für eine Beute von zwanzig Kopeken die Hände schmutzig machen mit einem Einbruch?! Auf keinen Fall! Und dann‹, sagt er, ›würde ich, ein Mann von Verstand und mit Beziehung zu europäischer Bildung, würde ich mich für hundert Rubel verkaufen?‹ Und erklärt mir an Beispielen, wie ein Mensch mit Verstand handeln muss. Eine Weile haben wir so geredet. Dann sage ich zu ihm: ›Ich denke schon lange darüber nach, mein Glück zu versuchen, Pawel Petrow, und Sie als Mann mit Lebenserfahrung, geben Sie mir doch einen Rat, wie und was.‹ – ›Hm!‹, sagt er, ›gern! Willst du nicht was Eigenes machen, auf eigne Gefahr und Rechnung, ohne fremde Hilfe? Also, zum Beispiel … Der Obaimow‹, sagt er, ›der kommt doch vom Holzhof in seinem Einspänner allein über die Worskla zurück; und du weißt ja, er hat immer Geld bei sich, auf dem Holzhof holt er sich vom Verwalter seinen Erlös. Den Erlös einer ganzen Woche; sie nehmen jeden Tag dreihundert Rubel und mehr ein. Was meinst du dazu?‹ Ich überlegte. Obaimow, das war der Kaufmann, bei dem ich gearbeitet hatte. Die Sache wäre doppelt gut: Eine Rache dafür, wie er mich behandelt hat, und eine fette Beute. ›Ich muss drüber nachdenken‹, hab ich gesagt. ›Versteht sich‹, meinte Pawel Petrow.«

Jemeljan verstummte und drehte sich bedächtig eine Papirossa. Das Abendrot war fast erloschen, nur ein kleines rosa Band, das mit jeder Sekunde mehr verblasste, färbte den Rand einer Federwolke, die wie erschöpft reglos am nun dunklen Himmel stand. In der Steppe war es still und traurig, und das sanfte Plätschern der Wellen unterstrich mit seinem monotonen weichen Klang noch die Stille und Traurigkeit. Über dem Meer flammten nach und nach Sterne auf, so rein, so neu, wie gestern erst erschaffen zur Zierde des samtigen südlichen Himmels.

»Tja, Bruder, ich hab also über die Sache nachgedacht und mich in der Nacht ins Gebüsch an der Worskla gelegt, mit einer Eisenstange von sieben Pfund. Es war Oktober, das weiß ich noch, Ende Oktober. Die Nacht war genau richtig: finster wie in der menschlichen Seele … Und die Stelle – besser konnte ichs mir nicht wünschen. Gleich an der Brücke, und an der Abfahrt fehlten ein paar Bretter, das heißt, er musste im Schritttempo runter. Ich liege also da und warte. Eine Wut hatte ich damals in mir, mein Lieber, die hätte für zehn Kaufleute gereicht. Und ich hab mir die Sache ganz leicht vorgestellt, kinderleicht: Bumm! Und basta! Tjaa! Da lieg ich also, verstehst du, und alles ist bereit. Wumm! Und her mit dem Geld. Genau so. Wumm, denk ich, und das wars!

Du glaubst wohl, der Mensch ist im Innern frei? Von wegen, Bruder! Kannst du mir erzählen, was du morgen tun wirst? Blödsinn! Du kannst mir nicht sagen, ob du morgen nach rechts oder nach links gehst. Ich hab da gelegen und auf das eine gewartet, aber gekommen ist es ganz anders. Ganz, ganz anders!

Ich sehe: Aus der Stadt kommt jemand, anscheinend ein Betrunkener, er schwankt, hat einen Stock in der Hand. Er murmelt was; murmelt wirr vor sich hin und weint, schluchzt … Als er näher ist, schau ich genauer hin – ein Weib! Pfui Teufel, verdammt! Dir verpass ich eine Abreibung, denke ich, komm nur her. Sie läuft schnurstracks auf die Brücke zu, und plötzlich schreit sie: ›Warum, Liebster!‹ Das war ein Schrei, Bruder! Ich bin richtig zusammengezuckt. Was ist das für eine Geschichte, denke ich. Und sie steuert direkt auf mich zu. Ich lieg da, an die Erde gepresst, und zittre am ganzen Leib – wo war meine ganze Wut hin! Gleich ist sie hier, gleich tritt sie auf mich drauf! Da schreit sie wieder los: ›Warum?! Warum?!‹ und plumpst auf die Erde, wo sie gestanden hat, dicht neben mir. Und dann heult sie so, mein Lieber, ich kann dir gar nicht sagen, wie – es zerriss mir das Herz, als ich das hörte. Aber ich rühre mich nicht, mache keinen Mucks. Und sie heult. Ich wurde furchtbar traurig. Weg hier, denke ich, weg! Da kam der Mond hinter einer Wolke vor, und es wurde taghell und klar, direkt zum Fürchten. Ich hab mich halb aufgerichtet und zu ihr geschaut … Und da war alles zum Teufel, Bruder, alle meine Pläne waren flöten! Ich sehe hin, und es gibt mir einen Stich ins Herz: ein Mädchen, blutjung, ein halbes Kind – semmelblond, Löckchen auf den Wangen, die Augen riesengroß, und wie sie schauen … und ihre Schultern zucken, und aus den Augen kullern große Tränen, eine nach der anderen, kullern und kullern.

Da hat mich das Mitleid gepackt, Bruder. Ich fang also an zu husten: ›Ähm! Ähm! Ähm!‹ Sie schreit: ›Wer ist da? Wer da? Wer ist da?‹ Ist erschrocken … Na, ich gleich …

aufgestanden und sag: ›Ich.‹ Und sie: ›Wer sind Sie?‹ Dabei macht sie große Augen und zittert am ganzen Leib wie Sülze. ›Wer sind Sie?‹, hat sie gefragt.«

Er lachte.

»›Wer ich bin?‹, sag ich. ›Vor allem, haben Sie keine Angst vor mir, Fräulein, ich tu Ihnen nichts. Ich bin nichts Besonderes, ein Barfüßler bin ich.‹

Ja, ich hab sie also angelogen; ich konnt ihr ja schließlich nicht sagen, ich lieg hier auf der Lauer, will einen Kaufmann erschlagen.

Und sie darauf: ›Mir ist alles gleich, ich bin hergekommen, um mich zu ertränken.‹ Und wie sie das gesagt hat, mich hats richtig geschaudert – so ganz ernst, Bruder. Tja, was sollt ich da machen?«

Jemeljan zuckte ratlos die Achseln und sah mich mit einem breiten, gutmütigen Lächeln an.

»Und da, mein Lieber, da hab ich plötzlich geredet. Worüber, das weiß ich nicht; aber ich hab so geredet, dass ich mir selber gebannt zugehört hab, vor allem darüber, wie jung sie ist und wie schön. Und dass sie schön war, das stimmt – wunderschön! Ach ja, mein Lieber! Na gut! Ihr Name war Lisa. Also, ich rede, aber was – wer weiß? Mein Herz hat geredet. Ja! Und sie schaut nur, ernst und starr, und plötzlich, da hat sie gelächelt!«, brüllte Jemeljan mit Tränen in der Stimme und in den Augen über die ganze Steppe und schüttelte die geballten Fäuste.

»Und wie sie gelächelt hat, da bin ich richtig weich geworden; bin vor ihr auf die Knie gefallen. ›Fräulein‹, hab ich gesagt, ›Fräulein!‹ Und das wars! Und sie, Bruder, sie packt meinen Kopf, sieht mir ins Gesicht und lächelt wie auf einem Bild: Sie bewegt die Lippen, will was sagen; und schließlich schafft sie es und sagt: ›Mein Lieber, Sie sind ja genauso unglücklich wie ich! Ja? Sagen Sie es mir, mein Guter!‹ Tja, mein lieber Freund, so war das! Aber das war keineswegs alles, sie hat mich auch noch auf die Stirn geküsst,

Bruder – jawohl! Verstehst du? Bei Gott! Ach du, mein Lieber! Weißt du, was Schöneres ist mir in meinen ganzen siebenundvierzig Jahren nicht passiert! Wie?! Jawohl! Und warum war ich dort hingegangen? Ach du, dieses Leben!«

Er verstummte, den Kopf auf die Arme gelegt. Bedrückt von der seltsamen Geschichte, schwieg ich und blickte aufs Meer, das aussah wie eine riesige Brust, die in festem Schlaf tief und gleichmäßig atmet.

»Na, und dann steht sie auf und sagt zu mir: ›Bringen Sie mich nach Hause.‹ Wir gingen los. Ich laufe und spüre meine Beine kaum, und sie erzählt mir alles, wie und was. Verstehst du, sie war die einzige Tochter ihrer Eltern, die sind Kaufleute, na ja, und sie war eben verwöhnt; und dann kam ein Student, hat sie unterrichtet, dies und das, jedenfalls, die beiden haben sich verliebt. Dann ist er weggefahren, und sie hat auf ihn gewartet – dass er zurückkommt, wenn er fertig ist mit Studieren, und sie heiratet; so hatten sies abgemacht. Aber er ist nicht gekommen, hat einen Brief geschickt: Von wegen, du passt nicht zu mir. Das Mädchen war natürlich gekränkt. Na, und da wollte sie sich eben … Das erzählt sie mir also alles, und so kommen wir bis zu dem Haus, wo sie wohnt. ›Nun, mein Lieber‹, sagt sie, ›leben Sie wohl! Morgen‹, sagt sie, ›fahre ich fort. Brauchen Sie vielleicht Geld? Sagen Sie es nur, genieren Sie sich nicht.‹ – ›Nein‹, sag ich, ›Fräulein, ich brauche kein Geld, danke!‹ – ›Na, mein Guter, genieren Sie sich nicht, sagen Sie es nur, nehmen Sies an!‹, drängt sie weiter. Ich war ja ganz zerlumpt, aber ich sage: ›Nein, ich brauche nichts, Fräulein.‹ Verstehst du, Bruder, mir war irgendwie nicht danach, nach Geld. Wir haben uns verabschiedet. Ganz freundlich hat sie gesagt: ›Ich werde dich nie vergessen; du bist für mich ein vollkommen Fremder, aber mir so …‹ Na, egal«, unterbrach sich Jemeljan und zündete sich erneut eine Selbstgedrehte an.

»Als sie weg war, hab ich mich auf eine Bank vorm Tor

gesetzt. Mir war traurig zumute. Da kam der Nachtwächter vorbei. ›Was lungerst du hier rum, willst wohl was klauen?‹ Das hat mich tief ins Herz getroffen! Ich hab ihm in die Fresse gehauen – wumm! Geschrei, Pfiffe ... aufs Revier! Na schön, aufs Revier, meinetwegen, mir doch egal; und ich hab ihm noch eine reingehauen! Und mich auf die Bank gesetzt, ich wollte nicht weglaufen. Hab die Nacht dort verbracht; am Morgen wurde ich wieder freigelassen. Ich hin zu Pawel Patrow. ›Wo hast du dich rumgetrieben‹, fragt er und lacht. Ich sehe ihn an – derselbe Mann wie gestern; aber ich sehe irgendwie was ganz Neues. Na, ich hab ihm natürlich alles erzählt, wie und was. Er hat ernst zugehört, und dann sagt er zu mir: ›Jemeljan Pawlytsch, Sie sind ein Trottel und ein Dummkopf; seien Sie so gut und verschwinden Sie!‹

Tja, was solls? Hat er nicht recht? Ich bin gegangen, und das wars. Ja, so war die Sache, Bruder!«

Er verstummte und streckte sich auf der Erde aus, die Arme unterm Kopf verschränkt, und schaute zum Himmel – der samten war und voller Sterne. Auch ringsum war alles still. Das Rauschen der Brandung war sanfter und leiser geworden, es erreichte uns nur noch als schwaches, schläfriges Seufzen.

1893

Großvater Archip und Ljonka

Sie warteten auf die Fähre, hatten sich beide in den Schatten des Steilufers gelegt und blickten lange schweigend auf die trüben Wellen des Kuban zu ihren Füßen. Ljonka döste ein, doch Großvater Archip verspürte einen dumpfen, drückenden Schmerz in der Brust und konnte nicht einschlafen. Ihre abgerissenen und gekrümmten Gestalten hoben sich kaum von der dunkelbraunen Erde ab – zwei klägliche Häuflein, ein größeres und ein kleineres, ihre erschöpften, gebräunten und staubigen Gesichter hatten die gleiche Farbe wie ihre braunen Lumpen.

Die lange, knochige Gestalt von Großvater Archip lag ausgestreckt quer auf dem schmalen Sandstreifen, der sich wie ein gelbes Band zwischen Steilhang und Fluss am Ufer entlangzog; Ljonka hatte sich neben dem Großvater zusammengerollt und schlief. Er war klein und zart, in seinen Lumpen wirkte er wie ein krummer Ast, abgebrochen vom Großvater, einem vertrockneten alten Baum, den die Flusswellen angespült und hier in den Sand geworfen hatten.

Der Großvater stützte den Ellbogen auf, hob den Kopf und blickte zum sonnenbeschienenen und spärlich mit schütterem Weidengebüsch bewachsenen gegenüberliegenden Ufer; zwischen den Büschen ragte die schwarze Bordwand der Fähre hervor. Dort war es öde und leer. Ein schmaler grauer Weg führte vom Fluss in die Steppe; er war unerbittlich gerade und trocken und stimmte wehmütig.

Die trüben, entzündeten Augen des alten Mannes mit den geschwollenen roten Lidern zwinkerten unruhig, und das von Falten durchzogene Gesicht war in einem Ausdruck verzehrenden Grams erstarrt. Hin und wieder hustete er verhalten und hielt sich mit einem Blick auf seinen Enkel den Mund zu. Der Husten war heiser und keuchend, er zwang den Großvater aufzustehen und trieb ihm große runde Tränen in die Augen.

Außer dem Husten und dem leisen Schurren der Wellen über den Sand gab es in der Steppe keine Geräusche ... Sie erstreckte sich beiderseits des Flusses, gewaltig, braun, von der Sonne verbrannt, und nur weit hinten am Horizont, für das Auge des Alten kaum auszumachen, wogte üppig ein goldenes Weizenfeld und stieß direkt an den blendend hellen Himmel. Vor ihm zeichneten sich die Umrisse dreier schlanker Pappeln ab; sie schienen bald kleiner, bald höher zu werden, und der Himmel und der Weizen darunter schienen zu schwanken, sich auf und nieder zu bewegen. Und plötzlich verschwand alles hinter einem glitzernden silbrigen Schleier aus Steppendunst ...

Dieser Schleier, wogend, hell und trügerisch, schwebte bisweilen aus der Ferne fast bis ans Flussufer und war dann selbst wie ein Fluss, der plötzlich vom Himmel herabströmt, ebenso rein und ruhig wie dieser.

Großvater Archip, der diese Erscheinung nicht kannte, rieb sich die Augen und dachte bekümmert, dass diese Hitze und die Steppe ihm auch noch das Augenlicht nahmen, wie sie ihm schon die letzte Kraft in den Beinen geraubt hatten.

Heute ging es ihm noch schlechter als sonst in letzter Zeit. Er spürte, dass er bald sterben würde, und obwohl er das vollkommen gleichmütig hinnahm, ohne darüber nachzudenken, wie eine notwendige Pflicht, wollte er doch nicht hier sterben, in der Ferne, sondern in der Heimat, und außerdem beunruhigte ihn der Gedanke an seinen Enkel ... Wo sollte Ljonka hin?

Diese Frage stellte er sich mehrmals am Tag, und jedes Mal krampfte sich etwas in ihm zusammen, ihm wurde kalt und so übel, dass er sofort nach Hause zurückkehren wollte, nach Russland …

Aber nach Russland war es weit … Er würde es sowieso nicht schaffen, würde irgendwo unterwegs sterben. Hier am Kuban gaben die Leute reichlich Almosen; es war ein wohlhabendes Volk, wenngleich grob und spöttisch. Sie mochten keine Bettler, denn sie waren reich …

Der Großvater richtete den tränenfeuchten Blick auf den Enkel und strich ihm mit seiner rauen Hand über den Kopf.

Der Junge regte sich und hob die blauen Augen, die groß und tief waren, unkindlich nachdenklich, und in dem mageren, pockennarbigen Gesicht mit den schmalen, blutleeren Lippen und der spitzen Nase noch größer wirkten.

»Kommt sie?«, fragte er, schirmte mit der Hand die Augen ab und schaute auf den Fluss, der die Sonnenstrahlen reflektierte.

»Nein, noch nicht. Sie steht noch. Was soll sie hier? Hat sie ja keiner gerufen, also steht sie noch …«, sagte Archip langsam, während er weiter den Kopf seines Enkels streichelte. »Hast du geschlafen?«

Ljonka machte eine unbestimmte Kopfbewegung und streckte sich im Sand aus. Beide schwiegen.

»Wenn ich schwimmen könnte, würde ich jetzt baden«, erklärte Ljonka, auf den Fluss blickend. »Ein schrecklich schneller Fluss! So sind die Flüsse bei uns nicht. Was treibt ihn so? Rennt, als könnte er zu spät kommen …«

Missmutig wandte sich Ljonka vom Wasser ab.

»Weißt du was«, sagte der Großvater nach kurzem Überlegen, »wir machen unsere Gürtel ab, schnüren sie zusammen, ich binde sie dir ums Bein, und dann gehst du ins Wasser, baden …«

»Naa!«, sagte Ljonka gedehnt und wandte vernünftig ein: »Was dir so einfällt! Meinst du etwa, er würde dich nicht wegziehen? Dann ertrinken wir beide.«

»Das ist wahr! Er würde uns wegziehen. So, wie der rast … Im Frühjahr tritt er bestimmt über die Ufer – oho! Und wie steil es hier reingeht – zum Fürchten! Bodenlos tief!«

Ljonka wollte nicht reden, er antwortete dem Großvater nicht, nahm einen Klumpen Lehm in die Hand und zerdrückte ihn mit ernster, konzentrierter Miene zwischen den Fingern zu Staub.

Der Großvater sah ihn an und dachte mit zusammengekniffenen Augen nach.

»Siehst du …«, sagte Ljonka leise und ausdruckslos, wobei er den Staub von den Händen schüttelte. »Die Erde hier … ich hab sie in die Hand genommen und zerdrückt, und nun ist sie Staub … nur winzige Körnchen, mit dem Auge kaum zu sehen …«

»Ja, und?«, fragte Archip, hustete und blickte durch die Tränen, die ihm in die Augen traten, in die trocken glänzenden großen Augen seines Enkels. »Was willst du damit sagen?«, fügte er hinzu, als sein Hustenanfall abgeklungen war.

»Naa«, Ljonka schüttelte heftig den Kopf, »dass sie überall so ist!« Er wies mit der Hand über den Fluss hin. »Und alles ist auf ihr gebaut … Die vielen Städte, durch die wir beide schon gelaufen sind! So viele! Und so viele Menschen überall!«

Ljonka konnte seinen Gedanken nicht fassen, versank erneut schweigend in Gedanken und blickte um sich.

Der Großvater schwieg eine Weile, dann rückte er ganz dicht an seinen Enkel heran und sagte zärtlich: »Mein kluger Junge du! Das hast du richtig gesagt – alles ist Staub … die Städte, die Menschen, auch wir beide – alles Staub. Ach du, Ljonka, Ljonka! Wenn du lesen und schreiben könntest! Du würdest es weit bringen. Was soll nur aus dir werden?«

Der Großvater drückte den Kopf seines Enkels an sich und küsste ihn.

»Warte«, rief Ljonka ein wenig lebhafter und befreite sein flachsblondes Haar aus den zitternden krummen Fingern des Großvaters. »Was sagst du? Staub? Die Städte und alles?«

»So hat Gott es nun mal eingerichtet, mein Kleiner. Alles ist Erde, und die Erde selbst ist Staub. Und alles auf ihr stirbt … So ist das! Darum muss der Mensch in Mühsal und Demut leben. Auch ich werde bald sterben …«, wechselte der Großvater jäh das Thema und setzte wehmütig hinzu: »Wohin wirst du dann gehen, ohne mich?«

Diese Frage hörte Ljonka vom Großvater oft, er war es schon leid, über den Tod zu reden, er drehte sich wortlos weg, riss einen Grashalm aus, steckte ihn in den Mund und kaute langsam darauf herum.

Doch für den Großvater war das ein wunder Punkt.

»Warum sagst du nichts? Was wirst du ohne mich anfangen?«, fragte er leise, zu seinem Enkel gebeugt und erneut hustend.

»Hab ich dir doch gesagt …«, antwortete Ljonka, aus den Augenwinkeln zum Großvater blickend, unwillig und abwesend.

Er mochte diese Gespräche auch deshalb nicht, weil sie häufig im Streit endeten. Der Großvater sprach oft lange über seinen nahen Tod. Anfangs hörte Ljonka ihm aufmerksam zu, erschrak, wenn er sich die neue Situation vorstellte, und weinte, doch dann wurde er müde – und hörte dem Großvater nicht mehr zu, hing seinen eigenen Gedanken nach, und der Großvater merkte das, wurde ärgerlich und klagte, Ljonka liebe ihn nicht, schätze seine Sorge nicht, und warf dem Enkel schließlich vor, er wünsche sich den baldigen Tod des Großvaters.

»Was hast du gesagt? Du bist noch dumm, du kannst dein Leben nicht verstehen. Wie alt bist du jetzt? Nicht einmal elf Jahre. Und ziemlich schwach, taugst nicht zur Arbeit. Wo willst du denn hin? Du glaubst, gute Menschen werden dir helfen? Wenn du Geld hättest, ja, dann würden sie dir helfen, beim Verprassen nämlich, das ja. Aber Almosen sammeln – das ist selbst für mich alten Mann nicht leicht. Sich vor jedem verneigen, jeden anbetteln. Du wirst beschimpft, sogar geprügelt, verjagt … Meinst du, irgendwer hält Bettler für Menschen? Keiner! Ich gehe seit zehn Jahren betteln, ich weiß Bescheid. Sie tun, als wär ein Stück Brot tausend Rubel wert. Sie geben es dir und denken, nun steht ihnen die Himmelspforte offen. Du fragst dich, warum sie auch mal mehr geben? Um ihr Gewissen zu beruhigen; darum, mein Freund, nicht aus Mitleid! Wer dir ein Stück Brot gibt, der geniert sich nicht, wenn er selber isst. Ein satter Mensch ist ein wildes Tier. Er hat nie Mitleid mit dem Hungrigen. Sie sind Feinde, der Satte und der Hungrige, sind einander auf immer und ewig ein Dorn im Auge. Darum können sie einander nicht verstehen und kein Mitgefühl füreinander aufbringen …«

Der Großvater war ganz berauscht von Schwermut und Erbitterung. Seine Greisenlippen bebten, die trüben Augen huschten unter den geröteten Lidern unstet hin und her, die Falten auf dem dunklen Gesicht wurden schärfer.

Ljonka mochte den Großvater nicht, wenn er so war, und fürchtete sich dann ein wenig.

»Also frage ich dich, was wirst du machen mit der Welt? Du bist ein schwaches kleines Kind, und die Welt ist ein wildes Tier. Sie wird dich auffressen. Und das will ich nicht … Ich liebe dich doch, mein Kind! Du bist das Einzige, was ich habe, und ich bin der Einzige, den du hast … Wie soll ich da sterben? Ich kann unmöglich sterben, wenn du allein bleibst … Wer soll sich um dich kümmern? O Herr! Warum liebst du deinen Knecht nicht?! Leben kann ich nicht mehr, und sterben darf ich nicht, denn das Kind … ich muss es doch behüten. Sieben Jahre hab ich es gehegt und gepflegt … ich allein … ich alter Mann … Hilf mir, Herr!«

Der Großvater setzte sich auf und fing an zu weinen, den Kopf auf den zitternden Knien.

Der Fluss eilte geschäftig dahin und schlug klatschend ans Ufer, als wollte er mit seinem Rauschen das Schluchzen des alten Mannes übertönen. Klar strahlte der wolkenlose Himmel, verströmte sengende Hitze und lauschte gelassen dem rastlosen Tosen der trüben Wellen.

»Hör auf, nicht weinen, Großvater«, sagte Ljonka streng, den Blick abgewandt, drehte sich dann zum Großvater hin und setzte hinzu: »Wir haben doch über alles gesprochen. Ich geh schon nicht unter. Such mir Arbeit in einer Schenke oder wo …«

»Sie werden dich zu Tode prügeln«, stöhnte der Großvater unter Tränen.

»Vielleicht auch nicht. Was, wenn nicht!«, rief Ljonka beinahe übermütig. »Was? Ich lass mich nicht von jedem prügeln!«

Plötzlich stockte er, schwieg eine Weile und sagte dann leise: »Oder ich geh ins Kloster …«

»Ja, vielleicht ins Kloster!«, seufzte der Großvater, nun wieder lebhafter, und krümmte sich erneut unter einem keuchenden Hustenanfall.

Von oben ertönten Schreie und das Quietschen von Rädern.

»Fäääähre! Fäääähre – hej!«, gellte eine donnernde Stimme.

Großvater und Enkel sprangen auf und griffen nach ihren Stöcken und Quersäcken.

Mit schrillem Quietschen rollte ein Fuhrwerk auf den Sandweg. Im Wagen stand ein Kosak, den Kopf in der zottigen, auf ein Ohr geschobenen Mütze in den Nacken gelegt, und holte mit offenem Mund tief Luft, um erneut zu rufen, wobei sich seine breite, vorgereckte Brust noch stärker vorwölbte. Seine weißen Zähne blitzten, umrahmt von einem seidigen schwarzen Bart, der an den blutunterlaufenen Augen begann. Unter dem aufgeknöpften Hemd und dem lässig über die Schulter geworfenen Kosakenmantel sah man den behaarten, sonnengebräunten Oberkörper. Die ganze große und kräftige Gestalt, das fleischige, ebenfalls übermäßig große scheckige Pferd und die hohen, dick bereiften Räder des Fuhrwerks – das alles strotzte vor Kraft, Sattheit und Gesundheit.

»Hee! Hee!«

Großvater und Enkel nahmen die Mütze ab und verneigten sich tief.

»Guten Tag«, dröhnte der Ankömmling, blickte hinüber zum anderen Ufer, wo die schwarze Fähre langsam und schwerfällig aus dem Gebüsch hervorkroch, und musterte dann eingehend die beiden Bettler. »Aus Russland?«

»Ja, Wohltäter!«, antwortete Archip mit einer Verbeugung.

»Bei euch herrscht Hunger, wie?«

Er sprang vom Fuhrwerk und zog etwas am Geschirr fest.

»Selbst die Schaben verhungern.«

»Ho, ho! Selbst die Schaben verhungern? Kein Krümelchen mehr da, habt alles aufgegessen? Ihr seid ja tüchtige Esser. Aber wohl schlechte Arbeiter. Wenn man gut arbeitet, gibts keinen Hunger.«

»Es liegt am Boden, Ernährer, der Boden ist schuld. Er trägt nicht. Ausgelaugt haben wir ihn, den Boden.«

»Der Boden?« Der Kosak schüttelte den Kopf. »Der Boden muss immer tragen, dafür ist er dem Menschen gegeben. Sag lieber, nicht der Boden ist schuld, die Hände sinds. Die Hände taugen nichts. Gute Hände machen auch Steine fruchtbar.«

Die Fähre legte an.

Zwei große rotgesichtige Kosaken, die strammen Beine fest auf den Boden der Fähre gestemmt, stießen sie krachend ans Ufer, schwankten kurz, ließen das Seil los, sahen sich an und keuchten.

»Heiß?« Der Ankömmling entblößte die Zähne, führte sein Pferd auf die Fähre und legte die Hand an die Mütze.

»Hm!«, brummte einer der beiden Fährleute, die Hände tief in den Taschen seiner Pluderhose, ging zum Fuhrwerk, schaute hinein und atmete schnuppernd tief ein.

Der andere setzte sich auf den Boden und zog sich ächzend einen Stiefel aus.

Der Großvater und Ljonka gingen auf die Fähre, lehnten sich an die Bordwand und beobachteten die Kosaken.

»Na, leg ab!«, kommandierte der Besitzer des Fuhrwerks.

»Hast du nicht was zu trinken dabei?«, fragte ihn der Mann, der das Fuhrwerk untersuchte.

Sein Kamerad hatte den Stiefel ausgezogen, kniff ein Auge zu und schaute in den Schaft.

»Nein. Wieso? Reicht das Wasser im Kuban nicht?«

»Wasser! … Ich red nicht von Wasser.«

»Ach, von Schnaps? Ich hab keinen Schnaps geladen.«

»Warum denn nicht?« Nachdenklich starrte der Frager auf den Boden der Fähre.

»Na los, leg ab!«

Der Kosak spuckte in die Hände und griff nach dem Seil. Der Fährmann half ihm.

»Und du, Großvater, warum hilfst du nicht?«, wandte sich der Mann, der mit seinem Stiefel beschäftigt war, an Archip.

»Wie soll ich denn, mein Lieber!«, jammerte der in klagendem Ton und schüttelte den Kopf.

»Ist auch nicht nötig. Das schaffen sie allein!«

Und als wollte er den Großvater von der Richtigkeit seiner Behauptung überzeugen, ließ er sich schwer auf die Knie fallen und legte sich nieder.

Sein Kamerad beschimpfte ihn träge, und als er keine Antwort bekam, stemmte er beide Beine stampfend gegen den Boden.

Bedrängt von der Strömung, die dumpf gegen die Bordwände klatschte, bebte und schwankte die Fähre und kroch langsam vorwärts.

Ljonka sah aufs Wasser und fühlte, dass ihm angenehm schwindlig wurde und seine Augen, ermüdet vom raschen Dahinströmen der Wellen, schläfrig zufielen. Großvaters gedämpftes Flüstern, das Knarren des Seils und das saftige Klatschen der Wellen lullten ihn ein; schlaftrunken wollte er sich niederlegen, doch plötzlich gab es einen heftigen Stoß, und er stürzte aufs Deck.

Er riss die Augen weit auf und blickte um sich. Die Kosaken machten die Fähre an einem verkohlten Baumstumpf am Ufer fest und lachten.

»Na, eingeschlafen? Bist ein schwaches Kerlchen. Setz dich in den Wagen, ich nehm euch mit ins Dorf. Du auch, Großvater, steig ein.«

Großvater dankte dem Kosaken mit übertrieben näselnder Stimme und stieg ächzend ein. Auch Ljonka sprang auf, und sie fuhren los, eingehüllt in Wolken aus feinem schwarzem Staub, von dem der Großvater keuchend husten musste.

Der Kosak begann zu singen. Er sang seltsam, ließ die Töne mittendrin abbrechen und beendete sie mit einem Pfeifen. Als zöge er die Töne wie Fäden aus einem Knäuel und risse sie ab, wenn er auf einen Knoten traf.

Die Räder quietschten klagend, Staub wirbelte auf, der Großvater wackelte mit dem Kopf und hustete unablässig, und Ljonka dachte daran, dass sie gleich im Kosakendorf ankommen würden und wieder mit näselnder Stimme unter den Fenstern singen müssten: »Herr Jesus Christus …« Wieder würden die Dorfjungen ihn piesacken und die Frauen ihm mit Fragen über Russland zusetzen. Es war nicht schön, dabei den Großvater anzusehen, der häufiger hustete und sich stärker krümmte, was ihm selbst peinlich und unangenehm war, mit klagender Stimme sprach, dabei schluchzte und von Dingen erzählte, die ihnen nirgends je begegnet waren … Er erzählte, in Russland würden die Leute auf der Straße sterben, sie lägen dort einfach herum, niemand räume sie weg, denn alle seien schier wahnsinnig vor Hunger … Nichts davon hatten er und Großvater je gesehen. Doch das alles war nötig, damit sie mehr Almosen bekamen. Aber wohin hier damit, mit den Almosen? Zu Hause, da konnte man das Brot immer für vierzig oder gar fünfzig Kopeken das Pud verkaufen, aber hier kaufte niemand etwas. Also mussten sie so manchen guten Bissen aus ihrem Quersack in die Steppe werfen.

»Ihr wollt betteln gehen?«, fragte der Kosak mit einem Schulterblick auf die beiden gekrümmten Gestalten.

»Ja, ganz recht, Verehrter!«, antwortete Großvater Archip seufzend.

»Steh auf, Großvater, ich zeig dir, wo ich wohne, zum Übernachten kommt ihr zu mir.«

Der Großvater versuchte aufzustehen, stürzte jedoch, stieß sich die Seite an der Kante des Fuhrwerks und stöhnte dumpf.

»Ach je, Alter«, brummte der Kosak teilnahmsvoll. »Na, egal, nimms nicht so schwer; wenns Zeit fürs Nachtlager ist, frag nach Tschorny, Andrej Tschorny, das bin ich. Und jetzt steig ab. Machts gut!«

Großvater und Enkel standen vor einer kleinen Gruppe Silber- und Schwarzpappeln. Dahinter waren Dächer und Zäune zu sehen, und zu beiden Seiten reckten sich überall ebensolche Baumgruppen empor. Ihr grünes Laub war in grauen Staub gehüllt, und die Rinde der dicken, geraden Stämme war von der Hitze aufgeplatzt.

Direkt vor ihnen verlief zwischen zwei Flechtzäunen ein schmaler Weg, und dem folgten die beiden Bettler mit dem wiegenden Gang von Menschen, die viel laufen.

»Na, wie wollen wir gehen, Ljonka, zusammen oder einzeln?«, fragte der Großvater und setzte hinzu, ohne eine Antwort abzuwarten: »Zusammen wär besser, du kriegst immer so wenig. Verstehst dich nicht aufs Betteln …«

»Wozu brauchen wir viel? Wir können sowieso nicht al-

les aufessen …«, erwiderte Ljonka m
um.

»Wozu? Du Dummerchen! Viel
vorbei und kauft uns was ab? Daz
gen. Geld ist eine große Sache; mi
ter, wenn ich sterbe.«

Zärtlich lachend strich der Gro
über den Kopf.

»Weißt du, wie viel ich schon gespart habe, seit wir un-
terwegs sind? Na?«

»Wie viel denn?«, fragte Ljonka gleichgültig.

»Elf Rubel und fünfzig Kopeken! Siehst du?!«

Doch weder die Summe noch der triumphierende Ton des Großvaters beeindruckten Ljonka.

»Ach du, mein Kleiner!«, seufzte der Großvater. »Also getrennt, ja?«

»Ja, getrennt …«

»Na dann … Komm nachher zur Kirche.«

»Gut.«

Der Großvater bog in eine Gasse links ein, Ljonka ging weiter. Er war kaum zehn Schritte gelaufen, als er den bebenden Ausruf vernahm: »Wohltäter und Ernährer!« Er klang, als striche jemand über sämtliche Saiten einer verstimmten Zither, von der tiefsten bis zur höchsten. Ljonka zuckte zusammen und lief schneller. Wenn er seinen Großvater betteln hörte, wurde ihm immer unbehaglich und irgendwie weh ums Herz, und wenn der Großvater abgewiesen wurde, fürchtete Ljonka sogar, Großvater würde anfangen zu weinen.

Noch immer erreichten ihn Großvaters zitternde, klagende Rufe, die in der heißen, schläfrigen Luft über dem Dorf schwebten. Ringsum war alles still wie in der Nacht. Ljonka setzte sich an einen Flechtzaun, in den Schatten eines darüberragenden Kirschbaums. Irgendwo summte laut eine Biene …

warf den Quersack ab, bettete seinen Kopf dar- aute eine Weile durch das Blätterwerk in den Him- und schlief fest ein, durch dichtes Unkraut und den tzartigen Schatten des Zauns vor den Blicken Vorübergehender geschützt …

Er erwachte von seltsamen Lauten, die in der jetzt gegen Abend bereits abgekühlten Luft vibrierten. Ganz in seiner Nähe weinte jemand. Ein kindliches Weinen – heftig und hemmungslos. Bald verharrte das Schluchzen auf einem dünnen Mollton, bald wallte es mit neuer Kraft auf und kam immer näher. Ljonka hob den Kopf und spähte durch das Unkraut auf den Weg.

Ein Mädchen von sieben Jahren kam ihn entlang, sauber gekleidet, mit rotem, tränenverquollenem Gesicht, das sie hin und wieder mit dem Saum ihres weißen Rocks abwischte. Sie ging langsam, ihre nackten Füße schlurften über den Boden und wirbelten dichten Staub auf; offenbar wusste sie nicht, wohin sie ging und warum. Sie hatte große schwarze Augen, die nun verletzt wirkten, traurig und feucht, ihre zarten, kleinen rosa Ohren lugten übermütig unter dem kastanienbraunen gelockten Haar hervor, das ihr auf Stirn, Wangen und Schultern fiel.

Ljonka fand sie sehr komisch, trotz ihrer Tränen, komisch und lustig … Und bestimmt war sie ein Wildfang!

»Warum weinst du?«, fragte er und stand auf, als sie bei ihm angelangt war.

Sie zuckte zusammen und blieb stehen, hörte sofort auf zu weinen, schluchzte jedoch noch immer leise. Nachdem sie ihn einige Augenblicke lang gemustert hatte, zitterten ihre Lippen erneut, ihr Gesicht verzog sich, ihre Brust bebte, sie brach wieder in lautes Weinen aus und ging weiter.

Ljonka fühlte, wie sich etwas in ihm zusammenkrampfte, und plötzlich folgte er ihr.

»Wein doch nicht. So ein großes Mädchen, solltest dich

schämen!«, begann er, noch hinter ihr, und als er sie eingeholt hatte, sah er ihr ins Gesicht und fragte noch einmal: »Na, warum heulst du denn?«

»Ja-a!«, klagte sie. »Wenn das dir ...« Plötzlich sank sie in den Straßenstaub, schlug die Hände vors Gesicht und stöhnte verzweifelt.

»Phh!« Ljonka winkte verächtlich ab. »Weibsbild! So sind die Weiber. Pfui Teufel!«

Doch das half weder ihr noch ihm. Als Ljonka Träne um Träne durch ihre rosigen Finger quellen sah, wurde er gleichfalls traurig und hätte am liebsten geweint. Er beugte sich über die Kleine, hob vorsichtig die Hand, berührte ihr Haar, erschrak jedoch vor seiner eigenen Kühnheit und zog die Hand sofort wieder zurück. Sie weinte noch immer und sagte nichts.

»Hör mal!«, begann Ljonka nach einer Weile, weil er das dringende Bedürfnis verspürte, ihr zu helfen. »Was hast du denn? Bist du verprügelt worden? Das geht doch vorbei! Oder ist es vielleicht was anderes? Sags mir! Na, Mädchen?«

Ohne die Hände vom Gesicht zu nehmen, schüttelte das Mädchen traurig den Kopf und antwortete ihm schließlich langsam, unter Schluchzen, mit bebenden Schultern.

»Mein Tuch ... ich habs verloren! Papa hats mir vom Basar mitgebracht ... es ist blau mit Blumen drauf, und ich habs umgebunden und verloren.« Sie fing wieder an zu weinen, heftiger und lauter, mit Schluchzern und seltsamem Stöhnen: »O-o-o!«

Ljonka fühlte sich unfähig, ihr zu helfen, rückte schüchtern von ihr ab und blickte nachdenklich und traurig in den dunkler gewordenen Himmel. Er war bedrückt und hatte großes Mitleid mit dem Mädchen.

»Nicht weinen! Vielleicht findet es sich ja wieder an ...«, flüsterte er leise, doch als er merkte, dass sie seine Trostworte nicht hörte, rückte er noch weiter von ihr ab und dachte, dass ihr Vater sie für diesen Verlust bestimmt bestrafen würde. Sofort stellte er sich vor, wie ihr Vater, ein großer, schwarzhaariger Kosak, sie prügelte und sie, tränenerstickt und zitternd vor Angst und Schmerzen, vor ihm auf dem Boden lag …

Er stand auf und ging, doch nach fünf Schritten drehte er sich jäh um, stellte sich vor das Mädchen, lehnte sich an den Flechtzaun und suchte mühsam nach etwas Liebem, Freundlichem …

»Du solltest weg von der Straße, Mädchen! Nun hör schon auf zu weinen! Geh nach Hause und sag, wies war. Dass dus verloren hast … Was ist daran so schlimm?«

Er hatte mit leiser, mitfühlender Stimme angefangen, und als er mit einem empörten Ausruf geendet hatte, freute er sich, weil er sah, dass sie aufstand.

»Na also!«, fuhr er lächelnd und lebhaft fort. »Nun geh. Soll ich mitkommen und alles erzählen? Ich steh dir bei, keine Angst!«

Ljonka reckte stolz die Schultern und blickte um sich.

»Nicht nötig …«, flüsterte sie, klopfte sich langsam den Staub von der Kleidung und weinte noch immer.

»Ich kann mitkommen!«, rief Ljonka voller Entschlossenheit und schob sich die Mütze auf ein Ohr.

Nun stand er vor ihr, die Beine weit gespreizt, wodurch die Lumpen, in die er gehüllt war, sich beinahe verwegen bauschten. Er klopfte mit seinem Stock fest auf den Boden und sah das Mädchen durchdringend an, und aus seinen großen traurigen Augen leuchteten Stolz und Kühnheit.

Sie sah ihn schräg von unten an, wischte sich die Tränen übers Gesicht, seufzte noch einmal und sagte: »Nein, komm lieber nicht mit … Mama mag keine Bettler.«

Dann ging sie, schaute aber zweimal zu ihm zurück.

Ljonka wurde wehmütig. Unmerklich, ganz allmählich veränderte sich seine entschlossene, herausfordernde Haltung, er krümmte sich wieder demütig, warf sich den Quersack über die Schulter, den er bis dahin in der Hand getragen hatte, und rief dem Mädchen, das gerade eine Wegbiegung erreicht hatte, nach: »Leb wohl!«

Sie drehte sich im Laufen zu ihm um und verschwand.

Der Abend nahte, in der Luft lag jene besondere drückende Schwüle, die ein Gewitter ankündigt. Die Sonne stand schon tief, die Wipfel der Pappeln waren zart rot gefärbt. Doch durch die abendlichen Schatten, die ihre Äste einhüllten, wirkten die hohen, reglosen Bäume noch dichter und höher … Auch der Himmel über ihnen verdunkelte sich, wurde samtig und schien tiefer herabzusinken. Irgendwo in der Ferne redeten Menschen, und weiter weg, aber in einer anderen Richtung, wurde gesungen. Diese Töne, leise, aber kräftig, schienen gleichfalls von Schwüle durchtränkt zu sein.

Ljonka wurde noch wehmütiger, ja sogar ein wenig bange zumute. Er wollte zu seinem Großvater, sah sich um und ging rasch die Gasse geradeaus weiter. Betteln mochte er nicht. Er lief, spürte das Herz in seiner Brust ganz schnell schlagen und empfand einen besonderen Widerwillen gegen das Laufen und das Nachdenken … Doch das Mädchen ging ihm nicht aus dem Sinn, und er dachte: Was ist jetzt mit ihr? Wenn sie aus einem reichen Haus kommt, wird sie bestimmt geschlagen: Die Reichen sind alle Knauser; aber wenn sie arm ist, dann vielleicht nicht … In armen Häusern werden die Kinder mehr geliebt, weil sie mal arbeiten sollen.

Ein Gedanke nach dem anderen drängte sich ihm auf, und mit jeder Minute wurde die quälende, schmerzhafte Trübsal, die seine Gedanken wie ein Schatten begleitete, schwerer und ergriff immer mehr von ihm Besitz.

Auch die Abendschatten wurden dichter und drückender. Männer und Frauen aus dem Dorf kamen Ljonka entgegen und gingen achtlos an ihm vorbei, sie hatten sich schon an den Strom der Hungernden aus Russland gewöhnt. Auch er ließ den Blick nur träge über die satten, kräftigen Gestalten gleiten und lief rasch in Richtung Kirche – hinter den Bäumen vor ihm strahlte ihr Kreuz.

Der Lärm einer von der Weide zurückkehrenden Viehherde schlug ihm entgegen. Und da war schon die Kirche, ein niedriges, breites Gebäude mit fünf himmelblau gestrichenen Kuppeln, umstanden von Pappeln, deren Wipfel die von der untergehenden Sonne bestrahlten rötlich-golden leuchtenden Kreuze überragten.

Da kam auch der Großvater zur Kirchentreppe, gebeugt unter der Last seines Quersacks, beschirmte mit der Hand die Augen und hielt nach allen Seiten Ausschau.

Hinter dem Großvater ging mit schaukelndem Gang ein Kosak, die Mütze tief in die Stirn gezogen, einen Knüppel in der Hand.

»Na, ist wohl leer, dein Sack?«, fragte der Großvater, als er sich dem Enkel näherte, der wartend an der Kirchenmauer stehen geblieben war. »Aber ich hab ganz viel!« Ächzend streifte er den prall gefüllten Leinensack von der Schulter und ließ ihn auf den Boden gleiten. »Uff! Die Leute hier sind großzügig! Wahrlich großzügig! Na und du, warum so mürrisch?«

»Mir tut der Kopf weh …«, sagte Ljonka leise und setzte sich neben den Großvater auf die Erde.

»Ja? Bist müde … Erschöpft! Wir gehen gleich in unser Nachtlager. Wie hieß noch dieser Kosak? Wie?«

»Andrej Tschorny.«

»Also fragen wir einfach: Wo wohnt denn hier Andrej Tschorny? Da kommt schon jemand … Ja … Ein gutes Volk, und satt! Essen nur Weizenbrot. Guten Tag, guter Mann!«

Der Kosak kam heran und antwortete auf den Gruß des Großvaters gedehnt: »Euch auch einen guten Tag.«

Dann richtete er, die Beine weit gespreizt, seine großen, ausdruckslosen Augen auf die Bettler und kratzte sich schweigend.

Ljonka sah ihn neugierig an, die Greisenaugen des Großvaters zwinkerten fragend, der Kosak schwieg noch immer, streckte schließlich die Zunge halb heraus und angelte damit nach einem Ende seines Schnurrbarts. Als er es geschnappt hatte, zog er es in den Mund, kaute eine Weile darauf herum, bis er endlich das schon lastend gewordene Schweigen brach und träge sagte: »Na – kommt mal mit ins Gemeindehaus!«

»Wozu?«, fuhr der Großvater auf.

Ljonka zuckte innerlich zusammen.

»Weils sein muss ... Ein Befehl. Also!«

Er kehrte ihnen den Rücken zu und wollte losgehen, doch als er sich umdrehte und sah, dass die beiden sich nicht von der Stelle rührten, rief er, nun schon ärgerlich: »He, worauf wartet ihr!«

Also folgten der Großvater und Ljonka ihm rasch.

Ljonka blickte forschend zu seinem Großvater, und als er sah, dass dessen Kopf und Lippen zitterten, er sich ständig ängstlich umschaute und hastig unter seinem Hemd herumtastete, ahnte er, dass der Großvater wieder etwas angestellt hatte, wie damals in Taman. Beim Gedanken an die Geschichte in Taman wurde ihm ganz bange. Dort hatte der Großvater Wäsche von einem Hof gestohlen und war damit erwischt worden. Er wurde ausgelacht, beschimpft, sogar geschlagen und schließlich mitten in der Nacht aus dem Dorf geworfen. Großvater und er mussten am Ufer einer Bucht im Sand übernachten, und das Meer hatte die ganze Nacht bedrohlich getost ... Der Sand hatte unter den anrollenden Wellen geknirscht ... Und Großvater hatte die ganze Nacht gestöhnt und flüsternd zu Gott gebetet, sich einen Dieb genannt und um Vergebung gefleht.

»Ljonka ...«

Ein Stoß in die Seite schreckte Ljonka auf; er sah den Großvater an. Sein Gesicht war ganz schlaff, schien noch welker und grauer und zitterte.

Der Kosak ging fünf Schritte vor ihnen, rauchte eine Pfeife, schlug mit seinem Knüppel Kletten die Köpfe ab und drehte sich nicht um.

»Hier, nimm! Wirfs weg … ins Gestrüpp … aber merk dir, wo, damit dus wiederfindest …«, flüsterte der Großvater kaum hörbar, drängte sich im Laufen ganz dicht an den Enkel und schob ihm ein zusammengeknülltes Stück Stoff in die Hand.

Zitternd vor Angst, die sein ganzes Ich augenblicklich mit Kälte erfüllte, ging Ljonka ein Stück zur Seite, zu einem Zaun, vor dem dichtes Unkraut wuchs. Den Blick angestrengt auf den Rücken des Kosaken-Wachmanns gerichtet, streckte er die Hand aus, sah kurz hin und warf den Stoff ins Gras …

Beim Fallen entfaltete er sich, und Ljonkas Augen erfassten ein blaues Tuch mit Blumen darauf, das sofort vom Bild des weinenden kleinen Mädchens überdeckt wurde. Wie leibhaftig stand sie vor ihm, verdrängte den Kosaken, Großvater und alles ringsum … Wieder hörte Ljonka deutlich ihr Schluchzen und glaubte helle Tränen auf die Erde fallen zu sehen.

In diesem fast besinnungslosen Zustand betrat er nach seinem Großvater das Gemeindehaus, vernahm dumpfes Summen, das er nicht verstehen konnte und wollte, und sah wie durch einen Nebel, wie Brotkanten aus Großvater Quersack auf einen großen Tisch geschüttet wurden; mit dumpfem, weichem Aufprall landeten sie auf dem Tisch … Dann beugten sich viele Köpfe mit hohen Mützen darüber; die Köpfe und die Mützen waren finster und mürrisch und strahlten durch den Nebel, der sie umhüllte, etwas Bedrohliches aus … Plötzlich drehte sich der Großvater, heiser vor sich hin brummend, wie ein Kreisel in den Händen zweier großer Kerle …

»Ihr tut mir Unrecht, Rechtgläubige! Ich bin unschuldig, der Herr ist mein Zeuge!«, kreischte der Großvater durchdringend.

Ljonka fing an zu weinen und ließ sich zu Boden sinken.

Nun wandten sie sich ihm zu. Sie hoben ihn hoch, setzten ihn auf eine Bank und durchwühlten alle Lumpen, die seinen mageren kleinen Körper einhüllten.

»Sie lügt, die Danilowna, das verfluchte Weib!«, donnerte jemand, und die kräftige, gereizte Stimme traf Ljonkas Ohren wie ein Schlag.

»Vielleicht haben sies ja irgendwo versteckt?«, riefen andere noch lauter.

Ljonka trafen all diese Schreie wie Schläge auf den Kopf, und er bekam solche Angst, dass er das Bewusstsein verlor, als sinke er in eine schwarze Grube, deren bodenloser Abgrund sich vor ihm aufgetan hatte.

Als er wieder zu sich kam, lag sein Kopf auf dem Schoß seines Großvaters, über ihn beugte sich Großvaters Gesicht, noch zerknitterter und kläglicher als sonst, und aus Großvaters erschrocken zwinkernden Augen tropften trübe kleine Tränen auf seine, Ljonkas, Stirn und kitzelten sehr, wenn sie über die Wangen auf den Hals rannen …

»Hast dich wieder berappelt, mein Lieber?! Komm weg hier. Komm, sie haben uns laufen lassen, die Verfluchten!«

Ljonka stand auf und fühlte sich, als wäre sein Kopf mit etwas Schwerem angefüllt und müsste ihm gleich von den Schultern fallen … Er nahm ihn in beide Hände und schwankte leise stöhnend hin und her.

»Der Kopf tut weh, ja? Mein Lieber, Guter! Gequält haben sie uns beide … Diese Tiere! Ein Dolch ist weggekommen, weißt du, und ein Mädchen hat ein Tuch verloren, na, und da sind sie gleich über uns hergefallen! Oh, Herr! Wofür bestrafst du mich?!«

Großvaters knarrende Stimme ärgerte Ljonka, und er spürte einen heißen Funken in seinem Inneren aufflammen, der ihn von Großvater abrücken ließ.

Er rückte ein Stück ab und blickte um sich.

Sie saßen am Dorfausgang, im dichten Schatten einer

krummen Schwarzpappel. Die Nacht war angebrochen, der Mond schien, und sein milchig-silbriges Licht, das sich über die ebene Steppe ergoss, ließ sie enger wirken als am Tag, enger und noch öder, noch trostloser. In der Ferne stiegen von der Steppe, die mit dem Himmel verschmolz, Wolken auf und schwebten still über ihr, schoben sich vor den Mond und warfen dichte Schatten auf die Erde. Langsam sanken die Schatten auf die Erde, krochen träge darüber hin und verschwanden plötzlich wieder, als rutschten sie in die Erde, die von den sengenden Sonnenstrahlen aufgeplatzt war. Aus dem Dorf drangen Stimmen, da und dort flammten Lichter auf und blinzelten den strahlend goldenen Sternen zu.

»Komm, mein Lieber! Wir müssen gehen«, sagte der Großvater.

»Lass uns noch ein bisschen hier sitzen!«, sagte Ljonka leise.

Er mochte die Steppe. Wenn sie tags durch die Steppe liefen, blickte er gern nach vorn, dorthin, wo das Himmelsgewölbe auf ihrer breiten Brust ruhte. Dort stellte er sich große, wunderbare Städte vor, bewohnt von nie gesehenen guten Menschen, die man nicht um Brot bitten musste – sie gaben es von selbst, ohne Bitten … Doch wenn die Steppe, die sich vor seinen Augen immer mehr weitete, plötzlich ein Dorf hervorbrachte, das er bereits kannte, dessen Häuser und Menschen all denen ähnelten, die er zuvor schon gesehen hatte, wurde ihm traurig und weh zumute ob dieses Betrugs.

Auch jetzt blickte er nachdenklich in die Ferne, aus der langsam Wolken herankrochen. Sie erschienen ihm wie der Rauch aus Tausenden Schornsteinen jener Stadt, die er sich so sehr wünschte.

Großvaters trockener Husten unterbrach seine Betrachtungen. Ljonka musterte das tränennasse Gesicht des Großvaters, der gierig nach Luft schnappte.

Beleuchtet vom Mond und verhüllt von seltsamen Schatten, die von der zerlumpten Mütze, von Bart und Brauen darauffielen, wirkte dieses Gesicht mit dem sich krampfhaft bewegenden Mund und den weit aufgerissenen Augen, die in heimlichem Triumph leuchteten, kläglich und beängstigend, und es weckte in Ljonka jenes neue Gefühl, das ihn noch ein Stück von seinem Großvater abrücken ließ …

»Gut, bleiben wir ein Weilchen sitzen!«, murmelte der Großvater und tastete dümmlich lächelnd unter seinem Hemd herum.

Ljonka hatte sich abgewandt und blickte wieder in die Ferne.

»Ljonka! Sieh mal!«, keuchte der Großvater plötzlich triumphierend, und zusammengekrümmt von würgendem Husten, hielt er dem Enkel etwas Langes, Glänzendes hin. »In Silber gefasst! Das ist doch Silber! Fünfzig Rubel wert!«

Seine Hände und Lippen zitterten vor Habgier und Schmerzen, sein ganzes Gesicht verzerrte sich.

Ljonka zuckte zusammen und stieß seine Hand weg.

»Steck ihn weg, schnell! Ach, Großvater, steck ihn weg!«, flüsterte er flehend und blickte hastig um sich.

»Na, was hast du denn, du Dummchen? Hast Angst, mein Lieber? Ich hab zum Fenster reingeschaut, und da hing er … Ich hab ihn mir geschnappt und unters Hemd geschoben … und ihn dann im Gebüsch versteckt. Als wir aus dem Dorf raus sind, hab ich getan, als wär meine Mütze runtergefallen, hab mich gebückt und ihn aufgehoben … Diese Narren! Auch das Tuch hab ich mitgenommen – hier ist es!«

Mit zitternden Händen zog er das Tuch unter seinen Lumpen hervor und schwenkte es vor Ljonkas Gesicht.

Der Nebelschleier vor Ljonkas Augen zerriss, und er sah folgendes Bild: Er und Großvater gehen, so schnell sie können, die Dorfstraße entlang, meiden ängstlich die Blicke Entgegenkommender, und Ljonka hat das Gefühl, jeder, der will, könne sie beide schlagen, anspucken, beschimpfen ... Alles um sie herum – Zäune, Häuser, Bäume – schwankt in einem seltsamen Nebel wie vom Wind ... überall dröhnen strenge, wütende Stimmen ... Dieser qualvolle Weg ist unendlich lang, der Dorfausgang aufs freie Feld nicht auszumachen hinter der dichten Masse der schwankenden Häuser, die bald näher kommen, als wollten sie ihn und Großvater zerquetschen, bald weiter weg rücken und ihnen mit ihren dunklen Fenstern ins Gesicht lachen ... Und plötzlich tönt aus einem Fenster der laute Ruf: »Diebe! Diebe! Ein Dieb, ein kleiner Dieb!« Verstohlen sieht Ljonka zur Seite und entdeckt im Fenster das Mädchen, das er weinen gesehen hat und dem er beistehen wollte. Sie fängt seinen Blick auf und streckt ihm die Zunge heraus, und ihre blauen Augen funkeln böse und versetzen Ljonka Stiche wie Nadeln.

Dieses Bild erstand im Kopf des Jungen, verschwand sofort wieder und hinterließ ein böses Lächeln, das er dem Großvater zuwarf.

Der Großvater sagte etwas, unterbrochen von Husten, fuchtelte mit den Händen, schüttelte den Kopf und wischte sich den Schweiß ab, der in großen Tropfen aus den Falten seines Gesichts trat.

Eine schwere, zerrissene, zerzauste Wolke schob sich vor den Mond, und Ljonka konnte das Gesicht des Großvaters kaum noch sehen ... Aber er stellte das weinende Mädchen neben ihn, das er aus seiner Erinnerung heraufbeschwor, als wollte er die beiden in Gedanken vergleichen. Neben ihr, der der Großvater wehgetan hatte, die weinte, aber gesund war, frisch und schön, erschien ihm der klapprige, habgierige und zerlumpte Großvater mit seiner knarrenden Stimme unnütz und fast so böse und gemein wie das Gerippe Unsterblich im Märchen. Wie konnte er? Warum hatte er ihr wehgetan? Er kannte sie gar nicht.

Der Großvater aber sagte knarrend: »Wenn ich hundert Rubel sparen könnte! Dann würde ich ruhig sterben ...«

»Du!«, explodierte Ljonka plötzlich. »Sei bloß still! Sterben, sterben … Aber du stirbst gar nicht … Du stiehlst!«, kreischte Ljonka und sprang auf, am ganzen Leib zitternd. »Du alter Dieb! Ooh!« Er schüttelte die geballte kleine Faust vor dem Gesicht seines verstummten Großvaters, ließ sich dann schwer wieder auf die Erde sinken und murmelte: »Ein Kind bestehlen … Ach, gut! Ein alter Mann, und noch immer … Das wird dir im Jenseits bestimmt nicht vergeben!«

Auf einmal wogte die ganze Steppe und schien sich zu weiten, in blendend hellblaues Licht getaucht. Die Dunkelheit, die sie eingehüllt hatte, zuckte zusammen und verschwand für einen Augenblick. Ein Donnerschlag ertönte und rollte grollend über die Steppe, erschütterte sie und den Himmel, über den nun rasch eine dichte Masse schwarzer Wolken zog und den Mond verschluckte.

Es wurde dunkel. Irgendwo in der Ferne zuckte tonlos, aber drohend, noch ein Blitz, und in der nächsten Sekunde grummelte erneut schwacher Donner. Dann trat Stille ein, die endlos schien.

Ljonka bekreuzigte sich. Der Großvater saß reglos und stumm da, als wäre er mit dem Baumstamm verwachsen, an den er sich gelehnt hatte.

»Großvater!«, flüsterte Ljonka, der in peinigender Angst auf den nächsten Donnerschlag wartete. »Komm, wir gehen ins Dorf!«

Erneut bebte der Himmel, erneut zuckte eine bläuliche Flamme auf und schickte einen gewaltigen Stromstoß auf die Erde. Als krachten Tausende Eisenbleche aneinanderscheppernd auf die Erde.

»Großvater!«, rief Ljonka.

Vom Donner übertönt, nahm sich sein Schrei aus wie das Läuten einer angeschlagenen kleinen Glocke.

»Was denn … Hast Angst …«, sagte der Großvater heiser, ohne sich zu rühren.

Nun fielen große Regentropfen, und ihr Platschen klang so geheimnisvoll, als warnte es sie vor etwas … In der Ferne war der Regen bereits zu einem starken, vollen Rauschen angewachsen, es erinnerte an eine riesige Bürste, die über den trockenen Boden fuhr, doch hier, wo der Großvater und sein Enkel saßen, klang jeder Tropfen, der auf die Erde fiel, kurz und abgehackt und verhallte ohne Echo. Immer näher kamen die Donnerschläge, immer häufiger flammte der Himmel auf.

»Ich gehe nicht ins Dorf! Soll mich doch der Regen hier ersäufen … mich alten Hund, mich Dieb … und der Blitz mich erschlagen!«, sagte der Großvater keuchend. »Ich gehe nicht! Geh allein … Da ist es, das Dorf … Geh! Ich will nicht, dass du hier sitzen bleibst … geh weg! Geh, geh! Geh!«

Nun schrie der Großvater, dumpf und heiser.

»Großvater! Verzeih mir!«, bat Ljonka und rückte näher zu ihm.

»Ich gehe nicht mit … Ich verzeihe dir nicht … Sieben Jahre hab ich dich versorgt! Alles nur für dich … auch gelebt … hab ich nur für dich. Was brauche ich schon? Ich sterbe doch … Ich sterbe … aber du sagst, ich bin ein Dieb … Weshalb bin ich denn ein Dieb? Für dich … für dich tue ich das alles … Da nimm … nimm … nimm schon … Für dein Leben … für dein ganzes Leben … hab ich gespart … ja, und auch gestohlen … Gott sieht alles … Er weiß Bescheid … dass ich gestohlen habe … das weiß er … Er wird mich bestrafen. Er wird kein Erbarmen haben mit mir altem Hund … für das Stehlen. Er hat mich ja schon bestraft … Herr! Du hast mich bestraft! Ja? Hast mich bestraft? Durch die Hand eines Kindes hast du mich getötet! Nicht wahr, Herr! Recht so! Du bist gerecht, Herr! Komm meine Seele holen … Ooh!«

Die Stimme des Großvaters wuchs zu einem durchdringenden Schrei an, der Grauen in Ljonkas Brust säte.

Die Donnerschläge, die Steppe und Himmel erschütterten, krachten jetzt so dumpf und eilig, als wollte jeder einzelne der Erde etwas Dringendes mitteilen, und so dröhnten sie, einander überholend, fast ohne Pause. Der von Blitzen zerrissene Himmel bebte, auch die Steppe bebte, bald blau aufleuchtend, bald in kalte, schwere und beengende Finsternis getaucht. Manchmal erhellte ein Blitz die Ferne. Diese Ferne schien hastig vor dem Lärm und Geheul zu fliehen …

Regen fiel, und seine Tropfen, bei jedem Blitz glänzend wie Stahl, verbargen die freundlich blinkenden Lichter des Dorfes.

Ljonka erstarrte vor Angst, Kälte und einem vagen quälenden Schuldgefühl, ausgelöst durch Großvaters Schrei. Mit weit aufgerissenen Augen starrte er vor sich hin und wagte sie nicht einmal dann zu schließen, wenn Wassertropfen von seinem durchnässten Kopf hineinrannen; er horchte auf Großvaters Stimme, die im Meer der gewaltigen Töne unterging.

Ljonka spürte, dass der Großvater reglos dasaß, doch er glaubte, er würde verschwinden, fortgehen und ihn hier alleinlassen. Ohne es zu merken, rückte er näher zum Großvater, und als er ihn mit dem Ellbogen berührte, zuckte er zusammen, weil er etwas Schlimmes erwartete …

Ein Blitz spaltete den Himmel und beleuchtete die beiden dicht aneinandergedrängten kleinen Gestalten, die zusammengekrümmt dahockten, schutzlos den Wassermassen ausgesetzt, die vom Baum herabströmten.

Der Großvater fuchtelte mit der Hand in der Luft herum und murmelte ständig vor sich hin, keuchend und schon ganz erschöpft.

Ljonka schaute ihm ins Gesicht und schrie vor Angst auf. Im blauen Licht eines Blitzes sah es aus wie tot, und die rollenden trüben Augen darin wirkten irre.

»Großvater! Komm mit!«, schrie er und stieß mit dem Kopf gegen die Knie des alten Mannes.

Der Großvater beugte sich über ihn, umschlang ihn mit seinen mageren, knochigen Armen, presste ihn fest an sich, drückte ihn mehrmals und heulte plötzlich laut und durchdringend auf, wie ein Wolf, der in eine Falle geraten ist.

Von diesem Schrei um den Verstand gebracht, riss sich Ljonka von ihm los, sprang auf die Beine und schoss wie der Pfeil davon, einfach der Nase nach, die Augen weit aufgerissen, geblendet von den Blitzen, häufig stürzend und sich wieder aufrappelnd, immer tiefer in die Dunkelheit, die bald grellen Blitzen wich, bald den vor Angst fast irrsinnigen Jungen verschluckte.

Der Regen aber rauschte kalt, monoton und trostlos. Es schien, als hätte es in der ganzen Steppe nie etwas anderes gegeben als das Rauschen des Regens, das Zucken der Blitze und das wütende Grollen des Donners.

Am Morgen des nächsten Tages kehrten die Jungen, die aus dem Dorf hinausgelaufen waren, gleich wieder zurück, schlugen Alarm und berichteten, sie hätten unter einer Schwarzpappel den Bettler von gestern gefunden, er sei wohl erstochen worden, denn neben ihm liege ein Dolch.

Doch als die alten Kosaken nachsehen kamen, stellte sich heraus, dass das nicht stimmte. Der alte Mann lebte noch. Als sie ihn erreichten, versuchte er aufzustehen, schaffte es aber nicht. Er konnte nicht mehr richtig sprechen, mit tränenden Augen versuchte er etwas zu fragen und schaute suchend in die Menge, konnte das Gesuchte jedoch nicht entdecken und erhielt keine Antwort.

Gegen Abend starb er, und die Kosaken begruben ihn dort, wo sie ihn gefunden hatten, unter der Schwarzpappel, denn sie meinten, er solle nicht auf dem Friedhof beerdigt werden: Erstens sei er ein Fremder, zweitens ein Dieb – neben ihm hatten der Dolch und das Tuch gelegen –, und drittens sei er ohne Beichte gestorben.

Zwei oder drei Tage später wurde auch Ljonka gefunden.

Über einer Steppensenke unweit des Dorfes kreisten

plötzlich Krähenschwärme, und als die Kosaken nachsehen gingen, fanden sie den Jungen; er lag mit ausgebreiteten Armen bäuchlings im Schlamm, den der Regen auf dem Grund der Senke hinterlassen hatte.

Erst wollten sie den Jungen auf dem Friedhof begraben, weil er ja noch ein Kind war, doch nach kurzem Überlegen begruben sie ihn neben seinem Großvater, unter derselben Schwarzpappel. Sie schütteten einen Hügel auf und stellten ein grobes Steinkreuz darauf.

1893

Einst im Herbst

Einst im Herbst geriet ich in die sehr unangenehme und unbequeme Lage, in einer Stadt, in der ich gerade angekommen war und wo ich keinen Menschen kannte, ohne einen einzigen Groschen in der Tasche und ohne Obdach zu sein.

Nachdem ich an den ersten drei Tagen alles verkauft hatte, was ich entbehren konnte, verließ ich die Stadt und ging an einen Ort, der Mündung genannt wurde, wo sich Dampferanlegestellen befanden und zu Schifffahrtszeiten ein reges Arbeitsleben herrschte, an dem es nun jedoch leer und still war – die Geschichte ereignete sich in den letzten Oktobertagen.

Ich schlurfte durch den feuchten Sand und hielt hartnäckig Ausschau nach Resten von Nahrhaftem, streifte einsam zwischen verlassenen Gebäuden und Verkaufsbuden umher und dachte daran, wie schön es war, satt zu sein …

Beim gegenwärtigen Zustand der Kultur ist der Hunger der Seele eher zu stillen als der Hunger des Leibes. Sie streifen durch die Straßen, umgeben von Gebäuden, die nicht übel aussehen und – das kann man mit Gewissheit sagen – auch nicht übel eingerichtet sind: Das kann in Ihnen erfreuliche Gedanken über die Architektur, über die Hygiene und über noch vieles andere auslösen, Kluges und Erhabenes; Ihnen begegnen warm und bequem gekleidete Menschen – sie sind höflich, weichen Ihnen stets aus, taktvoll darauf bedacht, den traurigen Umstand Ihrer Existenz nicht zu bemerken. Weiß Gott, die Seele eines Hungrigen ernährt sich stets besser und gesünder als die Seele eines Satten –

eine These, aus der sich ein scharfsinniger Schluss zum Nutzen der Satten ziehen lässt!

Es wurde Abend, es regnete, von Norden wehte ein böiger Wind. Er pfiff in den leeren Buden und Büdchen, schlug gegen die zugenagelten Fenster der Gasthäuser, die Wellen im Fluss schäumten unter seinen Stößen, klatschten laut auf den Ufersand, stellten die weißen Kämme hoch auf, eilten eine nach der anderen in die trübe Ferne, einander eifrig überrollend … Es schien, als spürte der Fluss die Nähe des Winters und wollte ängstlich vor den Eisfesseln fliehen, die ihm der Nordwind schon in dieser Nacht anlegen konnte. Der Himmel war schwer und düster, unentwegt fielen daraus kaum sichtbare Regentropfen; zwei abgebrochene, hässliche Silberweiden und ein umgestülptes Boot vor ihren Wurzeln unterstrichen die traurige Elegie der Natur um mich herum.

Ein umgestülpter Nachen mit löchrigem Boden und vom kalten Wind gefledderte kümmerliche alte Bäume … Alles ringsum war zerstört, unfruchtbar und tot, und der Himmel vergoss unerschöpfliche Tränen. Leer und düster war es ringsum – als läge alles im Sterben, als lebte nur ich allein noch, und auch mich erwartete der Hungertod.

Siebzehn Jahre alt war ich damals – eine schöne Zeit!

Ich lief und lief durch den kalten, feuchten Sand, schlug mit den Zähnen Trommelwirbel zu Ehren von Hunger und Kälte, und plötzlich, als ich auf der vergeblichen Suche nach Essbarem hinter eine Bude schaute, entdeckte ich eine zusammengekrümmte weibliche Gestalt in einem vom Regen durchnässten Kleid, das an den gebeugten Schultern klebte. Ich blieb vor ihr stehen, um zu sehen, was sie da tat.

Sie grub mit den Händen im Sand, offenbar, um unter eine der Buden zu gelangen.

»Warum machst du das?«, fragte ich und hockte mich neben sie.

Sie schrie leise auf und sprang schnell auf die Beine. Jetzt, da sie stand und mich mit weit aufgerissenen, angsterfüllten grauen Augen ansah, bemerkte ich, dass sie ein Mädchen in meinem Alter war, mit einem sehr hübschen Gesicht, das leider drei große blaue Flecken zierten. Sie verdarben seinen Anblick, obwohl sie bemerkenswert symmetrisch angeordnet waren – zwei gleich große Flecke unter den Augen, ein größerer auf der Stirn, genau über der Nasenwurzel. Diese Symmetrie zeugte vom Werk eines Künstlers, der geübt war im Verunstalten menschlicher Physiognomien.

Das Mädchen sah mich an, die Angst in ihren Augen wich allmählich. Nun schüttelte sie sich den Sand von den Händen, zupfte ihr Kattunkopftuch zurecht, hob fröstelnd die Schultern und sagte: »Du hast auch Hunger, was? Na los, grab weiter, meine Hände sind erschöpft. Da drin«, sie deutete mit einem Kopfnicken auf die Bude, »ist bestimmt Brot … Der Laden hat noch nicht dichtgemacht.«

Ich begann zu graben. Sie wartete eine Weile und sah mir zu, dann hockte sie sich neben mich und half mir …

Wir arbeiteten schweigend. Ich kann jetzt nicht mehr sagen, ob ich in diesem Augenblick an das Strafgesetzbuch dachte, an Moral, an Eigentum und an andere Dinge, an die man, wie kundige Leute meinen, in jeder Lebenslage denken muss. Um so nah wie möglich bei der Wahrheit zu bleiben, muss ich gestehen – ich glaube, ich war so in die Unterhöhlung der Bude vertieft, dass ich alles andere vollkommen vergaß, bis auf das, was sich womöglich in dem Laden befand.

Es wurde Abend. Die Dunkelheit um uns herum – kalt, feucht und durchdringend – wurde immer dichter. Die Wellen rauschten noch dumpfer als zuvor, der Regen trommelte immer stärker und prasselnder. Irgendwo hatte bereits der Nachtwächter seine Rassel geschwungen …

»Ob sie einen Boden hat oder nicht?«, fragte meine Helferin leise.

Ich begriff nicht, wovon sie sprach, und schwieg.

»Ich meine, ob die Bude wohl einen Boden hat? Wenn ja, dann rackern wir uns umsonst ab. Dann graben wir ein Loch, aber da drüber sind vielleicht noch dicke Bretter. Da kommen wir nie durch! Besser, wir brechen das Schloss auf … das ist ziemlich klapprig.«

Der Kopf einer Frau wird selten von guten Ideen heimgesucht; aber wie Sie sehen, kommt es vor … Ich habe gute Ideen stets geschätzt und mich immer bemüht, sie nach Möglichkeit zu nutzen.

Ich fand das Schloss, rüttelte daran und riss es mitsamt den Befestigungsringen heraus. Sofort glitt meine Komplizin wie eine Schlange durch die schmale Öffnung.

Von drinnen rief sie beifällig: »Gut gemacht!«

Ein kleines Lob einer Frau ist mir mehr wert als eine ganze Lobeshymne von einem Mann, und sei er so beredt wie sämtliche antiken Redner zusammen. Doch damals war ich weniger freundlich gestimmt als heute, ich schenkte dem Kompliment des Mädchens also keine Beachtung, sondern fragte nur kurz und bange: »Gibts da was?«

Monoton zählte sie mir ihre Entdeckungen auf: »Ein Korb mit Flaschen … Leere Säcke … Ein Schirm … Ein Blecheimer.«

Nichts davon war essbar. Ich fühlte, wie meine Hoffnungen schwanden.

Doch plötzlich rief sie lebhaft: »Ah! Hier ist einer …«

»Wer?«

»Brot … Ein runder Fladen … Nur nass … Fang auf!«

Das Brot rollte mir vor die Füße, gefolgt von ihr, meiner tapferen Komplizin.

Ich hatte mir schon ein Stück abgebrochen, in den Mund gesteckt und kaute.

»He, gib mal her. Aber wir müssen hier weg. Wohin am besten?« Suchend spähte sie nach allen vier Richtungen in die Dunkelheit … Es war dunkel, nass und laut. »Da drüben, da liegt ein umgedrehtes Boot. Wollen wir hin?«

»Klar doch!«

Wir gingen los, brachen im Gehen Stücke von unserer Beute ab und stopften sie uns in den Mund.

Der Regen wurde stärker, der Fluss heulte, von irgendwoher drang ein langgezogenes spöttisches Pfeifen, als pfiffe jemand Großes, der niemanden fürchtete, jede irdische Ordnung aus – diesen scheußlichen Herbstabend und auch uns, seine beiden Helden. Dieses Pfeifen versetzte mir einen Stich ins Herz; dennoch aß ich gierig, und das Mädchen an meiner linken Seite stand mir nicht nach.

»Wie heißt du?«, fragte ich sie unvermittelt.

»Natascha!«, antwortete sie, laut schmatzend.

Ich sah sie an – mein Herz krampfte sich zusammen, ich blickte geradeaus ins Dunkel und glaubte die ironische Fratze meines Schicksals rätselhaft und kalt lächeln zu sehen …

Unaufhörlich trommelte der Regen auf das Holz des Bootes, sein sanftes Rauschen weckte traurige Gedanken, der Wind pfiff durch den löchrigen Boden, in einer Ritze flatterte ein loser Splitter und knarrte klagend. Die Flusswellen klatschten ans Ufer, monoton und hoffnungslos, als erzählten sie von etwas unerträglich Schwerem und Trostlosem, das sie satthatten und verabscheuten, von etwas, vor dem sie am liebsten weggelaufen wären und wovon sie trotzdem reden mussten. Das Rauschen des Regens vermischte sich mit ihrem Plätschern, und über dem umgedrehten Boot hing das langgezogene, schwere Seufzen der Erde, die erschöpft und gekränkt war vom ewigen Wechsel des hellen, warmen Sommers zum kalten, nebligen und feuchten Herbst.

Der Wind fegte über das menschenleere Ufer und den schäumenden Fluss, jagte dahin und sang wehmütige Lieder.

Der Raum unterm Boot war ohne jeden Komfort: Es war eng und feucht, durch den löchrigen Boden fielen kalte Regentropfen und drangen Windstöße. Schweigend saßen wir da und zitterten vor Kälte. Ich war schläfrig, ich erinnere mich, Natascha lehnte ganz zusammengekrümmt mit dem Rücken an der Bootswand. Die Arme um die Knie geschlungen, den Kopf darauf gebettet, schaute sie starr auf den Fluss, die Augen weit geöffnet – durch die blauen Flecke darunter wirkten sie in ihrem weißen Gesicht riesig. Sie rührte sich nicht, und diese Reglosigkeit und ihr Schweigen – das spürte ich – weckten in mir allmählich Angst vor meiner Gefährtin.

Ich wollte sie ansprechen, wusste aber nicht, wie anfangen.

Sie begann selbst.

»Was für ein verfluchtes Leben!«, sagte sie klar und deutlich, im Brustton der Überzeugung.

Aber das war keine Klage. Für eine Klage klangen ihre Worte zu gleichgültig.

Da hatte einfach ein Mensch nachgedacht, so gut er konnte, hatte nachgedacht und war zu einem Schluss gekommen, den er nun laut äußerte und gegen den ich nichts einwenden konnte, ohne mir selbst zu widersprechen. Darum schwieg ich. Und sie, als bemerkte sie mich gar nicht, saß noch immer reglos da.

»Krepieren wär vielleicht das Beste ...«, sagte Natascha, diesmal leise und nachdenklich. Wieder lag in ihren Worten keinerlei Klage. Offenbar hatte der Mensch, nachdem er über sein Leben nachgedacht hatte, sich angeschaut und war gefasst zu der Überzeugung gelangt, dass er, um sich vor den Demütigungen des Lebens zu schützen, nichts anderes tun konnte, als eben zu »krepieren«.

Mir wurde unsäglich übel von einer solchen gedanklichen Klarheit, und ich spürte, wenn ich weiter schwiege, würde ich wohl anfangen zu weinen. Das aber wäre peinlich vor einer Frau, zumal sie ja eben nicht weinte. Ich beschloss, mit ihr zu reden.

»Wer hat dich denn verprügelt?«, fragte ich, weil mir nichts Klügeres einfiel.

»Na, der Paschka doch«, antwortete sie gleichmütig und laut.

»Und wer ist das?«

»Mein Liebhaber … Ein Bäcker …«

»Schlägt er dich oft?«

»Wenn er betrunken ist, dann schlägt er mich.«

Plötzlich rückte sie näher zu mir und begann, von sich, von Paschka und der Beziehung zu ihm zu erzählen. Sie sei »ein Strichmädchen, das …«, und er ein Bäcker mit rotblondem Schnurrbart, der gut Akkordeon spiele. Er kam regelmäßig zu ihr ins »Etablissement« und gefiel ihr sehr, weil er ein fröhlicher Mann war und sauber gekleidet.

Er besaß einen Mantel für fünfzehn Rubel und Stiefel »mit Falten« … Darum hatte sie sich in ihn verliebt, und er wurde ihr »Finanzier«. Und seit er ihr »Finanzier« war, nahm er ihr das Geld weg, das sie von anderen Freiern für Süßigkeiten bekam, betrank sich davon und verprügelte sie, doch damit nicht genug – er fing überdies an, sich vor ihren Augen mit anderen Mädchen »einzulassen«.

»Das verletzt mich doch, oder? Ich bin nicht schlechter als die andern. Also will er mich verhöhnen, der Schuft. Vor zwei Tagen, da hab ich mir von unserer Herrin freigeben lassen, und als ich zu ihm komme, da sitzt die Dunka bei ihm, betrunken. Und er ist auch angesäuselt. Ich sag zu ihm: ›Du bist ein Schuft, ein Schuft! Ein Gauner!‹ Da hat er mich nach Strich und Faden verdroschen. Hat mich getreten, an den Haaren geschleift – alles Mögliche … Na, das wär noch halb so schlimm! Aber dass er mir alle Sachen zerrissen hat … was soll ich jetzt machen? Wie soll ich mich bei der Herrin blicken lassen? Alles hat er mir zerfetzt, das Kleid und die Jacke, die war noch ganz neu … und das Tuch hat er mir vom Kopf gerissen. Mein Gott! Was soll ich jetzt machen?«, heulte sie plötzlich mit wehmütiger, heiserer Stimme.

Auch der Wind heulte, er wurde immer kälter und heftiger. Mir klapperten erneut die Zähne. Und sie krümmte sich vor Kälte und rückte so dicht an mich heran, dass ich ihre Augen in der Dunkelheit glänzen sah.

»Was seid ihr Männer doch alle für Schurken! Am liebsten würd ich euch alle zertreten, zu Krüppeln machen. Wenn einer von euch verreckt … ich würd ihm in die Fresse spucken, ich hätte kein Mitleid! Miese Schweine! Ihr bettelt und bettelt, wedelt mit dem Schwanz wie gemeine Hunde, und wenn ein Dummchen nachgibt, ist es aus! Dann trampelt ihr auf ihr herum … Verdammte Nichtsnutze …«

Sie schimpfte sehr abwechslungsreich, doch ihre Beschimpfungen waren ohne Kraft: Ich hörte daraus weder Wut noch Hass auf die »verdammten Nichtsnutze«. Überhaupt war ihr Ton im Gegensatz zum Inhalt ihrer Reden unverhältnismäßig ruhig und ihre Stimme bedauerlich arm an Nuancen.

Doch das alles beeindruckte mich stärker als die wortgewandtesten und überzeugendsten pessimistischen Bücher und Reden, von denen ich davor wie danach mehr als genug gelesen und gehört habe und noch immer lese und höre. Das liegt daran, müssen Sie wissen, dass die Agonie eines Sterbenden immer viel natürlicher und intensiver ist als eine noch so genaue künstlerische Beschreibung des Todes.

Ich fühlte mich elend – wahrscheinlich mehr wegen der Kälte als wegen der Reden meiner Quartiergenossin. Ich stöhnte leise und knirschte mit den Zähnen.

Fast im selben Augenblick spürte ich zwei kalte kleine Hände auf mir – die eine berührte meinen Hals, die andere legte sich auf mein Gesicht, und zugleich vernahm ich die sanfte, besorgte leise Frage: »Was hast du?«

Ich glaubte beinahe, das müsse jemand anders gefragt haben, nicht Natascha, die eben erst sämtliche Männer für Schurken erklärt und ihnen allen den Tod gewünscht hatte. Aber da sprach sie schon weiter, schnell und hastig.

»Was hast du? Hm? Dir ist kalt, ja? Du frierst? Ach, du bist mir einer! Sitzt stumm da … wie ein Klotz! Warum sagst du nicht, dass dir kalt ist. Na komm … leg dich hin … streck dich aus … ich leg mich auch hin … so! Nun leg die Arme um mich … fester … Na also, jetzt müsste dir warm werden … Danach legen wir uns Rücken an Rücken … Irgendwie kriegen wir die Nacht schon rum … Was ist passiert, hast angefangen zu trinken, ja? Hast deine Arbeit verloren? Halb so schlimm!«

Sie tröstete mich. Sie sprach mir Mut zu.

Dreimal verflucht soll ich sein! Was für eine Ironie für mich! Überlegen Sie nur!

Ich sorgte mich ja damals ernsthaft um das Schicksal der Menschheit, träumte von der Reorganisation der sozialen Ordnung, von politischen Umstürzen, ich las verteufelt schlaue Bücher, deren tiefe Gedanken wahrscheinlich nicht einmal ihre Verfasser verstanden, und bemühte mich zugleich nach Kräften, eine »große aktive Kraft« aus mir zu machen. Und nun wärmte mich eine käufliche Frau mit ihrem Körper, ein unglückliches, geprügeltes, gehetztes Geschöpf, das keinen eigenen Platz im Leben und keinen Wert hatte, und es war mir nicht eingefallen, ihr zu helfen, bevor sie mir half, und selbst wenn es mir eingefallen wäre, hätte ich ihr wohl kaum helfen können.

Ach, ich glaubte beinahe, das alles widerfahre mir nur im Traum, in einem dummen Traum, einem schweren Traum.

Aber leider! Das konnte ich nicht denken, denn kalte Regentropfen fielen auf mich, eine Frau drückte ihre Brust fest gegen meine, und ihr Atem blies mir warm ins Gesicht, zwar mit leichtem Wodka-Hauch … aber so belebend … Der Wind heulte und stöhnte, der Regen trommelte auf das Boot, die Wellen plätscherten, und wir beide, eng aneinandergepresst, zitterten trotzdem vor Kälte. Das alles war vollkommen real, und ich bin sicher, niemand hat je im Traum etwas so Schlimmes und Bedrückendes erlebt wie ich in dieser Wirklichkeit.

Natascha redete immer weiter, sie sprach so sanft und teilnahmsvoll, wie es nur Frauen können. Durch ihre naiven, zärtlichen Reden glomm in mir sacht ein kleines Feuer auf und brachte etwas in meinem Herzen zum Schmelzen.

Auf einmal strömten Tränen aus meinen Augen und wuschen viel Wut, Wehmut, Dummheit und Schmutz aus meinem Herzen, die sich bis zu dieser Nacht darin angesammelt hatten …

Natascha beschwor mich: »Na, genug, du Lieber, nicht heulen! Genug! So Gott will, gehts dir bald besser, du findest wieder eine Arbeit … und alles …«

Dabei küsste sie mich die ganze Zeit. Oft, unentwegt und heiß …

Das waren die ersten Küsse einer Frau, die mir das Leben schenkte, und es waren die besten Küsse, denn alle späteren kosteten mich sehr viel und gaben mir fast nichts.

»Na, nun heul doch nicht, du komischer Kerl! Ich bring dich morgen irgendwo unter, wenn du nicht weißt, wohin …«, vernahm ich im Halbschlaf ihr leises, eindringliches Flüstern.

Bis zum Morgengrauen lagen wir so Arm in Arm.

Als es hell wurde, krochen wir unter dem Boot hervor und gingen in die Stadt. Dann verabschiedeten wir uns freundschaftlich und sahen uns nie wieder, obwohl ich ein halbes Jahr in allen Elendsvierteln nach der lieben Natascha suchte, mit der ich die eben beschriebene Nacht verbracht hatte, einst im Herbst …

Wenn sie schon gestorben ist – wie gut für sie! Möge sie in Frieden ruhen! Und wenn sie noch lebt – Friede ihrer Seele! Möge in ihr nie das Bewusstsein ihres Falls erwachen … denn das wäre überflüssiges Leid, nutzlos für ihr Leben.

1894

Tschelkasch

Der blaue südliche Himmel ist trüb, von Staub verdunkelt; die heiße Sonne blickt wie durch einen dünnen grauen Schleier auf das grünliche Meer. Sie spiegelt sich kaum im Wasser, das aufgewühlt wird von Ruderschlägen, Schiffsschrauben, spitzen Kielen türkischer Feluken und anderer Schiffe, die den engen Hafen in alle Richtungen durchpflügen. Die in Granit gefassten Wellen werden niedergedrückt von den gewaltigen Lasten, die über ihre Kämme gleiten, sie schlagen gegen Schiffswände und gegen die Ufer, sie toben und murren, schäumend und mit allerlei Unrat verschmutzt.

Das Rasseln von Ankerketten, das Klirren der Pufferteller von Waggons, die Waren bringen, das metallische Dröhnen von Eisenblechen, die auf Pflastersteine fallen, dumpfes Aufeinanderprallen von Holz, das Quietschen von Droschken, das Pfeifen von Schiffssirenen, mal durchdringend schrill, mal tief röhrend, die Rufe von Lastträgern, Matrosen und Zöllnern – alle diese Geräusche vermischen sich zur betäubenden Musik eines Arbeitstages und ballen sich brausend tief am Himmel über dem Hafen, und immer neue Geräuschwellen steigen zu ihnen auf – bald erschüttern sie dumpf dröhnend alles ringsum, bald zerreißen sie laut donnernd die staubige, schwüle Luft.

Granit, Metall, Holz, die Pflastersteine des Hafens, Schiffe und Menschen – alles atmet den mächtigen Klang der leidenschaftlichen Hymne auf den Gott Merkur. Doch die Stimmen der Menschen, kaum hörbar darin, sind lächerlich schwach. Auch die Menschen selbst, ursprünglich Schöpfer dieses Lärms, sind kläglich und lächerlich: Ihre kleinen Gestalten, staubig, zerlumpt, flink, gebeugt unter der Last der Waren auf ihrem Rücken, laufen hektisch bald hierhin, bald dorthin, eingehüllt in Wolken von Staub, in ein Meer von Schwüle und Geräuschen, winzig gegen die sie umgebenden Kolosse, die Warenberge, die dröhnenden Waggons und all das, was sie selbst geschaffen haben. Was sie selbst geschaffen haben, hat sie versklavt und gesichtslos gemacht.

Schwere Riesenfrachter stehen unter Dampf, pfeifen, zischen, stoßen tiefe Seufzer aus, und in jedem Geräusch, das sie hervorbringen, scheint ein Hauch spöttischer Verachtung für die grauen, staubigen menschlichen Gestalten zu liegen, die sich über ihre Decks schleppen, um die tiefen Laderäume mit den Produkten ihrer Sklavenarbeit zu füllen. Zum Weinen lächerlich sind die langen Reihen der Lastträger, die auf ihren Schultern Tausende Pud Getreide in die eisernen Schiffsbäuche schleppen, um sich ein paar Pfund dieses Getreides für ihren eigenen Magen zu verdienen. Zerlumpte, verschwitzte Menschen, abgestumpft durch Erschöpfung, Lärm und Hitze, und gewaltige Maschinen, prächtig funkelnd in der Sonne, geschaffen von eben diesen Menschen, Maschinen, die letzten Endes nicht durch Dampf in Bewegung gesetzt werden, sondern durch die Muskeln und das Blut ihrer Schöpfer – in diesem Gegensatz liegt ein ganzes Poem grausamer Ironie.

Der Lärm bedrückt, der Staub reizt die Nasen und verklebt die Augen, die Hitze dörrt und zermürbt den Körper, und alles ringsum wirkt angespannt, am Ende der Geduld, bereit, sich in einer gewaltigen Katastrophe zu entladen, in einer Explosion, die frische Luft bringen würde, in der es sich frei und leicht atmete, einer Explosion, nach der auf der Erde Stille herrschen würde; der staubige, betäubende, peinigende Lärm, der die Menschen in dumpfen Wahnsinn trieb, würde verschwinden, und in der Stadt, auf dem Meer und am Himmel würde es still, klar und schön sein …

Zwölf gleichmäßige, helle Glockenschläge ertönen. Als der letzte eherne Ton verklingt, wird die wilde Musik der Arbeit schon leiser. Nach einer weiteren Minute ist sie zu einem dumpfen, unwilligen Murren geworden. Nun sind die Stimmen der Menschen und das Rauschen des Meeres deutlicher zu hören. Es ist Mittagszeit.

1

Als die Lastträger ihre Arbeit unterbrochen hatten und in lärmenden Gruppen im Hafen ausschwärmten, um bei den Händlerinnen etwas Essbares zu kaufen, und sich zum Verzehr in schattigen Eckchen gleich hier auf dem Pflaster niederließen, erschien Grischka Tschelkasch, ein vom Leben gebeutelter alter Hase, den Hafenarbeitern gut bekannt, ein notorischer Trinker und ein geschickter, verwegener Dieb. Er war barfuß, trug alte, ausgebleichte Plüschhosen, keine Mütze und ein schmutziges Kattunhemd mit zerrissenem Kragen, der seine mageren, mit brauner Haut überzogenen eckigen Knochen freigab. Seine zerzausten, stellenweise ergrauten schwarzen Haare und sein zerknautschtes spitzes Raubvogelgesicht zeigten an, dass er gerade erst aufgewacht war. In einem Ende seines braunen Schnauzers steckte ein Strohhalm, ein weiterer hatte sich in den Stoppeln der linken Wange verfangen, und hinters Ohr hatte er sich einen eben abgerissenen kleinen Lindenzweig geklemmt. Lang, knochig und leicht gebeugt, lief er langsam übers Pflaster, bewegte schnuppernd die höckrige Raubvogelnase und ließ seine scharfen Blicke schweifen; suchend glitten seine kalten grauen Augen über die Schauerleute. Sein dichter, langer brauner Schnurrbart zitterte bisweilen wie der eines Katers, er hatte die Hände auf dem Rücken verschränkt und rieb sie aneinander, nervös mit den zupackenden langen krummen Fingern spielend. Selbst hier, unter Hunderten ebensolchen auffälligen barfüßigen Gestalten stach er hervor – durch seine Ähnlichkeit mit einem Steppenhabicht, durch seine raubtierhafte Magerkeit und den zielstrebigen Gang, der geschmeidig und ruhig wirkte, aber voller Spannung und Wachsamkeit war wie der Flug des Raubvogels, an den er erinnerte.

Als er eine Gruppe barfüßiger Schauerleute erreicht hatte, die sich im Schatten unter einem Stapel mit Körben voller Kohle niedergelassen hatten, erhob sich ein untersetzter Kerl mit einem dümmlichen Gesicht voller blutroter Flecke und zerkratztem Hals, der offenbar kürzlich verprügelt worden war. Er stand auf, ging ein Stück neben Tschelkasch und sagte halblaut: »Die Matrosen vermissen zwei Ballen Stoff. Sie suchen danach.«

»Und?«, fragte Tschelkasch und maß ihn mit einem gelassenen Blick.

»Wie – und? Sie suchen danach, sag ich. Nichts weiter.«

»Haben sie etwa nach mir gefragt, damit ich beim Suchen helfe?«

Lächelnd blickte Tschelkasch in die Richtung, wo der Lagerschuppen der Freiwilligen Flotte stand.

»Scher dich zum Teufel!«

Der Mann machte kehrt.

»He, warte! Wer hat dich denn so zugerichtet? Hat dir ja die ganze Fassade verdorben. Hast du vielleicht Mischka hier irgendwo gesehn?«

»Den hab ich schon lange nicht mehr gesehn!«, rief der andere, der zu seinen Kameraden zurückging.

Tschelkasch lief weiter, von allen begrüßt wie ein guter Bekannter. Doch er, sonst immer fröhlich und spöttisch, schien heute nicht gut aufgelegt zu sein und antwortete auf Fragen schroff und kurz angebunden.

Hinter einem Warenstapel tauchte der Zollwächter auf, dunkelgrün, staubig und kampfeslustig aufrecht. Er trat Tschelkasch in den Weg, baute sich in herausfordernder

Pose vor ihm auf, legte die linke Hand an den Griff seines Dolchs und versuchte, mit der Rechten Tschelkasch am Kragen zu packen.

»Halt! Wohin?«

Tschelkasch trat einen Schritt zurück, sah zu dem Zöllner auf und lächelte kühl.

Das rote, gutmütig-schlaue Gesicht des Beamten versuchte drohend dreinzuschauen – es plusterte sich auf, wurde ganz rund, lief purpurn an, bewegte die Brauen, riss die Augen weit auf und wirkte sehr komisch.

»Ich hab dir doch gesagt, wag dich nicht in den Hafen, sonst brech ich dir die Rippen! Und da kommst du schon wieder?«, brüllte der Zollwächter.

»Grüß dich, Semjonytsch! Wir zwei haben uns ja lange nicht gesehn«, begrüßte ihn Tschelkasch seelenruhig und streckte ihm die Hand entgegen.

»Ich würd dich am liebsten nie mehr sehen! Geh, hau ab!«

Dennoch drückte Semjonytsch die ausgestreckte Hand.

»Sag mal«, fuhr Tschelkasch fort, wobei er mit seinen kräftigen Fingern Semjonytschs Hand fest umklammert hielt und familiär schüttelte, »weißt du, wo Mischka steckt?«

»Welcher Mischka? Ich kenne keinen Mischka! Hau ab, Bruder, verschwinde! Wenn dich der Chef vom Lagerschuppen sieht, wird er dir …«

»Der Rothaarige, mit dem ich letztens auf der Kostroma gearbeitet hab«, beharrte Tschelkasch.

»Sag lieber, mit dem du zusammen klaust! Den haben sie ins Krankenhaus gebracht, deinen Mischka, hat sich das Bein gequetscht mit einer Eisenstange. Geh schon, Bruder, solange ich dich im Guten bitte, sonst schaff ich dich mit Gewalt weg!«

»Na, siehst du! Von wegen, du kennst keinen Mischka … Du kennst ihn doch. Warum so wütend, Semjonytsch?«

»Hör zu, quatsch mir nicht die Ohren voll, hau ab!«

Der Wächter wurde nun wirklich wütend und versuchte,

seine Hand aus Tschelkaschs festem Griff zu befreien, wobei er sich nach allen Seiten umblickte.

Tschelkasch sah ihn unter seinen dichten Brauen hervor ruhig an und redete weiter, ohne die Hand loszulassen.

»Hetz mich nicht. Wenn ich mich genug mit dir unterhalten hab, dann verschwind ich. Also, sag, wie gehts dir? Die Frau, die Kinderchen – alle gesund?« Und mit funkelnden Augen, die Zähne in einem spöttischen Lächeln entblößt, fügte er hinzu: »Ich will dich ja mal besuchen, aber ich hab nie Zeit, ich trinke dauernd …«

»He, he, untersteh dich! Mach keine Witze, du dürrer Teufel! Wirklich, Bruder, ich … Oder willst du nun auch noch in den Häusern und Straßen räubern gehen?«

»Wozu? Hier gibts genug zu holen, das reicht für uns zwei, solange wir leben. Weiß Gott genug, Semjonytsch! Sag mal, du hast schon wieder zwei Ballen Stoff geklaut? Pass bloß auf, Semjonytsch! Lass dich nicht erwischen!«

Semjonytsch bebte vor Empörung, schäumte vor Wut und versuchte etwas zu sagen. Tschelkasch ließ die Hand des Zollbeamten los und lenkte die Schritte seiner langen Beine gelassen zurück Richtung Hafentor. Der Wächter folgte ihm tobend und schimpfend.

Das erheiterte Tschelkasch; er pfiff leise durch die Zähne, schlenderte langsam weiter, die Hände in den Taschen, und rief nach rechts und links scherzhafte und spöttische Bemerkungen. Sie wurden mit Gleichem vergolten.

»Sieh an, Grischka, wie dich die Obrigkeit beschützt!«, rief jemand aus der Menge der Lastträger, die bereits gegessen hatten und nun auf der Erde lagen und sich ausruhten.

»Ich bin ja barfuß, da passt Semjonytsch auf, dass ich mir nicht den Fuß verletze«, erwiderte Tschelkasch.

Sie erreichten das Tor. Zwei Soldaten tasteten Tschelkasch ab und stießen ihn sanft hinaus.

Tschelkasch überquerte die Straße und setzte sich auf einen Prellstein gegenüber einer Schenke. Aus dem Hafentor kam rumpelnd eine Reihe beladener Fuhrwerke gefahren. Ihnen entgegen ratterten leere Fuhrwerke, die Kutscher darauf wurden ordentlich durchgerüttelt. Der Hafen spie brüllenden Lärm und ätzenden Staub.

In diesem wilden Trubel fühlte sich Tschelkasch großartig. Ihm winkte ein solider Verdienst, der ein wenig Mühe und viel Geschick verlangte. Er war sicher, genug Geschick zu besitzen, und träumte blinzelnd davon, wie er es sich am nächsten Morgen gut gehen lassen würde, wenn er Banknoten in der Tasche hatte … Sein Kamerad fiel ihm ein, Mischka – der wäre heute Nacht sehr nützlich gewesen, hätte er sich nicht das Bein gequetscht. Tschelkasch fluchte im Stillen bei dem Gedanken, dass er die Sache allein, ohne Mischka, wohl nicht bewältigen würde. Wie würde die Nacht werden? Er blickte zum Himmel und die Straße entlang.

Sechs Schritt entfernt, am Fahrbahnrand, gegen einen Prellstein gelehnt, saß ein junger Bursche in einem blauen Leinenhemd, ebensolcher Hose und Bastschuhen, auf dem Kopf eine zerlumpte braune Schirmmütze. Neben ihm lagen ein kleiner Quersack und ein Sensenblatt, von Stroh umhüllt und sorgfältig mit einem Strick umwickelt. Der Bursche war breitschultrig, stämmig, dunkelblond, hatte ein braungebranntes, windgegerbtes Gesicht und große blaue Augen, die Tschelkasch gutmütig und vertrauensvoll ansahen.

Tschelkasch entblößte die Zähne, streckte die Zunge raus, schnitt eine grässliche Grimasse und starrte den Burschen mit weit aufgerissenen Augen an.

Der verstand nicht gleich und zwinkerte, doch dann lachte er lauthals, rief lachend: »Ach, du Witzbold!« und rutschte schwerfällig, fast ohne aufzustehen, von seinem Prellstein zu Tschelkasch, wobei er den Quersack durch den Staub schleifte und das Sensenblatt auf die Pflastersteine schlug.

»Na, Bruder, hast wohl ordentlich gezecht, was!«, sagte er zu Tschelkasch und zupfte ihn am Hosenbein.

»Hab ich, Milchbart, das hab ich!«, bekannte Tschelkasch lächelnd. Der kräftige, gutmütige Bursche mit den hellen Kinderaugen gefiel ihm auf Anhieb. »Kommst von der Heumahd, wie?«

»Ganz recht! Eine Werst gemäht, einen Groschen verdient. Das Geschäft steht schlecht! Jede Menge Leute! Die Hungernden haben sich hergeschleppt, die verderben die Preise, lohnt gar nicht mehr! Sechs Griwen haben sie am Kuban gezahlt. So ist das! Früher, wird erzählt, da gabs drei Silberrubel, sogar vier, fünf!«

»Früher! Früher, da haben die Leute dort schon drei Rubel gezahlt, wenn sie einen Russen nur sahen. Damit hab ich mich vor zehn Jahren durchgeschlagen. Du kommst in ein Kosakendorf – ho, ein Russe! Und schon kriegst du zu trinken und zu essen. Und kannst bleiben, solange du willst!«

Der Bursche hörte Tschelkasch anfangs mit offenem Mund und ungläubiger Begeisterung im runden Gesicht zu, doch als er begriff, dass der Landstreicher schwindelte, prustete er und lachte. Tschelkasch wahrte eine ernste Miene und verbarg das Lächeln in seinem Schnurrbart.

»Du Witzbold, redest, als ob du die Wahrheit sagst, und ich hör zu und glaub dir ... Nein, weiß Gott, früher, da war es dort ...«

»Na, das sag ich doch! Ich sag, früher, da war es dort ...!«

»Hör auf!« Der Bursche winkte ab. »Schuster, ja? Oder Schneider? Du, mein ich?«

»Ich?«, fragte Tschelkasch zurück, überlegte kurz und sagte: »Ich bin Fischer ...«

»Fiiischer! Sieh an! Sag bloß, du fängst Fische?«

»Wieso Fische? Die Fischer hier fangen nicht nur Fische. Eher Ertrunkene, alte Anker, untergegangene Schiffe – alles! Dafür gibts extra Angeln ...«

»Lüg weiter! Vielleicht bist du einer von den Fischern, die

von sich singen: Im Trocknen werfen wir die Netze aus, in Schuppen, Lagern und im Speicherhaus!«

»Hast du solche schon mal gesehen?«, fragte Tschelkasch und musterte ihn spöttisch.

»Nein, wo denn! Hab davon gehört …«

»Und, gefalln sie dir?«

»Solche Burschen? Und ob! Die sind nicht übel, frei und ungebunden …«

»Was willst du denn mit Freiheit? Sag bloß, du liebst die Freiheit?«

»Und ob! Bist dein eigner Herr, kannst gehen, wohin du willst, machen, was du willst … Na klar! Wenn du dich in Ordnung halten kannst und keine Steine am Hals hast – das ist das Allerbeste! Vergnüg dich, wie du willst, aber denk an Gott.«

Tschelkasch spuckte verächtlich aus und wandte sich ab.

»Bei mir liegt die Sache so«, sagte der Bursche, »mein Vater ist gestorben, der Hof ist klein, meine Mutter ist alt, der Boden ausgelaugt – was soll ich machen? Man muss ja leben. Aber wie? Das weiß keiner. Ich würd ja als Schwiegersohn in ein gutes Haus gehen. Meinetwegen. Wenn sie mir die Tochter geben würden! Aber nein – der Schwiegervater, der Teufel, der gibt sie mir nicht! Also muss ich mich für ihn krummlegen … lange … viele Jahre! Ja, so ist das! Aber hätt ich genug verdient, so hundertfünfzig Rubel, würd ich mich auf eigene Beine stellen, und der Antip, der könnt mir gestohlen bleiben! Gibst du mir die Marfa? Nein? Dann eben nicht! Ist Gott sei Dank nicht das einzige Mädchen im Dorf. Ich wär völlig frei, verstehst du, ganz für mich … Tja!« Der Bursche seufzte. »Aber jetzt bleibt mir nichts anderes übrig, jetzt muss ich irgendwo einheiraten. Ich dachte: Ich geh an den Kuban, raff zweihundert Rubel zusammen – und basta! Bin ein Barin*! Hat aber nicht geklappt. Also geh ich als Tagelöhner … Einen eigenen Hof, das schaff ich nicht, niemals! Ach je!«

* (russ). Herr; Barin – (russ.) »gnädiger Herr«, Anrede für einen Adligen.

Die Rolle des Schwiegersohns widerstrebte dem Jungen sehr. Selbst sein Gesicht hatte sich traurig verdüstert. Schwerfällig rutschte er auf dem Straßenpflaster hin und her.

Tschelkasch fragte: »Und wohin willst du jetzt?«

»Wohin schon? Ist doch klar, nach Hause.«

»Na, Bruder, mir ist das nicht klar, vielleicht willst du ja in die Türkei.«

»In die Türkeeii«, sagte der Bursche gedehnt. »Welcher Rechtgläubige geht denn da hin? Was du redest!«

»Ach, bist du ein Dummkopf!« Tschelkasch seufzte und wandte sich erneut von ihm ab. Dieser kräftige Junge vom Land weckte in ihm etwas …

Tief in seinem Innern rumorte dumpf ein langsam reifender Ärger und hinderte ihn, sich zu konzentrieren und darüber nachzudenken, was er in dieser Nacht tun musste.

Der Junge, den er beschimpft hatte, murmelte halblaut vor sich hin und schielte hin und wieder zu dem Barfüßler. Seine Wangen waren komisch gebläht, die Lippen aufgeplustert, und die eingekniffenen Augen zwinkerten lächerlich oft. Er hatte offenbar nicht erwartet, dass die Unterhaltung mit dem schnauzbärtigen Landstreicher so schnell und so kränkend enden würde.

Der Landstreicher beachtete ihn nicht mehr. Nachdenklich vor sich hin pfeifend, saß er auf dem Prellstein und schlug im Takt mit der schmutzigen nackten Ferse dagegen.

Der Junge wollte es ihm heimzahlen.

»He, du, Fischer! Betrinkst du dich oft?«, wollte er anfangen, doch da drehte ihm der Fischer rasch das Gesicht zu und fragte: »Hör mal, Milchbart! Willst du heut Nacht mit mir arbeiten? Sag schnell!«

»Was arbeiten?«, fragte der Bursche misstrauisch.

»Na, was schon! Was ich dir sage … Wir fahren fischen. Du ruderst …«

»So … Warum nicht? Gut. Arbeiten, ja. Bloß … nicht,

dass ich mit dir in was reingerate. Du redest so seltsam … so dunkel …«

Tschelkasch spürte eine Art Brennen in der Brust und fragte mit kalter Wut halblaut: »Quatsch nicht über Sachen, von denen du nichts verstehst. Sonst zieh ich dir eins über den Schädel, dann wirds darin heller …«

Er sprang vom Prellstein, riss mit der Linken an seinem Schnurrbart, ballte die Rechte zu einer harten, sehnigen Faust und funkelte mit den Augen.

Der Junge erschrak. Er sah sich hastig um, blinzelte schüchtern und sprang ebenfalls auf. Wortlos maßen sie einander mit Blicken.

»Na?«, fragte Tschelkasch drohend. Er kochte und bebte vor Zorn über die Beleidigung durch diesen Milchbart, den er anfangs verachtet hatte, nun aber richtig hasste – für seine reinen blauen Augen, sein gesundes, sonnenverbranntes Gesicht, für seine kurzen, kräftigen Arme, dafür, dass er irgendwo ein Dorf hatte und darin ein Zuhause, dafür, dass ein wohlhabender Bauer ihn zum Schwiegersohn haben wollte – für sein ganzes Leben, sein vergangenes und künftiges, vor allem aber, weil dieser Bursche, ein Kind gegen ihn, Tschelkasch, es wagte, die Freiheit zu lieben, deren Preis er nicht kannte und die er nicht brauchte. Es ist immer ärgerlich, wenn jemand, den wir für schlechter und uns unterlegen halten, das Gleiche liebt und hasst wie wir und uns dadurch ähnlich wird.

Der Junge sah Tschelkasch an und spürte, dass er hier der Herr war.

»Ich hab doch … nichts dagegen«, sagte er. »Ich suche ja Arbeit. Mir ist ganz egal, für wen ich arbeite, ob für dich oder für jemand anders. Ich hab das nur gesagt, weil du nicht aussiehst wie ein Arbeitsmann, du bist ziemlich … zerlumpt. Na, ich weiß doch, dass das jedem passieren kann. Mein Gott, als hätt ich noch keine Säufer gesehn! Oje, und wie viele! Noch ganz andere als dich.«

»Na, schon gut! Also, einverstanden?«, fragte Tschelkasch nun sanfter.

»Ich? Nur los! Mit dem größten Vergnügen! Was zahlst du?«

»Der Lohn hängt bei mir von der Arbeit ab. Kommt auf die Arbeit an. Also, auf den Fang … Ein Fünfer ist für dich drin. Kapiert?«

Doch nun ging es um Geld, und da wollte der Bauernjunge genau sein und verlangte auch von seinem Auftraggeber Genauigkeit. Erneut regten sich in ihm Argwohn und Misstrauen.

»Das passt mir nicht, Bruder!«

Tschelkasch ging in seiner Rolle auf.

»Quatsch nicht, warts ab. Komm, wir gehn ins Wirtshaus!«

Seite an Seite gingen sie die Straße entlang, Tschelkasch, seinen Schnurrbart zwirbelnd, mit der wichtigen Miene des Brotherrn, und der Junge, offenkundig bereit, sich unterzuordnen, aber dennoch voller Misstrauen und Angst.

»Wie heißt du eigentlich?«, fragte Tschelkasch.

»Gawrila!«, antwortete der Junge.

Als sie in einem schmuddeligen und verräucherten Wirtshaus ankamen, ging Tschelkasch an den Tresen und bestellte im familiären Ton des Stammgastes eine Flasche Wodka, Kohlsuppe, gebratenes Fleisch und Tee, und nachdem er alles aufgezählt hatte, sagte er knapp: »Anschreiben!«, was der Schankwirt mit einem stummen Kopfnicken quittierte. Das flößte Gawrila gleich Respekt vor seinem Brotherrn ein, der offenbar, obwohl er aussah wie ein Gauner, so bekannt war und solches Vertrauen genoss.

»So, nun essen wir erst was und bereden alles. Setz dich schon mal hin, ich muss kurz was erledigen.«

Er ging. Gawrila schaute sich um. Die Wirtsstube befand sich im Keller; der Raum war feucht, dunkel und erfüllt von einem stickigen Geruch nach Wodkadunst, Tabakqualm,

Pech und etwas Scharfem. Am Tisch Gawrila gegenüber saß ein betrunkener Mann mit rotem Bart im Matrosenanzug, voller Teer und Kohlenstaub. Hicksend brummte er ein Lied, die Worte klangen abgehackt, verzerrt und bald kehlig, bald furchtbar zischend. Er war offenbar kein Russe.

Hinter ihm hatten sich zwei Moldauerinnen niedergelassen, zerlumpt, schwarzhaarig, braungebrannt; und auch sie grölten mit betrunkenen Stimmen ein Lied.

Dann traten noch mehr Gestalten aus dem Dunkel, alle seltsam zerzaust, alle angetrunken, laut und erregt.

Gawrila wurde bange. Er wünschte, sein Brotherr würde bald zurückkehren. Der Lärm im Wirtshaus verschmolz zu einem einzigen Ton; es klang wie das Brüllen eines riesigen Tieres, das hundert verschiedene Stimmen hatte und gereizt und blindlings versuchte, dieser steinernen Grube zu entkommen, den Ausgang in die Freiheit aber nicht fand. Gawrila spürte, dass etwas Berauschendes und Schweres in seinen Körper drang, wovon ihm schwindelte und das ihm die Augen vernebelte, die neugierig und voller Angst durch die Schenke schweiften.

Als Tschelkasch zurückkam, machten sie sich ans Essen und Trinken und redeten. Nach dem dritten Glas war Gawrila betrunken. Er wurde fröhlich und wollte seinem Brotherrn etwas Nettes sagen, der – ein guter Mann! – ihn so köstlich bewirtete. Doch er brachte die Worte, die ihm in Wellen in die Kehle strömten, einfach nicht über die Zunge, die plötzlich schwer geworden war.

Tschelkasch sah ihn an und sagte spöttisch lächelnd: »Du bist ja besoffen! Ach, du Schlappschwanz! Von fünf Gläschen! Wie willst du da arbeiten?«

»Mein Freund!«, lallte Gawrila. »Keine Bange! Ich enttäusch dich nicht! Lass dich küssen! Ja?«

»Na, na! Hier, nochn Schluck!«

Gawrila trank und war schließlich so weit, dass vor seinen Augen alles gleichmäßig, wellenartig schwankte. Das war unangenehm, und ihm wurde übel. Sein Gesicht hatte einen dümmlich begeisterten Ausdruck angenommen. Wenn er etwas sagen wollte, schmatzte er komisch mit den Lippen und lallte. Tschelkasch musterte ihn eindringlich, als wollte er sich an etwas erinnern, zwirbelte seinen Schnurrbart und lächelte dabei finster.

Die Schenke dröhnte von trunkenem Lärm. Der rothaarige Matrose schlief, die Arme auf dem Tisch.

»Na komm, wir gehen!«, sagte Tschelkasch und stand auf.

Gawrila versuchte sich zu erheben, schaffte es nicht, fluchte heftig und brach in sinnloses betrunkenes Lachen aus.

»Der ist hinüber!«, murmelte Tschelkasch und ließ sich ihm gegenüber auf einem Stuhl nieder.

Gawrila lachte noch immer, die stumpfen Augen auf seinen Herrn gerichtet. Der betrachtete ihn durchdringend, scharf und nachdenklich. Er sah einen Menschen vor sich, dessen Leben er jetzt in seinen Wolfspfoten hielt. Er, Tschelkasch, fühlte seine Macht, dieses Leben in eine beliebige Richtung zu lenken. Er konnte es vernichten wie eine Spielkarte oder ihm zu einem festen bäuerlichen Gerüst verhelfen. Während er sich so als Herr über den Jungen fühlte, sagte er sich, dass der nie den Kelch würde leeren müssen, den das Schicksal ihn, Tschelkasch, hatte leeren lassen … Er beneidete und bedauerte dieses junge Leben, amüsierte sich darüber und war bekümmert, als er sich vorstellte, dass es noch einmal in solche Hände hätte geraten können wie die seinen … Schließlich verschmolzen alle diese Gefühle in Tschelkasch zu einem einzigen – zu etwas Väterlichem und Praktischem. Er hatte Mitleid mit dem Jungen, und er brauchte ihn. Also packte Tschelkasch Gawrila unter den Armen und führte ihn, wobei er von hinten leicht mit dem Knie nachhalf, auf den Hof des Wirtshauses. Dort legte er ihn in den Schatten eines Brennholzstapels, setzte sich daneben und zündete sich eine Pfeife an. Gawrila wälzte sich eine Weile hin und her, brummte vor sich hin und schlief ein.

2

»Na, fertig?«, fragte Tschelkasch halblaut Gawrila, der mit den Rudern hantierte.

»Gleich! Die Dolle wackelt ein bisschen, kann ich kurz mit dem Ruder draufschlagen?«

»Nein! Kein Lärm! Drück mit den Händen fest drauf, dann rutscht sie schon rein.«

Die beiden machten sich leise an einem Boot zu schaffen, das am Heck eines Segelkahns festgebunden war, dieser gehörte zu einer ganzen Flottille mit Eichenspundholz beladener Lastkähne und großer türkischer Feluken mit Stapeln von Palm-, Sandel- und Zypressenholz.

Die Nacht war dunkel, dicke Schichten zerzauster Wolken zogen über den Himmel, das Meer war still, schwarz und dick wie Öl. Es atmete feuchten Salzgeruch aus und rollte sanft klatschend von den Schiffswänden ans Ufer, was Tschelkaschs Boot leicht schaukeln ließ. Bis weit aufs Meer hinaus ragten dunkle Schiffskörper auf und reckten die hohen Mastbäume mit den bunten Lämpchen an der Spitze gen Himmel. Das Meer spiegelte die Lichter und war mit gelben Punkten übersät. Malerisch tanzten sie auf seinem weichen, mattschwarzen Samt. Das Meer schlief den gesunden, festen Schlaf eines Arbeiters, der rechtschaffen müde ist vom Tag.

»Los gehts!«, sagte Gawrila und tauchte die Ruder ins Wasser.

»Jawohl!« Mit einem kräftigen Ruck des Heckruders stieß Tschelkasch das Boot in eine schmale Fahrrinne zwischen den Lastkähnen. Rasch glitt es über das glatte Wasser, das unter den Ruderschlägen bläulich aufleuchtete – ein langer phosphoreszierender Streifen schlängelte sich hinter dem Heck.

»Na, was macht dein Kopf? Tut weh?«, fragte Tschelkasch freundlich.

»Und wie! Dröhnt, als wär er aus Eisen … Ich kipp mir gleich Wasser drauf.«

»Wozu? Hier, kipp lieber das in dich rein, vielleicht kommst du dann schneller wieder zu dir.« Er reichte Gawrila eine Flasche.

»Wirklich? Gott segne dich!« Leises Gluckern ertönte.

»He, du! Gut? Genug!«, mahnte Tschelkasch.

Das Boot jagte weiter, glitt leicht und lautlos zwischen den Schiffen hindurch … Plötzlich brach es aus ihrer Menge aus, und vor ihnen lag das Meer – endlos und gewaltig reichte es bis in die blaue Ferne, wo aus seinen Wassern Wolkenberge zum Himmel aufstiegen – blaulila mit gelben Federsäumen, grünlich wie das Meerwasser oder öde bleigraue Massen, die trostlose, schwere Schatten warfen. Die Wolken zogen langsam dahin, bald miteinander verschmelzend, bald einander überholend, vermischten ihre Farben und Formen, verschlangen sich selbst und entstanden erneut, mit neuen Konturen, düster und majestätisch … Etwas Schicksalhaftes lag in dieser langsamen Bewegung der seelenlosen Massen. Es schien, als wären sie unendlich zahlreich dort am Rand des Meeres, als würden sie ewig so gleichgültig zum Himmel aufsteigen, als wollten sie verhindern, dass seine Millionen goldenen Augen je wieder über dem schläfrigen Meer blinkten – die lebendigen, verträumt leuchtenden vielfarbigen Sterne, die erhabene Wünsche wecken in Menschen, denen ihr reiner Glanz teuer ist.

»Na, ist das Meer schön?«, fragte Tschelkasch.

»Nicht übel. Aber zum Fürchten«, antwortete Gawrila, der gleichmäßig und kräftig ruderte. Unter den Schlägen der langen Ruder plätscherte das Wasser kaum hörbar und schimmerte noch immer bläulich wie Phosphor.

»Zum Fürchten! So ein Unsinn!«, knurrte Tschelkasch spöttisch.

Er, der Dieb, liebte das Meer. Seine hitzige, ruhelose Natur, die begierig war auf Eindrücke, konnte sich nie sattsehen an dieser dunklen, grenzenlosen, freien und gewaltigen Weite. Darum kränkte ihn die Antwort auf seine Frage nach der Schönheit dessen, das er liebte. Er saß im Heck, zerteilte mit dem Ruder das Wasser und blickte ruhig geradeaus, erfüllt von dem Wunsch, noch lange, lange über diese samtige glatte Fläche zu fahren.

Auf dem Meer überkam ihn immer ein weites, warmes Gefühl, erfasste seine Seele und reinigte sie ein wenig vom alltäglichen Unrat. Er schätzte das und betrachtete sich hier, umgeben von Luft und Wasser, wo die Gedanken über das Leben und das Leben selbst immer etwas verlieren – die Gedanken an Schärfe, das Leben an Wert –, gern als einen besseren Menschen. Nachts schwebt über dem Meer das sanfte Seufzen seines schläfrigen Atems, und dieser mächtige Klang flößt der Seele des Menschen Ruhe ein, bändigt sacht ihre bösen Anwandlungen, gebiert große Träume.

»Wo ist eigentlich die Ausrüstung?«, fragte Gawrila plötzlich und sah sich besorgt im Boot um.

»Die Ausrüstung? Bei mir im Heck.«

Doch es ärgerte Tschelkasch, dass er diesen Grünschnabel anlog, und es tat ihm leid um die Gedanken und Gefühle, die der Junge mit seiner Frage zerstört hatte. Er wurde wütend.

Er verspürte ein vertrautes starkes Brennen in der Brust und in der Kehle und sagte schroff und eindringlich zu Gawrila: »Hör zu, bleib sitzen, wo du sitzt! Und steck deine Nase nicht in fremde Angelegenheiten. Ich hab dich zum Rudern angeheuert, also rudere. Aber wenn du dumm quatschst, gehts dir schlecht. Kapiert?«

Für einen kurzen Moment bebte das Boot und hielt an. Die Ruder waren noch im Wasser und ließen es aufschäumen, und Gawrila rutschte auf der Bank unruhig hin und her.

»Rudern!«

Ein derber Fluch erschallte. Gawrila schwang die Ruder. Das Boot, als wäre es erschrocken, bewegte sich in raschen, nervösen Stößen vorwärts und teilte geräuschvoll das Wasser.

»Gleichmäßiger!«

Tschelkasch richtete sich halb auf, ohne das Heckruder loszulassen, die kalten Augen auf Gawrilas blasses Gesicht geheftet. Den Rücken gekrümmt und vorgebeugt, ähnelte er einer sprungbereiten Katze. Er knirschte hörbar mit den Zähnen und ließ sacht seine Gelenke knacken.

»Wer schreit da?«, ertönte ein strenger Ruf vom Meer her.

»Los, zum Teufel, rudern! Leiser! Ich schlag dich tot, du Hund! Na los, rudern! Eins, zwei! Und keinen Mucks! Ich reiß dich in Stücke!«, zischte Tschelkasch.

»Heilige Mutter Gottes …«, flüsterte Gawrila, zitternd und ermattend vor Angst und Erschöpfung.

Das Boot drehte sacht und nahm Kurs zurück zum Hafen, wo sich Lichter zu einer vielfarbigen Gruppe drängten und Mastbäume aufragten.

»He! Wer schreit da?«, ertönte es erneut.

Jetzt war die Stimme weiter entfernt als beim ersten Mal. Tschelkasch beruhigte sich.

»Schreist selber rum!«, sagte er in Richtung der Rufe und wandte sich dann an Gawrila, der noch immer murmelnd betete.

»Na, dein Glück, Bruder! Wenn diese Teufel uns verfolgt hätten, wärs aus gewesen mit dir. Klar? Dann wärst du jetzt bei den Fischen!«

Nun, da Tschelkasch ruhig, ja, gutmütig mit ihm sprach, bettelte Gawrila, noch immer vor Angst schlotternd: »Hör mal, lass mich gehen! Um Christi willen, lass mich gehen! Setz mich irgendwo raus! Ojeojeoje! Ich bin verloren! In

Gottes Namen, lass mich frei! Was willst du mit mir? Ich kann das nicht! So was hab ich noch nie gemacht ... Ist das erste Mal ... Mein Gott! Das ist mein Ende! Warum hast du mich so reingelegt, Bruder? Hm? Dass du dich nicht schämst! Eine Menschenseele ins Verderben zu stürzen! Ach, solche Sachen ...«

»Was für Sachen?«, fragte Tschelkasch streng. »He? Na, was für Sachen?«

Die Angst des Jungen amüsierte ihn, er genoss Gawrilas Angst und auch, dass er, Tschelkasch, so ein furchteinflößender Mann war.

»Finstre Sachen, Bruder ... Lass mich gehen, bitte! Was nütze ich dir schon? Wie? Du Guter ...«

»Sei still! Würd ich dich nicht brauchen, hätt ich dich nicht mitgenommen. Kapiert? Also sei still!«

»Mein Gott!«, seufzte Gawrila.

»Na, na! Hör auf zu quengeln!«, blaffte Tschelkasch.

Doch Gawrila konnte sich nicht mehr beherrschen, er weinte leise schluchzend, schnäuzte sich, rutschte auf der Bank hin und her, ruderte aber kräftig und verzweifelt weiter. Pfeilschnell schoss das Boot dahin. Erneut lagen dunkle Schiffskörper im Weg, das Boot verlor sich zwischen ihnen, schlängelte sich wendig durch schmale Lücken zwischen Bordwänden.

»He, du! Hör mal! Falls jemand Fragen stellt – wenn dir dein Leben lieb ist, hältst du den Mund! Kapiert?«

»Oje!«, antwortete Gawrila auf diesen strengen Befehl verzagt und fügte bitter hinzu: »Mein Schicksal ist besiegelt!«

»Lass das Jammern!«, flüsterte Tschelkasch eindringlich.

Bei diesem Flüstern büßte Gawrila jegliche Denkfähigkeit ein und wurde ganz steif, von einer kalten Ahnung bevorstehenden Unheils erfasst. Mechanisch tauchte er die Ruder ins Wasser, lehnte sich zurück, zog die Ruder heraus, tauchte sie wieder ein und starrte dabei die ganze Zeit auf seine Bastschuhe.

Das schläfrige Rauschen der Wellen klang dumpf und furchteinflößend. Da war der Hafen ... Hinter der granitenen Kaimauer waren Stimmen zu hören, Plätschern, Gesang und dünne Pfiffe.

»Halt!«, flüsterte Tschelkasch. »Die Ruder rein! Stemm die Hände gegen die Mauer! Leiser, verdammt!«

Gawrila, die Hände fest an die glitschigen Steine gepresst, lenkte das Boot an der Mauer entlang. Lautlos bewegte es sich vorwärts, seine Wand glitt über den Schleim an der Mauer.

»Halt! Gib mir die Ruder! Her damit! Wo ist dein Pass? In deinem Sack? Gib her! Na los, mach schon! Damit du mir nicht abhaust, lieber Freund ... Jetzt haust du nicht ab. Ohne Ruder vielleicht, aber ohne Pass, da hast du Schiss. Warte hier! Und ich warne dich – ein Mucks, und ich finde dich, auch auf dem Meeresgrund!«

Dann klammerte sich Tschelkasch irgendwo fest, stieg empor und verschwand auf der Mauer.

Gawrila zuckte zusammen. Das war so schnell gegangen. Er fühlte, wie die verfluchte Last von ihm abfiel und die Angst, die er im Beisein des schnauzbärtigen dürren Diebes empfunden hatte. Jetzt weglaufen! Er holte tief Luft und schaute sich um. Links ragte ein schwarzer Rumpf ohne Mastbaum auf, eine Art riesiger Sarg, trostlos und menschenleer ... Jeder Wellenschlag gegen seine Wände löste darin ein dumpfes, hallendes Echo aus, das klang wie ein schwerer Seufzer. Rechts überm Wasser verlief die feuchte Steinmauer der Mole – wie eine kalte, schwere Schlange. Hinter sich entdeckte Gawrila weitere schwarze Rümpfe, und vorn, in der Lücke zwischen der Mauer und der Wand des Sargs, sah er das Meer, das schweigende, wie ausgestorbene Meer, darüber schwarze Wolken. Langsam zogen sie dahin, riesig und schwer, verströmten aus der Dunkelheit Schrecken und schienen den Menschen mit ihrem Gewicht erdrücken zu wollen. Alles war kalt, schwarz und unheilverkündend. Furcht überkam Gawrila. Schlimmer als die Angst, die Tschelkasch ihm einflößte; fest umklammerte sie Gawrilas Brust, presste ihn zu einem furchtsamen Häufchen zusammen und kettete ihn an die Ruderbank.

Ringsum war alles still. Kein Laut, bis auf die Seufzer des Meeres. Die Wolken krochen genauso langsam und trostlos am Himmel entlang wie zuvor, doch es stiegen immer mehr aus dem Meer auf, und wenn man zum Himmel blickte, konnte man meinen, auch der sei ein Meer, aber ein aufgewühltes Meer, über das andere, ruhige, schläfrige und glatte gestülpt. Die Wolken sahen aus wie Wellen, die mit ihren grauen Kämmen auf die Erde niederstürzten, auf die Abgründe, aus denen der Wind sie gerissen hatte, und auf die eben entstehenden Wogen, die noch nicht mit dem grünlichen Schaum von Wut und Zorn bedeckt waren.

Diese düstere Stille und Schönheit bedrückte Gawrila, und er merkte, dass er sich seinen Herrn rasch zurückwünschte. Und was, wenn er wegblieb? Die Zeit verging langsam, langsamer, als die Wolken über den Himmel krochen ... Und die Stille wurde mit der Zeit immer unheilvoller. Doch dann hörte Gawrila hinter der Mole ein Plätschern, ein Rascheln und etwas wie ein Flüstern. Er glaubte, gleich würde er sterben.

»He! Schläfst du? Hier, fang auf! Vorsichtig!«, ertönte die gedämpfte Stimme von Tschelkasch.

Etwas Würfelförmiges, Schweres wurde von der Mauer herabgelassen. Gawrila nahm es ab und legte es ins Boot. Ein weiteres ebensolches Ding wurde herabgelassen. Dann schob sich die lange Gestalt von Tschelkasch quer über die Mauer, plötzlich waren die Ruder wieder da, auch Gawrilas Quersack, er fiel ihm vor die Füße, und schließlich ließ sich Tschelkasch schwer atmend im Heck nieder.

Bei seinem Anblick lächelte Gawrila schüchtern und freudig.

»Erschöpft?«, fragte er.

»Was sonst, du Kalb! Na los, an die Riemen! Volle Kraft voraus! Hast gut verdient, Bruder! Die Sache ist halb geschafft. Jetzt nur noch unter den Augen der Satansbande durchschlüpfen, und dann – Geld auf die Hand und ab zu deiner Maschka. Du hast doch eine Maschka, wie? He, Kleiner?«

»N-nein!«

Gawrila spannte alle Kräfte an, seine Brust arbeitete wie ein Blasebalg, seine Arme wie Stahlfedern. Das Wasser unterm Boot gluckerte, der blaue Streifen hinterm Heck war nun breiter. Gawrila war schweißüberströmt, ruderte aber mit voller Kraft weiter. Nachdem er zweimal in dieser Nacht schreckliche Angst ausgestanden hatte, fürchtete er jetzt, das ein drittes Mal zu erleben, und wünschte sich nur eines: diese verfluchte Arbeit so schnell wie möglich hinter sich zu bringen, an Land zu springen und fortzulaufen, weg von diesem Mann, bevor der ihn wirklich noch totschlug oder ins Gefängnis brachte. Er beschloss, nicht mehr mit ihm zu reden, über nichts, ihm nicht zu widersprechen, alles zu tun, was er befahl, und am nächsten Tag, falls er glücklich von ihm loskam, ein Dankgebet an den heiligen Nikolaus zu richten. Ein leidenschaftliches Stoßgebet sprengte fast seine Brust. Doch Gawrila beherrschte sich, schnaufte wie ein Dampfkessel, schwieg und warf immer wieder verstohlene Blicke zu Tschelkasch.

Der, lang, dürr und gebeugt, einem flugbereiten Vogel ähnlich, blickte mit seinen Habichtsaugen nach vorn, bewegte schnuppernd die höckrige Raubvogelnase, umklammerte mit einer Hand fest das Heckruder und zupfte an seinem Schnurrbart, der beim schiefen Lächeln seiner schmalen Lippen zuckte. Tschelkasch war zufrieden mit seinem Glück, mit sich und mit dem Jungen, den er so schrecklich verängstigt und zu seinem Sklaven gemacht hatte. Er sah, wie sich Gawrila anstrengte, und verspürte Mitleid mit ihm, wollte ihn aufmuntern.

»He!«, flüsterte er lächelnd. »Hast ordentlich Angst gehabt, was? Ja?«

»G-geht schon!«, hauchte Gawrila und ächzte.

»Na, musst dich jetzt nicht mehr so in die Riemen legen. Jetzt ist Feierabend. Nur durch eine Stelle müssen wir noch durch … Verschnauf ein bisschen …«

Gawrila hielt folgsam inne, rieb sich mit dem Hemdsärmel den Schweiß vom Gesicht und tauchte die Ruder wieder ins Wasser.

»So, ruder leiser, dass man das Wasser nicht hört. Wir müssen noch an einer Durchfahrt vorbei. Leiser, leiser … Mit den Leuten hier ist nämlich nicht zu spaßen … Die greifen glatt zum Gewehr. Verpassen dir eine Beule auf der Stirn, dass du nicht mehr mäh sagst.«

Das Boot glitt jetzt fast lautlos durchs Wasser. Von den Rudern fielen blau schimmernde Tropfen, und wenn sie ins Wasser fielen, entstand an der Stelle kurz ein blau schimmernder Fleck. Die Nacht wurde immer dunkler und stiller. Der Himmel sah nun nicht mehr aus wie ein aufgewühltes Meer – die Wolken hatten sich verteilt und verhüllten ihn mit einem schweren gleichmäßigen Vorhang, der tief und reglos über dem Wasser hing. Das Meer aber war noch ruhiger und schwärzer geworden, verströmte einen noch stärkeren warmen Salzgeruch und wirkte nicht mehr so endlos wie zuvor.

»Ach, wenns doch regnen würde!«, flüsterte Tschelkasch. »Dann würden wir durchhuschen wie hinter einem Vorhang.«

Rechts und links von ihrem Boot ragten hohe Bauten aus dem Wasser – Lastkähne, reglos, düster und ebenfalls schwarz. Auf einem bewegte sich ein Licht, jemand lief mit einer Laterne darauf herum. Das Meer, das die Flanken der Schiffe streichelte, klang dumpf und bittend, und sie antworteten mit einem hohlen, kalten Echo, als suchten sie Streit, als sträubten sie sich gegen etwas.

»Sperrketten!«, flüsterte Tschelkasch kaum hörbar. Seit er Gawrila befohlen hatte, leiser zu rudern, war dieser erneut von banger Erwartung erfüllt. Er warf sich ganz nach vorn, in die Dunkelheit, und meinte zu wachsen – seine Knochen und Sehnen dehnten sich in dumpfem Schmerz, sein Kopf, von einem einzigen Gedanken erfüllt, tat weh, die Haut auf seinem Rücken zitterte, und in seine Beine bohrten sich kalte, spitze kleine Nadeln. Seine Augen schmerzten vom angestrengten Starren in die Dunkelheit, aus der – wie er glaubte – gleich jemand auftauchen und sie anbrüllen würde: »Halt, ihr Diebe!«

Als Tschelkasch geflüstert hatte: »Sperrketten!«, war Gawrila zusammengezuckt: Ein stechender, brennender Gedanke hatte ihn durchfahren und seine aufs Äußerste gespannten Nerven berührt – er wollte schreien, um Hilfe rufen … Er hatte schon den Mund geöffnet, sich ein wenig von der Ruderbank erhoben, die Brust gereckt, tief eingeatmet und den Mund geöffnet – doch dann sank er nieder, gefällt von der Angst, die ihn traf wie eine Peitsche, schloss die Augen und fiel von der Bank.

Weit vor ihnen, am Horizont, erhob sich ein riesiges blaues Flammenschwert aus dem schwarzen Wasser des Meeres, richtete sich auf, zerteilte das Dunkel der Nacht, glitt mit seiner Klinge über die Wolken am Himmel und legte sich als breiter blauer Streifen auf die Brust des Meeres. Und dort, in dem von ihr erhellten Streifen, tauchten bis dahin unsichtbare Schiffe aus dem Dunkel auf – schwarz, schweigend, von dichter nächtlicher Finsternis umhüllt. Es schien, als hätten sie lange auf dem Meeresgrund gelegen, von einem gewaltigen Sturm hinuntergeschleudert, und wären nun auf Geheiß des Flammenschwerts wieder aufgestiegen, vom Meer hervorgebracht; aufgestiegen, um den Himmel zu sehen und alles, was über dem Wasser war … Das Tauwerk umschlang ihre Masten, als hätten Schlingpflanzen ein Netz um die Giganten gesponnen und wären mit ihnen zusammen vom Grund aufgestiegen. Und wieder erhob es sich aus den Tiefen des Meeres, das furchterregende blaue Schwert, richtete sich funkelnd auf, durchschnitt erneut die Luft und legte sich erneut nieder, diesmal in einer anderen Richtung. Und dort, wo es lag, tauchten erneut Schiffsrümpfe auf, die zuvor unsichtbar gewesen waren.

Tschelkaschs Boot hatte angehalten und schwankte wie unentschlossen auf dem Wasser.

Gawrila lag auf dem Boden, die Hände vors Gesicht geschlagen, doch Tschelkasch stieß ihn mit dem Fuß, zischte wütend, aber leise: »Du Trottel, das ist der Zollkreuzer. Das ist ein elektrischer Scheinwerfer! Steh auf, Holzkopf! Gleich fällt das Licht auf uns! Du stürzt uns beide ins Verderben, dich und mich! Na los!«

Schließlich, als ein Tritt mit dem Stiefelabsatz kräftiger auf Gawrilas Rücken traf als die vorigen, sprang er auf, die Augen noch immer ängstlich geschlossen, setzte sich wieder auf die Bank, griff tastend nach den Rudern und setzte das Boot in Bewegung.

»Leiser! Ich schlag dich tot! He, leiser! So ein Trottel, verdammt! Wovor bist du so erschrocken? Wie? Schafskopf! Das ist ein Scheinwerfer, sonst nichts. Leiser mit den Rudern! Teufel nochmal! Die halten nach Schmugglern Ausschau. Die tun uns nichts, sind viel zu weit weg. Keine Angst, die tun uns nichts. So, jetzt …« Tschelkasch sah sich triumphierend um. »Geschafft, wir sind raus! Puh! Naa, dein Glück, du Hohlkopf!«

Gawrila schwieg, ruderte und blickte keuchend dorthin, wo sich das Flammenschwert noch immer hob und senkte. Er konnte nicht glauben, dass es nur ein Scheinwerfer war. Der kalte blaue Strahl, der das Dunkel durchschnitt und das Meer silbrig leuchten ließ, hatte etwas Unerklärliches, und Gawrila war erneut wie hypnotisiert von lähmender Angst. Er ruderte wie eine Maschine, ganz zusammengekrümmt, als erwartete er einen Schlag von oben, und verspürte nichts mehr, keinen einzigen Wunsch – er war leer und fühllos. Die Aufregungen dieser Nacht hatten alles Menschliche in ihm restlos getilgt.

Tschelkasch aber triumphierte. Seine an Aufregungen gewöhnten Nerven hatten sich bereits beruhigt. Sein Schnurrbart bebte lüstern, seine Augen funkelten. Er fühlte sich großartig, pfiff durch die Zähne, atmete die feuchte Seeluft tief ein, schaute um sich und lächelte, als sein Blick auf Gawrila fiel.

Wind kam auf und weckte das Meer, das sich plötzlich stark kräuselte. Die Wolken schienen dünner und durchsichtiger geworden, verhüllten aber noch immer den ganzen Himmel. Obwohl der Wind, wenngleich vorerst nur schwach, frei über das Meer wehte, blieben die Wolken reglos, wie in graue, trostlose Gedanken versunken.

»Na, komm schon zu dir, Bruder, ist Zeit! Dich hats ja erwischt – als hätts dir die Seele aus dem Leib gepresst, bist ja nur noch ein Sack Knochen! Es ist alles vorbei. He!«

Trotz allem freute sich Gawrila, eine menschliche Stimme zu vernehmen, auch wenn es nur die von Tschelkasch war.

»Ich habs gehört«, sagte er leise.

»Na also! Memme … Los, setz dich ans Steuer, ich übernehm die Ruder, bist bestimmt erschöpft!«

Mechanisch setzte sich Gawrila um. Als Tschelkasch auf Gawrilas Platz wechselte und sah, dass der Junge auf zitternden Beinen schwankte, empfand er noch mehr Mitleid. Er klopfte ihm auf die Schulter.

»Na, na, nicht so ängstlich! Hast immerhin gut verdient. Ich werd dich reich belohnen, Bruder. Fünfundzwanzig Rubel, was sagst du dazu? Na?«

»Ich – ich brauche nichts. Ich will nur an Land …«

Tschelkasch winkte ärgerlich ab, spuckte aus und begann zu rudern, wobei er mit seinen langen Armen weit ausholte.

Das Meer war erwacht. Es gebar kleine Wellen, spielte mit ihnen, schmückte sie mit fransigem Schaum, stieß sie gegeneinander und ließ sie zu feinem Staub zerfallen. Zischend und seufzend löste sich der Schaum auf, und alles ringsum war erfüllt von melodischem Rauschen und Plätschern. Die Dunkelheit schien lebendiger geworden.

»Jetzt sag mal«, begann Tschelkasch, »du gehst also zurück in dein Dorf, heiratest, buddelst in der Erde, säst Getreide, deine Frau kriegt einen Haufen Kinder, das Futter ist ständig knapp; jedenfalls, du wirst dein Leben lang schuften wie verrückt … Und? Macht das etwa Spaß?«

»Was ist das schon für ein Spaß!«, antwortete Gawrila schüchtern und zitternd.

Da und dort zerriss der Wind die Wolken, und in den blauen Himmelslücken blinkten ein, zwei Sterne. Vom wogenden Meer gespiegelt, hüpften die Sterne über die Wellen, verschwanden und funkelten alsbald erneut.

»Halt mehr nach rechts!«, sagte Tschelkasch. »Wir sind bald da. Hm – ja! Geschafft. Ein schönes Stück Arbeit! Siehst du? Eine einzige Nacht – und Beute für fünfhundert Rubel!«

»Fünfhundert Rubel?!«, sagte Gawrila zweifelnd, erschrak jedoch sofort, stieß mit dem Fuß gegen die beiden Packen im Boot und fragte rasch: »Was ist denn das hier?«

»Was richtig Wertvolles. Wenn ichs zum reellen Preis verkaufen würde, sogar mehr als tausend Rubel wert. Na, ich werd nicht zu viel verlangen … Schlau, was?«

»Jaaa?«, fragte Gawrila gedehnt. »Wenn ich das hätte!«, seufzte er, weil er sofort an sein Zuhause dachte, an den armseligen Hof, an seine alte Mutter und all das weit Entfernte, Vertraute, weswegen er sich als Tagelöhner verdingte, weswegen er in dieser Nacht so viel durchgemacht hatte. Ihn überkam eine Welle von Erinnerungen an das kleine Dorf, das einen steilen Hang hinabeilte, zum Fluss, der sich hinter einem Wäldchen mit Birken, Silberweiden, Ebereschen und Traubenkirschen verbarg. »Ach, das wär was!«, seufzte er traurig.

»Hm-ja! Dann würdest du dich bestimmt gleich in die Eisenbahn setzen und nach Hause fahren ... Die Mädchen zu Hause würden dich lieben, ach, und wie! Jede könntest du haben! Würdest dir ein Haus bauen – na ja, für ein Haus würde das Geld wohl nicht reichen.«

»Das ist wahr ... für ein Haus wärs zu wenig. Holz ist bei uns teuer.«

»Na und? Würdest du eben dein altes Haus ausbessern. Wie stehts mit einem Pferd? Hast du eins?«

»Ein Pferd? Hab ich, aber es ist ziemlich alt, verdammt.«

»Na, also ein Pferd. Ein guutes Pferd! Eine Kuh ... Schafe ... Allerlei Federvieh ... Na?«

»Und ob! Ach, mein Gott! Das wär ein Leben!«

»Tja, Bruder, das wär ein Leben, nicht übel. Davon versteh ich auch was. Ich hatte mal ein eigenes Nest ... Mein Vater war einer der Reichsten im Dorf ...«

Tschelkasch ruderte langsam. Das Boot tanzte auf den Wellen, die übermütig an die Bordwände klatschten, und kam kaum vorwärts auf dem dunklen Meer, das immer übermütiger wogte. Zwei Menschen schaukelten auf dem Wasser, blickten nachdenklich um sich und träumten. Tschelkasch hatte Gawrilas Gedanken auf das Dorf gelenkt, um ihn ein wenig aufzumuntern und zu beruhigen. Anfangs hatte er dabei spöttisch in seinen Schnurrbart gelächelt, doch dann, je mehr er redete und seinem Gegenüber die Freuden des bäuerlichen Lebens in Erinnerung rief, von denen er selbst vor langer Zeit enttäuscht worden war, die er vergessen hatte und die ihm jetzt wieder einfielen – während er darüber sprach, erwärmte er sich immer mehr dafür, und statt den Jungen über sein Dorf und seine Angelegenheiten auszufragen, erzählte er ihm, ohne es zu merken, bald von sich selbst.

»Die Hauptsache am Bauernleben, das ist die Freiheit, Bruder! Du bist dein eigener Herr. Hast dein eigenes Haus – ist zwar wenig wert, aber deins. Du hast dein eigenes Land –

klein, aber dein! Auf deinem Land bist du der König! Du bist wer. Kannst von jedermann Respekt verlangen. Stimmts?«, schloss Tschelkasch begeistert.

Gawrila blickte ihn neugierig an und ließ sich von seiner Begeisterung anstecken. Bei dieser Unterhaltung hatte er ganz vergessen, mit wem er es zu tun hatte, und sah nun einen Bauern vor sich, wie er selbst einer war, einen Bauern, der durch den Schweiß vieler Generationen für immer mit seiner Scholle verwachsen und durch Kindheitserinnerungen mit ihr verbunden war, sich eigenmächtig von ihr und der Sorge um sie gelöst hatte und dafür gebührend bestraft worden war.

»Das ist wahr, Bruder! Ach, wie wahr! Schau nur dich an, was bist du jetzt, ohne eigene Scholle? Seine Scholle, die vergisst man lange nicht, genau wie seine Mutter.«

Tschelkasch besann sich. Er verspürte das gereizte Brennen in der Brust, das sich immer einstellte, wenn sein Stolz – der Stolz des sorglosen Draufgängers – verletzt wurde, besonders von jemandem, der in seinen Augen nichts wert war.

»Dummes Gefasel!«, sagte er wütend, »du meinst doch nicht, ich hätte das ernst gemeint. Da kannst du lange warten!«

»Bist ein komischer Kauz!«, sagte Gawrila, erneut eingeschüchtert. »Hab ich denn von dir geredet? Solche wie dich gibts bestimmt viele! Ach, es gibt so viele unglückliche Menschen auf der Welt! Die umherirren …«

»An die Ruder, Tölpel!«, befahl Tschelkasch schroff und unterdrückte einen ganzen Schwall wüster Beschimpfungen, die in ihm aufgestiegen waren.

Sie tauschten wieder die Plätze, wobei Tschelkasch, als er über die Stoffballen ins Heck kletterte, den heftigen Wunsch verspürte, Gawrila mit einem kräftigen Fußtritt ins Wasser zu befördern.

Die kurze Unterhaltung war verstummt, doch nun lenkte

selbst Gawrilas Schweigen Tschelkasch auf das Dorf. Er dachte an seine Vergangenheit und vergaß, das Boot zu steuern, das von den Wogen erfasst wurde und aufs Meer hinaustrieb. Die Wellen, als wüssten sie, dass das Boot sein Ziel verloren hatte, schleuderten es immer höher und spielten mit ihm, wobei ihr sanftes blaues Licht unter den Rudern aufblitzte. Vor Tschelkaschs Auge aber liefen in rascher Folge Bilder seiner Vergangenheit ab, einer fernen Vergangenheit, von seiner Gegenwart durch eine Wand aus elf Jahren Barfüßlerleben getrennt. Er sah sich als Kind, sah sein Dorf, seine Mutter, eine rundliche, rotwangige Frau mit gütigen grauen Augen, seinen Vater, einen rotbärtigen Riesen mit strengem Gesicht; er sah sich als Bräutigam, sah seine Frau, die schwarzäugige Anfissa, eine mollige, weiche, fröhliche Frau mit langem Zopf, dann wieder sich selbst, als schmucken Gardesoldaten; dann wieder seinen Vater, bereits ergraut und von der Arbeit gebeugt, und seine Mutter, runzlig und vom Alter zu Boden gedrückt; er sah auch vor sich, wie das Dorf ihn empfangen hatte, als er vom Militärdienst zurückkehrte; sah, wie stolz sein Vater vor dem ganzen Dorf auf seinen Sohn Grigori war, den starken, schnurrbärtigen Soldaten und flotten Draufgänger … Die Erinnerung, diese Geißel der Unglücklichen, erweckt selbst die Steine der Vergangenheit zum Leben und gibt selbst in das einst geschluckte Gift ein paar Tropfen Honig.

Tschelkasch glaubte einen versöhnlichen, sanften Strahl Heimatluft zu verspüren, der die zärtlichen Worte seiner Mutter, die ernsten Reden seines Vaters, eines tüchtigen Bauern, und viele vergessene Laute an sein Ohr dringen ließ und den saftigen Geruch der Erde mitbrachte – der gerade aufgetauten, der frisch gepflügten und der mit einem smaragdgrünen Hauch Wintersaat bedeckten Mutter Erde … Er fühlte sich einsam, für immer herausgerissen aus der Lebensordnung seiner Vorfahren, deren Blut in seinen Adern floss.

»He! Wo fahren wir denn hin?«, fragte Gawrila plötzlich.

Tschelkasch zuckte zusammen und blickte mit besorgtem Raubvogelblick um sich.

»Verdammt, wir sind abgetrieben! Rudre kräftiger …«

»Warst in Gedanken?«, fragte Gawrila lächelnd.

»Nur müde …«

»Jetzt können wir also nicht mehr erwischt werden mit dem hier?«

Gawrila stieß mit dem Fuß gegen einen Ballen.

»Nein … Keine Angst. Ich liefre es gleich ab und krieg das Geld. Hm-ja!«

»Fünfhundert?«

»Mindestens.«

»Ein hübsches Sümmchen! Wenn ich das hätte, ich armer Teufel! Ach, da würd ich ein schönes Lied anstimmen!«

»Auf das Bauernleben?«

»Nicht nur! Ich würde gleich …«

Gawrila entschwebte auf den Flügeln der Träume. Tschelkasch aber schwieg. Sein Schnurrbart hing herab, seine rechte Seite, von der Gischt besprüht, war nass, seine Augen waren eingefallen und hatten ihren Glanz verloren. Alles Raubtierhafte an seiner Gestalt war erschlafft, verdrängt von bedrückter Nachdenklichkeit, die selbst in den Falten seines schmutzigen Hemdes zu sitzen schien.

Er wendete das Boot scharf und steuerte auf etwas Schwarzes zu, das aus dem Wasser ragte.

Der Himmel war erneut mit Wolken bedeckt, und Regen hatte eingesetzt, ein leichter, warmer Regen, der fröhlich auf die Wellenkämme prasselte.

»Halt! Langsamer!«, kommandierte Tschelkasch.

Der Boot stieß mit der Nase gegen den Rumpf eines Lastkahns.

»Pennen die etwa, die Teufel?«, knurrte Tschelkasch und angelte mit dem Bootshaken nach Tauen, die vom Kahn herunterhingen. »Lasst das Fallreep runter! Nun regnets auch noch, das hätten wir vorhin gebraucht! He, ihr Schlafmützen! He!«

»Selkasch, du?«, schnurrte eine sanfte Stimme von oben.

»Lass schon das Fallreep runter!«

»Kalimera*, Selkasch!«

»Lass das Fallreep runter, schwarzer Satan!«, brüllte Tschelkasch.

»Oh, bistu heut beese … Ela**!«

»Steig rauf, Gawrila!«, wandte sich Tschelkasch an seinen Gefährten.

Und schon waren sie an Deck, wo drei dunkle, bärtige Gestalten, die lebhaft in einer lispelnden Sprache miteinander redeten, auf Tschelkaschs Boot hinuntersahen. Ein Vierter, in einen langen Umhang gehüllt, trat auf Tschelkasch zu, drückte ihm schweigend die Hand und maß dann Gawrila mit einem misstrauischen Blick.

»Halt morgen früh das Geld bereit«, sagte Tschelkasch knapp zu ihm. »Ich geh jetzt schlafen. Komm, Gawrila! Willst du was essen?«

»Nur schlafen«, antwortete Gawrila, und fünf Minuten später schnarchte er schon. Tschelkasch saß neben ihm, probierte einen fremden Stiefel an, spuckte nachdenklich zur Seite aus und pfiff traurig durch die Zähne. Dann streckte er sich neben Gawrila aus, die Arme unterm Kopf verschränkt, sein Schnurrbart zuckte.

Sanft schaukelte der Kahn auf dem sich wiegenden Wasser, irgendwo knarrte Holz mit klagendem Ton, weich fiel der Regen aufs Deck und plätscherten die Wellen an die Bordwände. Alles war traurig und klang wie das Wiegenlied einer Mutter ohne jede Hoffnung auf Glück für ihren Sohn.

Tschelkasch bleckte die Zähne, hob den Kopf, schaute sich um, flüsterte etwas und legte sich wieder hin … Er grätschte die Beine und sah nun aus wie eine große Schere.

* (griech.) Guten Tag.

** (griech.) Komm!

3

Er erwachte als Erster, blickte besorgt um sich, beruhigte sich sofort und sah zu Gawrila, der noch schlief, süß schnarchte und im Schlaf übers ganze braungebrannte, gesunde kindliche Gesicht lächelte. Tschelkasch seufzte und kletterte die schmale Strickleiter hinauf. Durch die Ladeluke schaute ein bleiernes Stück Himmel herein. Es war hell, aber herbstlich grau und trostlos.

Nach zwei Stunden kehrte Tschelkasch zurück. Sein Gesicht war gerötet, sein Schnurrbart hochgezwirbelt. Er trug feste langschäftige Stiefel, Joppe und Lederhose und sah aus wie ein Jäger. Die gesamte Kleidung war abgewetzt, aber solide, und stand ihm gut, ließ ihn breiter wirken, verbarg seine Magerkeit und verlieh ihm ein schneidiges Äußeres.

»He, Kälbchen, aufstehen!« Er stieß Gawrila mit dem Fuß an.

Der sprang schlaftrunken auf, erkannte Tschelkasch nicht gleich und starrte ihn mit trüben Augen erschrocken an. Tschelkasch lachte lauthals.

»Donnerwetter!« Gawrila lächelte breit. »Bist jetzt ein richtiger Barin!«

»Das geht bei unsereins schnell. Aber du bist mir ja ein Angsthase! Wie oft wolltest du sterben gestern Nacht?«

»Na, sag selbst, das erste Mal bei so einer Sache! Ich hätt meine Seele fürs ganze Leben ins Verderben stürzen können!«

»Und, würdest du noch mal mitfahren? Na?«

»Noch mal? Ja, also … wie soll ich sagen? Was hätte ich davon? Das ist die Frage!«

»Sagen wir, zwei bunte Scheine«?

»Zweihundert Rubel? Nicht schlecht … Dann vielleicht …«

»Halt! Und wenn du deine Seele ins Verderben stürzt?«

»Na, vielleicht … vielleicht passiert das ja nicht!« Gawrila lächelte. »Vielleicht stürz ich sie ja nicht ins Verderben, sondern werde fürs ganze Leben ein Mensch.«

Tschelkasch lachte fröhlich.

»Na schön! Genug gescherzt. Wir fahren an Land …«

Wieder saßen sie im Boot. Tschelkasch am Ruder, Gawrila an den Riemen. Über ihnen der Himmel, grau, dicht verhüllt von einer Wolkendecke, das trüb-grüne Meer spielte mit dem Nachen, ließ ihn geräuschvoll tanzen auf den noch kleinen Wellen, die helle, salzige Spritzer gegen die Bootswände warfen. Weit vor ihnen war ein gelber Streifen Sandstrand zu erkennen, und hinter ihnen erstreckte sich weit das Meer, aufgewühlt von Wellenschwärmen mit üppigen weißen Schaumkronen. Dort, in der Ferne, waren auch viele Schiffe; weit links ein ganzer Wald aus Mastbäumen und die weißen Häusermassive der Stadt. Von dort schallte dumpfer, dröhnender Lärm übers Meer und vereinte sich mit dem Rauschen der Wellen zu einer schönen, starken Musik. Und über allem lag ein dünner, aschgrauer Nebelschleier, der alle Gegenstände voneinander entfernte.

»Na, da braut sich zum Abend schön was zusammen!« Tschelkasch wies mit einem Kopfnicken aufs Meer.

»Ein Sturm?«, fragte Gawrila, der mit den Riemen kräftig die Wellen pflügte.

Er war bereits von Kopf bis Fuß nass von der Gischt, die der Wind übers Meer trieb.

»Hmhm!«, bestätigte Tschelkasch.

Gawrila schaute ihn neugierig an …

»Wie viel hast du eigentlich gekriegt?«, fragte er schließlich, als er sah, dass Tschelkasch nicht darüber reden wollte.

»Hier!«, sagte Tschelkasch, zog etwas aus der Tasche und hielt es Gawrila hin.

Gawrila sah farbige Scheine, und vor seinen Augen flimmerte plötzlich alles grellbunt.

»Oh! Und ich dachte, du hast geschwindelt! Wie viel ist das?«

»Fünfhundertvierzig!«

»S-sauber!«, flüsterte Gawrila und folgte mit gierigen Blicken den fünfhundertvierzig Rubeln, die wieder in die Tasche wanderten. »Aaach! Wenn ich so viel Geld hätte …« Er seufzte bedrückt.

»Das wird gefeiert, Junge!«, rief Tschelkasch begeistert. »Ha, werden wir zechen … Keine Angst, Bruder, ich geb dir … Ich geb dir vierzig! Na? Zufrieden? Willst dus gleich haben?«

»Wenns dir nichts ausmacht – warum nicht? Ich nehms!«

Gawrila bebte vor heftiger Erregung, die ihm die Brust abschnürte.

»Ach, du Satansbraten! Ich nehms! Nimms, Bruder, bitte! Ich bitte dich sehr, nimms! Ich weiß nicht, wohin mit so einem Haufen Geld! Nimm mir was ab, hier, nimm!«

Tschelkasch hielt Gawrila mehrere Scheine hin. Der nahm sie mit zitternder Hand, ließ die Riemen los und barg das Geld gierig blinzelnd unter seinem Hemd, wobei er tief einatmete, als schlürfe er etwas Heißes. Spöttisch lächelnd sah Tschelkasch ihm zu. Gawrila legte sich erneut in die Riemen und ruderte nervös und hastig, als wäre er erschrocken, und senkte den Blick. Seine Schultern und Ohren zuckten.

»Du bist ja habgierig! Das ist nicht schön … Na ja – bist eben ein Bauer«, sagte Tschelkasch nachdenklich.

»Na, mit Geld kann man doch so viel machen!«, rief Gawrila voll plötzlich aufflammender Erregung. Abgehackt und hastig, als müsse er seine Gedanken einholen und die Worte im Flug fangen, sprach er vom Leben im Dorf ohne Geld und mit Geld. Ehre, Wohlstand, Vergnügen!

Tschelkasch hörte ihm aufmerksam zu, mit ernstem Gesicht, die Augen nachdenklich eingekniffen. Hin und wieder lächelte er zufrieden.

»Wir sind da!«, unterbrach er Gawrilas Redefluss.

Eine Welle hob das Boot empor und stieß es in den Sand.

»So, Bruder, das wars jetzt. Das Boot muss ein Stück weiter an Land, damit es nicht weggespült wird. Es wird später abgeholt. Und wir beide – leb wohl! Von hier sind es acht Werst bis zur Stadt. Du gehst doch wieder in die Stadt zurück? Ja?«

Auf Tschelkaschs Gesicht strahlte ein gutmütig-listiges Lächeln, und er sah ganz so aus, als habe er sich etwas sehr Schönes für sich selbst und Überraschendes für Gawrila ausgedacht. Er schob eine Hand in die Hosentasche und ließ die Geldscheine knistern.

»Nein … ich … gehe nicht … ich …« Gawrila keuchte, als würgte ihn etwas.

Tschelkasch sah ihn an.

»Was windest du dich so?«, fragte er.

»Ich …«

Gawrilas Gesicht färbte sich bald rot, bald grau, er trat von einem Bein aufs andere, als wollte er sich auf Tschelkasch stürzen oder als peinigte ihn ein anderes Verlangen, dem nachzugeben ihm schwerfiel.

Angesichts der Erregung des Jungen wurde Tschelkasch ganz mulmig zumute. Er wartete, wie sie sich wohl entladen würde.

Gawrila begann zu lachen, ein seltsames Lachen, das wie Schluchzen klang. Er hatte den Kopf gesenkt, Tschelkasch konnte sein Gesicht nicht sehen, nur seine Ohren, die bald rot, bald weiß wurden.

»Zum Teufel mit dir!« Tschelkasch winkte ab. »Hast dich in mich verliebt, oder was? Ziert sich wie ein Mädchen! Oder fällt dir die Trennung von mir so schwer? Ach, du Milchbart! Sag schon, was hast du? Sonst geh ich!«

»Du gehst?!«, schrie Gawrila auf.

Sein Schrei ließ den menschenleeren Strand erbeben, und die von den Meereswellen angespülten gelben Sandwellen schienen zu wogen. Auch Tschelkasch zuckte zusammen. Plötzlich gab sich Gawrila einen Ruck, warf sich Tschelkasch zu Füßen, umschlang ihn mit beiden Armen und riss ihn an sich. Tschelkasch schwankte, plumpste schwer in den Sand, knirschte mit den Zähnen und holte mit seiner großen, zur Faust geballten Hand schwungvoll aus. Doch ehe er zuschlagen konnte, ließ Gawrilas beschämtes und bittendes Flüstern ihn innehalten.

»Mein Guter! Gib mir das ganze Geld! Gib es mir, um Christi willen! Was willst du damit? Du hast es doch in einer Nacht … in einer einzigen Nacht … Und ich – ich brauche Jahre … Gib es mir – ich werde für dich beten! Mein Lebtag – in drei Kirchen – für die Rettung deiner Seele! Du verschwendest es bloß sinnlos … aber ich, ich würde es in meine Scholle stecken! Ach, gib es mir! Was liegt dir schon daran? Was kostet es dich? Eine einzige Nacht – und du bist reich! Tu ein gutes Werk! Du bist sowieso verloren … Dein Schicksal ist besiegelt … Aber ich würde … ach! Gib es mir!«

Tschelkasch, erschrocken, erstaunt und wütend, saß im Sand, zurückgelehnt, die Hände hinter sich aufgestützt, schwieg und starrte den Jungen, der ihm den Kopf gegen die Knie presste und keuchend seine Bitten flüsterte, böse an. Schließlich stieß er ihn von sich, sprang auf, schob die Hand in die Tasche und warf Gawrila die Geldscheine hin.

»Da, friss …«, schrie er, bebend vor Zorn, heftigem Mitleid und Hass auf diesen habgierigen Sklaven. Nachdem er ihm das Geld hingeworfen hatte, fühlte er sich als Held.

»Ich wollte dir selber mehr geben. Hab Mitleid bekommen gestern, hab an mein Dorf gedacht … Ich dachte: Ich will dem Jungen helfen. Hab gewartet, ob du drum bitten wirst oder nicht. Aber du … Ach, du Jammerlappen! Bettler! Kann man sich wegen Geld so zermartern? Du Narr! Habgieriger Teufel! Sich so zu vergessen … Verkauft euch für fünf Kopeken!«

»Mein Guter! Gott schütze dich! Für mich ist das doch … Jetzt bin ich … ein reicher Mann!«, krächzte Gawrila, bebend vor Begeisterung, und barg das Geld unterm Hemd. »Ach, du Lieber! Das vergess ich dir mein Lebtag nicht! Niemals! Auch meine Frau und meine Kinder werden für dich beten!«

Tschelkasch hörte den Freudenschreien zu, blickte in das strahlende, vom Triumph der Habgier verzerrte Gesicht und fühlte, dass er – der Dieb und Herumtreiber, der vollkommen Entwurzelte – nie so habgierig, so klein und würdelos sein würde. Niemals würde er so werden! Dieser Gedanke und das jäh aufgewallte Bewusstsein seiner eigenen Freiheit hielten ihn bei Gawrila am menschenleeren Meeresufer fest.

»Du hast mich glücklich gemacht!«, schrie Gawrila, packte Tschelkaschs Hand und stieß sie sich ins Gesicht.

Tschelkasch schwieg und bleckte wölfisch die Zähne. Gawrila erleichterte weiter sein Herz.

»Weißt du, was ich gedacht hab? Auf dem Weg hierher? Ich dachte … ich zieh ihm eins über – also dir – mit dem Ruder – bumm! –, nehm mir das Geld und werf ihn ins Meer … also dich … ja? Ich dachte, wer wird ihn schon vermissen? Und wenn man ihn findet, wird keiner nachfragen. Wegen so einem erhebt keiner Geschrei! Ein unnützer Mensch! Wer sollte für den eintreten?«

»Gib das Geld wieder her!«, blaffte Tschelkasch und packte Gawrila an der Kehle.

Gawrila zuckte, ein Mal, noch ein Mal – Tschelkaschs anderer Arm umschlang ihn. Ratsch, zerriss das Hemd, und Gawrila lag im Sand, die Augen wie irrsinnig aufgerissen, ruderte mit den Armen in der Luft und strampelte mit den Beinen. Tschelkasch, aufrecht, mager, raubtierhaft, die Zähne wütend gebleckt, lachte böse und meckernd, der Schnurrbart hüpfte in seinem kantigen, scharf geschnittenen Gesicht. Noch nie hatte ihn etwas so tief getroffen, und noch nie war er so zornig gewesen.

»Na, bist du glücklich?«, fragte er Gawrila unter Lachen,

drehte ihm den Rücken zu und ging los, in Richtung Stadt. Doch er war noch keine fünf Schritte weit gekommen, als Gawrila sich krümmte wie eine Katze, auf die Beine sprang, weit ausholend einen runden Stein nach ihm warf und böse schrie: »Daa!«

Tschelkasch krächzte, griff sich mit beiden Händen an den Kopf, taumelte nach vorn, drehte sich zu Gawrila um und fiel mit dem Gesicht in den Sand. Gawrila erstarrte, als er das sah. Nun bewegte Tschelkasch ein Bein, versuchte, den Kopf zu heben, zitterte kurz wie eine Saite und streckte sich. Da stürzte Gawrila davon, ins Weite, wo über der nebligen Steppe eine zottige schwarze Wolke hing und es dunkel war. Schurrend trafen die Wellen auf den Sand, rollten zurück und wieder hinauf. Die Gischt zischte, Wassertropfen flogen durch die Luft.

Regen setzte ein. Erst leicht, dann fiel er dicht und stark in dünnen Strahlen vom Himmel. Sie flochten ein Netz aus Wasserfäden, ein Netz, das sogleich die Weite der Steppe und die Weite des Meeres verhüllte. Gawrila verschwand dahinter. Lange war nichts zu sehen bis auf den Regen und den Mann, der im Sand am Meer lag. Doch dann tauchte aus dem Regen erneut Gawrila auf, er rannte, flog wie ein Vogel; bei Tschelkasch angekommen, fiel er vor ihm nieder und wollte ihn umdrehen. Seine Hand griff in warmen, roten Schleim … Er zuckte zusammen und prallte blass und wie von Sinnen zurück.

»Steh auf, Bruder, steh doch auf!«, flüsterte er Tschelkasch beim Rauschen des Regens ins Ohr.

Tschelkasch kam zu sich, stieß Gawrila weg und sagte heiser: »Hau ab!«

»Bruder! Verzeih mir! Mich hat der Teufel …«, flüsterte Gawrila zitternd und küsste Tschelkasch die Hand.

»Geh … Verschwinde«, krächzte der.

»Nimm die Sünde von meiner Seele! Mein Lieber! Verzeih mir!«

»Ver… geh weg! Geh zum Teufel!«, schrie Tschelkasch plötzlich und setzte sich im Sand auf. Sein Gesicht war bleich und böse, seine Augen waren trübe und fielen zu, als wäre er sehr müde. »Was willst du noch? Du hast dein Werk getan … jetzt geh! Verschwinde!«

Er wollte nach dem bekümmerten Gawrila treten, schaffte es jedoch nicht und wäre wieder umgefallen, hätte Gawrila ihn nicht bei den Schultern gefasst und gehalten. Nun waren ihre Gesichter auf einer Höhe. Beide blass und furchterregend.

»Pfui!« Tschelkasch spuckte seinem Gehilfen in die weit geöffneten Augen.

Der wischte sich demütig mit dem Ärmel ab und flüsterte: »Mach mit mir, was du willst … Ich sage kein Wort. Verzeih mir, um Christi willen!«

»Du Laus! Nicht mal klauen kannst du richtig!«, rief Tschelkasch verächtlich, zerriss sein Hemd unter der Jacke und verband sich schweigend den Kopf, knirschte nur hin und wieder mit den Zähnen. »Hast du das Geld genommen?«, zischte er.

»Ich habs nicht genommen, Bruder! Ich brauch es nicht! Es bringt nur Unglück!«

Tschelkasch griff in seine Jackentasche, holte das Geldbündel heraus, steckte einen bunten Schein in die Tasche zurück und warf den Rest Gawrila hin.

»Nimms und hau ab!«

»Ich nehms nicht, Bruder … Ich kann nicht! Verzeih mir!«

»Nimm, sag ich!«, brüllte Tschelkasch und rollte furchterregend mit den Augen.

»Verzeih mir! Dann nehm ichs …«, sagte Gawrila schüchtern und fiel vor Tschelkasch in den feuchten, vom Regen durchnässten Sand.

»Quatsch, du nimmst es sowieso, du Laus!«, sagte Tschelkasch überzeugt, zog Gawrilas Kopf mühsam an den Haaren hoch und hielt ihm das Geld vor die Nase.

»Nimm! Nimm! Hast nicht umsonst gearbeitet! Nimm, nur keine Angst! Mach dir nichts draus, dass du beinahe einen Menschen erschlagen hättest! Wegen einem wie mir bestraft dich keiner. Man wird dir noch danken, wenn mans erfährt. Da, nimm!«

Gawrila sah Tschelkasch lachen, und ihm wurde leichter. Mit festem Griff umklammerte er das Geld.

»Bruder! Verzeihst du mir? Nein? Wie?«, fragte er weinerlich.

»Mein Lieber!«, antwortete Tschelkasch im selben Ton, stand auf und taumelte. »Was denn verzeihen? Gibt keinen Grund! Heute du mich, morgen ich dich …«

»Ach, Bruder, Bruder!«, seufzte Gawrila traurig und schüttelte den Kopf.

Tschelkasch stand vor ihm und lächelte seltsam. Der Verband um seinen Kopf rötete sich allmählich und ähnelte bald einem türkischen Fes.

Es goss wie aus Eimern. Das Meer grollte dumpf; wütend und rasend traf die Brandung auf den Strand.

Die beiden Menschen schwiegen.

»Na, leb wohl!«, sagte Tschelkasch spöttisch und wollte losgehen.

Er schwankte, seine Beine zitterten, und er hielt sich den Kopf fest, als fürchtete er, ihn zu verlieren.

»Verzeih, Bruder!«, bat Gawrila noch einmal.

»Schon gut!«, antwortete Tschelkasch kalt und machte sich auf den Weg.

Er lief taumelnd, stützte mit der Linken seinen Kopf und zupfte mit der Rechten sacht an seinem braunen Schnurrbart.

Gawrila sah Tschelkasch nach, bis der im Regen verschwunden war, der in endlosen dünnen Strähnen immer dichter aus den Wolken fiel und die Steppe in ein undurchdringliches stahlgraues Dunkel hüllte.

Dann nahm er seine nasse Mütze ab, bekreuzigte sich, atmete tief und frei ein, betrachtete das Geld in seiner Hand, schob es unters Hemd und lief mit ausgreifenden, festen Schritten am Meer entlang, in die andere Richtung.

Das Meer heulte, schleuderte große, schwere Wellen auf den Ufersand und zerschmetterte sie zu Schaum und Spritzern. Eifrig peitschte der Regen Wasser und Erde … Der Wind heulte … Alles ringsum war erfüllt von Geheul, Gebrüll und Dröhnen … Der Regen verbarg Meer und Himmel.

Bald hatten Regen und Gischt den roten Fleck an der Stelle, wo Tschelkasch gelegen hatte, weggewaschen, ebenso die Fußtapfen von ihm und von dem jungen Burschen im Sand … Und nichts an dem menschenleeren Strand erinnerte mehr an das kleine Drama, das sich hier zwischen zwei Menschen abgespielt hatte.

1894

In der Steppe

Wir verließen Perekop in der übelsten Gemütsverfassung – hungrig wie Wölfe und böse auf die ganze Welt. Anderthalb Tage lang hatten wir vergeblich alle unsere Talente eingesetzt und keine Mühe gescheut, um etwas zu stehlen oder zu verdienen, und schließlich, als wir uns überzeugt hatten, dass uns weder das eine noch das andere gelingen würde, entschieden, weiterzuziehen. Wohin? Einfach weiter.

Wir waren gewillt, auf jeden Fall weiter dem Lebenspfad zu folgen, den wir seit Langem gingen – das hatte jeder von uns stillschweigend beschlossen, und das spiegelte sich deutlich im düsteren Glanz unserer hungrigen Augen.

Wir waren zu dritt; wir hatten uns kurz zuvor kennengelernt, als wir in Cherson zusammentrafen, in einer Schenke am Ufer des Dnepr.

Einer war Soldat in einem Eisenbahnbataillon gewesen, dann – angeblich – Streckenmeister, ein rothaariger, muskulöser Mann mit kalten grauen Augen; er konnte Deutsch und wusste sehr gut Bescheid über das Leben im Gefängnis.

Unsereiner redet nicht gern über seine Vergangenheit, wofür er immer mehr oder weniger gewichtige Gründe hat, darum glaubten wir einander oder taten zumindest so, denn tief im Inneren glaubte jeder von uns auch sich selbst kaum.

Als unser zweiter Kamerad, ein dürrer kleiner Kerl mit dünnen, stets skeptisch zusammengepressten Lippen, sich als ehemaliger Student der Moskauer Universität vorstellte, nahmen der Soldat und ich das für bare Münze. Im Grunde war uns völlig egal, ob er einmal Student, Polizist oder Dieb gewesen war – wichtig war nur, dass er zum Zeitpunkt unserer Bekanntschaft uns glich: Er hungerte, genoss in der Stadt die besondere Aufmerksamkeit der Polizei und auf dem Land den Argwohn der Bauern, hasste die einen wie die anderen mit dem Hass eines gehetzten, hungrigen Tiers und träumte von umfassender Rache an allem und jedem – kurz, er war sowohl seiner Stellung unter den Königen der Natur und den Herren des Lebens wie auch seiner Stimmung nach einer von uns.

Der Dritte war ich. Aus der mir von Kindesbeinen an eigenen Bescheidenheit sage ich kein Wort über meine Vorzüge, und um nicht naiv zu erscheinen, verschweige ich meine Fehler. Zu meinem Charakter sage ich nur, dass ich mich immer für besser hielt als andere und das mit Erfolg bis heute tue.

Wir verließen also Perekop und zogen weiter, in der Hoffnung, auf Schafhirten zu treffen, bei denen man immer Brot erbitten konnte, weil sie es Umherziehenden selten verweigerten.

Ich ging neben dem Soldaten, der »Student« lief hinter uns. Er trug etwas, das an ein Jackett erinnerte; auf seinem kurz geschorenen kantigen Kopf saß das Relikt eines breitkrempigen Hutes; eine graue Hose voller verschiedenfarbiger Flicken verhüllte seine Beine, und an die Füße hatte er mit geflochtenen Bindfäden aus dem Futter seines Anzugs die Hälften eines unterwegs aufgelesenen Stiefelschafts gebunden – diese Konstruktion bezeichnete er als Sandalen; er schritt schweigend einher, wobei er viel Staub aufwirbelte und mit den kleinen grünlichen Augen funkelte. Der Soldat trug ein blutrotes Hemd, das er, wie er sagte, »eigenhändig« in Cherson erworben hatte; darüber eine warme Watteweste; auf dem Kopf, wie beim Militär vorgeschrieben »schräg auf der rechten Braue«, eine Soldatenmütze unbestimmter Farbe; um seine Beine flatterten weite ukrainische Pluderhosen. Er war barfuß.

Auch ich war bekleidet und barfuß.

Um uns erstreckte sich nach allen Seiten die gewaltige Steppe; überwölbt von der heißen blauen Kuppel des wolkenlosen Himmels, lag sie da wie eine riesige runde schwarze Schale, durchschnitten von einem breiten Streifen, dem staubigen grauen Weg, der uns die Füße versengte. Da und dort waren stoppelige Streifen abgeernteter Getreidefelder zu sehen, die auf seltsame Weise den lange nicht rasierten Wangen des Soldaten ähnelten.

Der Soldat sang mit heiserem Bass vor sich hin: »... und deine Auferstehung prei-heisen wir ...«

Während seines Militärdienstes war er eine Art Küster der Bataillonskirche gewesen, er kannte unzählige Troparions, Kontakions und Kanons*, die er jedes Mal missbrauchte, wenn zwischen uns kein rechtes Gespräch in Gang kam.

Vor uns, am Horizont, ragten Figuren mit weichen Umrissen und in sanften Farben von lila bis zartrosa.

»Das sind bestimmt die Berge der Krim«, sagte der »Student«.

»Berge?«, rief der Soldat. »Die siehst du ein bisschen früh, mein Freund. Das sind ... Wolken. Sieh mal, sie sehen aus wie – wie Moosbeerenbrei mit Milch ...«

Ich bemerkte, dass es höchst angenehm wäre, bestünden die Wolken tatsächlich aus Brei.

»Ach, zum Teufel«, sagte der Soldat und spuckte aus. »Keine einzige Menschenseele! Niemand ... Wir müssen wohl an unseren eigenen Pfoten lutschen, wie die Bären im Winter ...«

»Ich hab gleich gesagt, wir sollten uns an bewohnte Orte halten«, erklärte der »Student« belehrend.

»Hast du gleich gesagt!«, empörte sich der Soldat. »Was du alles sagst, bist ja so gelehrt! Was für bewohnte Orte denn? Weiß der Teufel, wo die sind!«

Der »Student« verstummte beleidigt. Die Sonne ging un-

* Kurze Gesänge im orthodoxen Gottesdienst.

ter, die Wolken am Horizont leuchteten in mannigfaltigen, unbeschreiblichen Farben. Es roch nach Erde und Salz.

Dieser trockene, appetitliche Geruch verstärkte unseren Hunger noch.

Unsere Mägen zogen sich zusammen. Das war ein seltsames und unangenehmes Gefühl: als ob aus allen Muskeln des Körpers langsam die Säfte hinausflössen, sich verflüchtigten und die Muskeln ihre Spannkraft verlören. Stechende Trockenheit erfüllte Mundhöhle und Kehle, das Bewusstsein trübte sich, vor den Augen tanzten dunkle Flecke. Manchmal nahmen sie die Form von Brotlaiben oder dampfenden Fleischbrocken an; die Erinnerung versorgte diese »Phantome von Gewesenem, Phantome ohne Worte«* mit den ihnen eigenen Gerüchen, und dann war es, als würde einem ein Messer im Magen herumgedreht.

Trotzdem gingen wir weiter, beschrieben einander unsere Empfindungen und ließen suchend den Blick schweifen – ob nicht irgendwo eine Herde Schafe weidete, und lauschten – ob nicht irgendwo das schrille Quietschen eines Fuhrwerks ertönte, mit dem ein Tatar Früchte auf den armenischen Basar brachte.

Doch die Steppe war leer und stumm.

Am Abend vor diesem schweren Tag hatten wir zu dritt vier Pfund Roggenbrot und fünf Melonen gegessen, zuvor jedoch rund vierzig Werst zurückgelegt – also weit mehr verbraucht als zu uns genommen! Wir waren auf dem Marktplatz von Perekop eingeschlafen und vor Hunger aufgewacht.

Der »Student« hatte ganz vernünftig geraten, wir sollten uns nicht schlafen legen, sondern in der Nacht lieber … aber in anständiger Gesellschaft spricht man nicht laut von geplanten Verstößen gegen das Eigentumsrecht, also schweige ich. Ich will nur bei der Wahrheit bleiben, Grobheit liegt nicht in meinem Interesse. Ich weiß, dass die Menschen in

* Aus einem Gedicht von Valeri Brjussow.

unseren hochkultivierten Tagen immer weichherziger werden, und selbst wenn sie ihren Nächsten an der Kehle packen und eindeutig vorhaben, ihn zu erwürgen, sind sie bemüht, das so liebenswürdig wie möglich und unter Wahrung allen in diesem Fall angebrachten Anstands zu tun. Die Erfahrung meiner eigenen Kehle veranlasst mich, diesen Fortschritt der Sitten festzuhalten, und mit wohltuender Gewissheit bezeuge ich, dass sich alles auf dieser Welt entwickelt und vervollkommnet. Bestätigt wird dieser bemerkenswerte Prozess durch die von Jahr zu Jahr wachsende Zahl von Gefängnissen, Schenken und Freudenhäusern …

So liefen wir, Speichel schluckend und bemüht, mit freundschaftlichen Gesprächen den Schmerz im Magen zu unterdrücken, im rötlichen Licht des Sonnenuntergangs durch die menschenleere, stumme Steppe; vor uns versank die Sonne still in den weichen Wolken, die sie mit ihren Strahlen so großzügig gefärbt hatte, und hinter uns und zu beiden Seiten verengte bläuliche Dunkelheit, die von der Steppe zum Himmel aufstieg, den unbehaglichen Horizont.

»Sammelt Material für ein Feuer, Brüder«, sagte der Soldat und hob ein Stück Holz vom Weg auf. »Wir müssen in der Steppe übernachten, bald kommt der Tau! Nehmt, was ihr findet – Dung, Reisig, alles!«

Wir schwärmten beiderseits des Weges aus und sammelten trockenes Unkraut und alles, was brennbar war. Jedes Mal, wenn ich mich bücken musste, entstand in meinem Körper der leidenschaftliche Wunsch, niederzusinken und die fette schwarze Erde zu essen, viel davon zu essen, zu essen bis zur Erschöpfung, und dann einzuschlafen. Meinetwegen für immer – Hauptsache, essen, kauen und spüren, wie der warme, dicke Brei langsam vom Mund durch die ausgetrocknete Speiseröhre in den Magen sinkt, der brennt vor Verlangen, etwas aufzunehmen.

»Wenn wir wenigstens irgendwelche Wurzeln finden würden …«, seufzte der Soldat. »Es gibt ja essbare Wurzeln …«

Doch in der gepflügten schwarzen Erde gab es keine Wurzeln. Die südliche Nacht kam rasch, und noch ehe der letzte Sonnenstrahl erloschen war, blinkten am dunkelblauen Himmel schon die Sterne, um uns herum aber wurden die Schatten immer dichter und machten die endlose flache Steppe enger und enger.

»Brüder«, sagte der »Student« halblaut, »da links liegt ein Mensch …«

»Ein Mensch?«, zweifelte der Soldat. »Warum sollte er dort liegen?«

»Geh hin und frag ihn. Bestimmt hat er Brot, sonst hätt er sich nicht hier in der Steppe niedergelassen.«

Der Soldat blickte in die Richtung, wo der Mensch lag, und spuckte kräftig aus.

»Gehen wir zu ihm!«

Nur die scharfen grünen Augen des »Studenten« hatten erkennen können, dass der dunkle Haufen, der rund fünfzig Sashen* links vom Weg aufragte, ein Mensch war. Wir liefen los, eilten mit raschen Schritten über die Erdklumpen auf dem Acker und spürten, wie die aufgekeimte Hoffnung den Hungerschmerz noch verstärkte. Wir waren bereits recht nahe – der Mensch regte sich nicht.

»Vielleicht ist das ja kein Mensch«, äußerte der Soldat, was wir alle dachten.

Doch im selben Augenblick wurden unsere Zweifel zerstreut, denn plötzlich bewegte sich der Haufen, wuchs empor, und wir sahen, dass es tatsächlich ein Mensch war, ein lebendiger Mensch, er kniete, streckte uns eine Hand entgegen und sagte mit dumpfer, zitternder Stimme: »Nicht näher kommen – ich schieße!«

In der dunstigen Luft ertönte ein kurzes, trockenes Klicken. Wie auf Kommando blieben wir stehen und schwiegen einige Sekunden lang, verblüfft über den unfreundlichen Empfang.

* Altes russisches Längenmaß, 2,134 m.

»So ein Halunke!«, murmelte der Soldat empört.

»Tjaa«, sagte der »Student« nachdenklich. »Läuft mit nem Revolver rum … bestimmt ein Strauchdieb mit Beute …«

»He!«, rief der Soldat, der offenbar etwas entschieden hatte.

Der Mensch schwieg, ohne die Haltung zu verändern.

»He, du! Wir tun dir nichts, gib uns nur ein bisschen Brot – hast du welches? Gib uns was, Bruder, um Christi willen! … Verflucht sollst du sein, du Satansbraten!«

Die letzten Worte hatte der Soldat in seinen Bart gemurmelt.

Der Mensch schwieg.

»Hörst du?«, versuchte es der Soldat mit vor Wut und Verzweiflung zitternder Stimme noch einmal. »Gib uns Brot! Wir kommen nicht näher … wirfs her …«

»Na gut«, sagte der Mann kurz.

Hätte er »meine lieben Brüder!« zu uns gesagt und in diese drei Worte die reinsten und heiligsten Gefühle gelegt – sie hätten uns nicht so erregt und so vermenschlicht wie dieses kurze, dumpfe »Na gut!«

»Hab keine Angst vor uns, guter Mann«, sagte der Soldat sanft lächelnd, obwohl der Mann sein Lächeln nicht sehen konnte, denn er war mindestens zwanzig Schritt von uns entfernt.

»Wir sind friedliche Leute, auf dem Weg von Russland an den Kuban … uns ist das Geld ausgegangen, wir haben fast alle unsere Sachen für Essen versetzt – und jetzt laufen wir den zweiten Tag mit leerem Magen rum …«

»Da!«, sagte der gute Mann und holte mit einer Hand weit aus. Etwas Schwarzes blitzte auf und fiel nicht weit von uns auf den Acker. Der »Student« rannte hin.

»Da, noch was! Mehr hab ich nicht.«

Als der »Student« das originelle Almosen eingesammelt hatte, besaßen wir vier Pfund hartes Weizenbrot. Es war voller Erde und sehr hart. Hartes Brot ist sättigender als weiches – es enthält weniger Wasser.

»Hier … und hier … und hier!« Konzentriert verteilte der Soldat Brotstücke. »Halt, Gelehrter, das ist nicht gleich! Bei dir muss ich noch was abbrechen, sonst kriegt er zu wenig …«

Widerspruchslos fügte sich der »Student« in die Einbuße eines Stücks von rund fünf Solotniks* Gewicht; ich bekam es und stecke es in den Mund.

Ich begann zu kauen, langsam zu kauen, nur mühsam zügelte ich das krampfhafte Mahlen der Kiefer, die auch Steine zermalmt hätten. Es bereitete ungeheuren Genuss, die Krämpfe in meiner Speiseröhre zu spüren und sie nach und nach, tröpfchenweise, zu besänftigen. Bröckchen für Bröckchen, warm und unbeschreiblich köstlich, gelangte in den Magen und schien sich sofort in Blut und Gehirn umzuwandeln. Freude – eine ganz seltsame, stille und belebende Freude wärmte das Herz, je mehr sich der Magen füllte. Ich vergaß die verfluchten Tage chronischen Hungers, vergaß auch meine Kameraden, ganz darin versunken, meine Empfindungen zu genießen.

Doch als ich die letzten Brotkrumen von der Hand in den Mund geschüttet hatte, spürte ich, dass ich rasend hungrig war.

»Er hat noch Speck oder Fleisch, der Satansbraten«, knurrte der Soldat, der vor mir auf der Erde saß und sich mit den Händen den Magen rieb.

»Ja, das Brot hat nach Fleisch gerochen … Und Brot hat er bestimmt auch noch«, sagte der »Student« und fügte leise hinzu: »Wenn nicht der Revolver wäre …«

»Was ist er wohl für einer?«

»Anscheinend so wie wir …«

»Ein Hund!«, entschied der Soldat.

Wir saßen eng zusammen und blickten in die Richtung, wo unser Wohltäter mit dem Revolver saß. Von dort drang kein Laut zu uns, kein Lebenszeichen.

* (russ.) Gewichtseinheit, ca. 4 Gramm.

Ringsum versammelte die Nacht ihre dunklen Mächte. In der Steppe herrschte Totenstille, wir hörten einander atmen. Hin und wieder ertönte irgendwo das melancholische Pfeifen eines Ziesels. Über uns leuchteten die Sterne, die lebendigen Himmelsblumen. Wir waren hungrig.

Stolz kann ich sagen – ich war in dieser etwas seltsamen Nacht nicht schlechter und nicht besser als meine zufälligen Gefährten. Ich schlug vor, wir sollten aufstehen und zu dem Mann gehen. Ihm nichts tun, aber alles aufessen, was wir finden würden. Wenn er schießen sollte – bitte! Treffen würde er nur einen von uns dreien – wenn überhaupt; und wenn er traf, würde die Revolverkugel kaum töten.

»Na, kommt!«, sagte der Soldat und sprang auf.

Der »Student« erhob sich langsamer.

Wir liefen los, rannten fast. Der »Student« hielt sich hinter uns.

»Kamerad!«, rief ihm der Soldat tadelnd zu.

Dumpfes Gemurmel und das deutliche Klicken eines Abzugshahns empfing uns. Dann blitzte Feuer auf, und trocken knallte ein Schuss.

»Daneben!«, rief der Soldat freudig und war mit einem Sprung bei dem Mann. »Ha, du Teufel, dir werd ichs zeigen …«

Der »Student« stürzte sich auf den Quersack des Mannes.

Der »Teufel« fiel von den Knien auf den Rücken, breitete die Arme aus und röchelte.

»Was ist denn los?«, wunderte sich der Soldat, der schon ein Bein gehoben hatte, um dem Mann einen Tritt zu versetzen. »Hat er etwa auf sich selber geschossen? Du! Was hast du? He! Hast dich erschossen, oder was?«

»Fleisch und Fladen und Brot … ganz viel, Brüder!«, ertönte die triumphierende Stimme des »Studenten«.

»Ach, zum Teufel mit dir, krepier ruhig … Wir essen!«, rief der Soldat.

Ich nahm dem Mann, der nicht mehr röchelte und nun

reglos dalag, den Revolver aus der Hand. In der Trommel war noch eine Patrone.

Wir aßen erneut, aßen schweigend. Der Mann lag da und schwieg ebenfalls, ohne auch nur ein Glied zu regen. Wir beachteten ihn nicht.

»Geht es euch wirklich nur ums Brot, liebe Brüder?«, fragte plötzlich eine heisere, zitternde Stimme.

Wir zuckten zusammen. Der »Student« verschluckte sich sogar, krümmte sich und hustete.

»Du Hundeseele, bersten sollst du wie ein verdorrter Baumstamm! Meinst du, wir wollen dir die Haut abziehen? Was sollten wir damit? Rindvieh, dreckiger Saukerl! So was! Nimmt eine Waffe und feuert auf Menschen! Satansbraten …«

Er fluchte und aß, wodurch seine Beschimpfungen an Kraft und Nachdruck verloren.

»Warte, bis wir gegessen haben, dann rechnen wir mit dir ab«, versprach der »Student« drohend.

Da ertönte in der Stille der Nacht ein heulendes Schluchzen, das uns erschreckte.

»Brüder … wie konnt ich das wissen? Ich hab geschossen … weil ich Angst habe. Ich komme aus Neu-Athos* … und will ins Gouvernement Smolensk … mein Gott! Das Fieber plagt mich … sobald die Sonne untergeht, ist es ein Elend! Wegen dem Fieber bin auch weg aus Athos … ich hab dort getischlert … ich bin Tischler … Zu Hause hab ich eine Frau … und zwei Mädchen … drei Jahre hab ich sie nicht gesehn, es geht ins vierte … Brüder! Esst ruhig alles auf …«

»Keine Sorge, da musst du nicht drum bitten«, sagte der »Student«.

»Mein Gott! Wenn ich gewusst hätte, dass ihr friedliche,

* Ort in Abchasien am Schwarzen Meer, 1874 errichteten russische Mönche dort ein Kloster und nannten es Neu-Athos, nach ihrem Stammkloster in Griechenland.

gute Menschen seid … hätte ich dann etwa geschossen? Aber wir sind hier in der Steppe, es ist Nacht … ist das meine Schuld?«

Er redete und weinte – das heißt, es war eher ein zitterndes, erschrockenes Geheul.

»Wie er winselt!«, sagte der Soldat verächtlich.

»Er muss auch Geld bei sich haben«, meinte der »Student«.

Der Soldat kniff die Augen zusammen, sah ihn an und lachte spöttisch.

»Sehr scharfsinnig … Kommt, lasst uns Feuer machen und schlafen …«

»Und er?«, erkundigte sich der »Student«.

»Ach, zum Teufel mit ihm! Sollen wir ihn braten, oder was?«

»Verdient hätte ers«, sagte der »Student« und schüttelte seinen kantigen Kopf.

Wir gingen unser gesammeltes Brennmaterial holen, das noch dort lag, wo uns der Tischler mit seinem Ruf aufgehalten hatte, und saßen bald um ein Feuer herum. Ganz ruhig brannte es in der windstillen Nacht und beleuchtete den kleinen Platz, an dem wir lagerten. Wir waren schläfrig, hätten aber durchaus noch einmal zu Abend essen können.

»Brüder!«, rief der Tischler.

Er lag drei Schritt von uns entfernt, und ich glaubte ihn hin und wieder flüstern zu hören.

»Ja?«, antwortete der Soldat.

»Darf ich zu euch … ans Feuer? Mein Tod naht … die Knochen tun mir weh! Mein Gott! Ich werd es wohl nicht mehr nach Hause schaffen …«

»Komm her«, erlaubte ihm der »Student«.

Langsam, als fürchtete der Tischler, ein Bein oder einen Arm zu verlieren, kam er zum Feuer gekrochen. Er war hochgewachsen und schrecklich abgemagert; alles an ihm schlotterte, die großen trüben Augen spiegelten den Schmerz, der ihn zerfraß. Sein verzerrtes Gesicht war knochig und selbst im Schein des Feuers von lebloser gelblich-erdbrauner Farbe. Er zitterte am ganzen Leib und weckte verächtliches Mitleid. Die langen, dünnen Arme zum Feuer ausgestreckt, rieb er sich die knochigen Finger, deren Gelenke sich nur mühsam krümmten. Insgesamt bot er einen abstoßenden Anblick.

»Warum gehst du in diesem Zustand zu Fuß? Bist geizig, oder was?«, fragte der Soldat mürrisch.

»Das hat man mir geraten … Fahr nicht übers Wasser, hieß es … lauf über die Krim, die Luft, hieß es. Aber ich kann nicht mehr laufen … ich sterbe, Brüder! Allein und verlassen, in der Steppe … die Vögel werden an mir picken, und niemand wird es erfahren … Meine Frau … und meine Töchter werden warten, ich hab ihnen geschrieben … aber der Steppenregen wird meine Knochen waschen … Mein Gott, mein Gott!«

Er heulte klagend wie ein verletzter Wolf.

»Ach, zum Teufel!«, schnaubte der Soldat und sprang auf. »Was soll das Gewinsel? Kannst du nicht mal Ruhe geben? Du krepierst? Na, dann krepier, aber sei still …«

»Legen wir uns schlafen«, sagte ich. »Und du, wenn du am Feuer bleiben willst, dann heul nicht so, wirklich …«

»Hast du gehört?«, sagte der Soldat wütend. »Meinst du, wir werden uns um dich kümmern, weil du Brot nach uns geworfen hast und eine Kugel auf uns gefeuert? Teufel noch mal! Andere an unsrer Stelle, die hätten …!«

Der Soldat verstummte und streckte sich auf der Erde aus.

Der »Student« lag bereits. Auch ich legte mich hin. Der Tischler rollte sich verschreckt zusammen, rückte näher ans Feuer und schaute schweigend hinein. Ich hörte seine Zähne klappern. Der »Student« lag zusammengerollt links von ihm und war anscheinend sofort eingeschlafen. Der Soldat hatte die Arme unterm Kopf verschränkt und blickte zum Himmel.

»Was für eine Nacht, was? So viele Sterne …«, sagte er zu mir. »Der Himmel ist eine richtige Decke. Ich liebe das Vagabundenleben, mein Freund. Es bringt Kälte und Hunger, aber es ist so frei … Kein Vorgesetzter über dir … Du kannst tun und lassen, was du willst, keiner sagt was dagegen. In den letzten Tagen hab ich furchtbar gehungert, war furchtbar wütend … aber jetzt liege ich hier, schaue zum Himmel … Die Sterne zwinkern mir zu: Schon gut, Lakutin, wandre herum auf der Erde und ordne dich niemandem unter … Da wird mir wohl ums Herz … Und du – wie heißt du? He, Tischler! Sei mir nicht böse und hab keine Angst … Dass wir dein Brot aufgegessen haben, das ist nicht weiter schlimm: Du hattest Brot, und wir hatten keins, also haben wir deins gegessen … Und du wilder Kerl schießt gleich auf uns … Ist dir nicht klar, dass eine Kugel einem Menschen Schaden zufügen kann? Ich war vorhin sehr wütend auf dich, und wärst du nicht umgefallen, dann hätt ich dich verdroschen für deine Frechheit. Und das Brot – morgen bist du in Perekop, da kaufst du dir welches, Geld hast du doch bestimmt … Wann hast du dir denn das Fieber geholt?«

Noch lange summten in meinen Ohren der Bass des Soldaten und die zitternde Stimme des kranken Tischlers. Die Nacht war dunkel, fast schwarz, und sank immer tiefer auf die Erde herab, und in meine Brust strömte frische, kräftige Luft.

Das Feuer strahlte ein gleichmäßiges Licht und belebende Wärme aus … Mir fielen die Augen zu.

»Steh auf! Los! Komm!«

Erschrocken öffnete ich die Augen und sprang hastig auf, wobei mir der Soldat half, indem er mich heftig am Arm hochzerrte.

»Na los! Vorwärts!«

Sein Gesicht war streng und besorgt. Ich blickte mich um. Die Sonne ging auf, ein rosiger Strahl lag bereits auf dem reglosen, blauen Gesicht des Tischlers. Sein Mund stand offen, die Augen waren weit aus den Höhlen gequollen, ihr glasiger Blick spiegelte Entsetzen. Er lag in einer unnatürlich verrenkten Pose da, die Kleider auf seiner Brust waren zerrissen. Der »Student« war weg.

»Na, was starrst du so! Komm, sag ich!«, beschwor mich der Soldat und zerrte an meinem Arm.

»Ist er tot?«, fragte ich, zitternd in der Morgenfrische.

»Natürlich. Wenn man dich erwürgt, bist du auch tot«, erklärte der Soldat.

»War das der ›Student‹?«, rief ich.

»Wer denn sonst? Du vielleicht? Oder ich? Schöner Gelehrter … Hat einfach so einen Menschen erledigt … und seine Kameraden in den Dreck geritten. Hätt ich das geahnt, ich hätte diesen ›Studenten‹ gestern erschlagen. Kurzerhand erschlagen. Ein Fausthieb gegen die Schläfe … und ein Halunke weniger auf der Welt! Ist dir klar, was er angerichtet hat? Jetzt müssen wir aufpassen, dass uns kein Mensch in der Steppe sieht. Klar? Man wird den Tischler heute finden und feststellen, dass er erwürgt und ausgeraubt wurde. Und dann werden sie sich unsereins vorknöpfen … wohin des Wegs, wo hast du übernachtet? Wir beide haben zwar nichts bei uns … nur seinen Revolver, den hab ich unterm Hemd! Ein schönes Stück!«

»Wirf ihn weg«, riet ich dem Soldaten.

»Wegwerfen?«, entgegnete er nachdenklich. »Das Ding ist doch wertvoll … Und vielleicht erwischen sie uns ja gar nicht? Nein, ich werf ihn nicht weg … wer weiß schon, dass der Tischler einen Revolver hatte? Ich werf ihn nicht weg … Der bringt bestimmt drei Rubel. Eine Kugel ist noch drin – ha! Die würd ich unserem lieben Kameraden zu gern in den Schädel jagen! Wie viel Geld mag er erbeutet haben, was? Der Satansbraten!«

»Aus der Traum für die Töchter vom Tischler …«, sagte ich.

»Töchter? Was für Töchter? Ach so, die von dem. Hm, sie werden heranwachsen und heiraten, aber bestimmt nicht uns, um sie gehts jetzt nicht ... Komm, Bruder, schnell ... Wohin gehen wir?«

»Ich weiß nicht ... Ganz egal.«

»Ich weiß es auch nicht, und ich weiß, es ist egal. Gehen wir nach rechts: Da muss das Meer sein.«

Wir wandten uns nach rechts.

Ich drehte mich um. Weit hinter uns in der Steppe ragte ein kleiner dunkler Hügel auf, und darüber schien die Sonne.

»Schaust du, ob er vielleicht auferstanden ist? Keine Angst, er wird uns nicht einholen ... Unser Gelehrter, der hat offenbar Übung, hat ganze Arbeit geleistet ... Schöner Kamerad! Hat uns mächtig reingeritten! Ach, Bruder! Die Menschen verderben, von Jahr zu Jahr verderben sie mehr!«, sagte der Soldat traurig.

Die Steppe, leer und schweigend, ganz von hellem Sonnenlicht übergossen, breitete sich um uns aus, verschmolz am Horizont mit dem Himmel, der so klar war, von so sanftem und verschwenderischem Licht, dass jede schwarze, unrechte Tat in der Weite dieser freien Ebene unter der blauen Himmelskuppel unmöglich schien.

»Aber ich brauch was zu fressen, Bruder!«, sagte mein Kamerad und drehte sich eine Papirossa. »Was werden wir heute essen, und wo und wie? Das ist die Frage!«

Damit beendete der Erzähler – mein Bettnachbar im Krankenhaus – seine Geschichte und sagte zu mir: »Das ist alles. Ich habe mich mit diesem Soldaten sehr angefreundet, wir sind zusammen bis ins Gebiet Kars gelaufen. Er war ein lieber, erfahrener Kerl, ein typischer Vagabund. Ich hatte Respekt vor ihm. Bis Kleinasien sind wir zusammen gekommen, dort haben wir uns verloren ...«

»Denken Sie manchmal an den Tischler?«, fragte ich.

»Wie Sie sehen oder – wie Sie gehört haben …«

»Und … es macht Ihnen nichts?«

Er lachte.

»Was soll ich denn dabei fühlen? Ich bin nicht schuld an dem, was passiert ist, genau wie Sie nicht schuld sind an dem, was mir passiert ist … Keiner ist an irgendwas schuld, denn wir sind alle gleichermaßen Vieh.«

1894

Der Schandzug

Die Dorfstraße entlang, zwischen weißen Lehmhütten, zieht mit wildem Geheul eine seltsame Prozession.

Eine Volksmenge, dicht gedrängt, langsam und lärmend, bewegt sich vorwärts wie eine große Welle. Ihr voran schreitet ein struppiger Klepper, den Kopf bedrückt gesenkt. Wenn er ein Vorderbein hebt, schüttelt er seltsam den Kopf, als wollte er mit seinen Nüstern den Straßenstaub berühren, und wenn er ein Hinterbein vorsetzt, senkt sich die Kruppe so tief, dass es aussieht, als würde er gleich stürzen.

Eine splitternackte kleine Frau, fast noch ein Mädchen, ist mit einem Strick um die Hände an den Leiterwagen gefesselt. Sie läuft irgendwie seltsam – seitlich, ihre Beine zittern und knicken ein, ihr Kopf mit den zerzausten dunkelblonden Haaren ist hoch erhoben und ein wenig zurückgebeugt, ihre Augen sind weit offen und stumpf in die Ferne gerichtet, mit einem Blick, in dem nichts Menschliches mehr ist. Ihr ganzer Körper ist voller runder und länglicher blauer und blutroter Flecke, in ihrer mädchenhaft festen linken Brust klafft eine Wunde, daraus fließt Blut. Es hat auf ihrem Bauch und ihrem Oberschenkel einen breiten Streifen gebildet, der auf der Wade unter einer braunen Staubkruste verschwindet. Es sieht aus, als wäre der Frau ein langer, schmaler Streifen Haut abgezogen worden.

Der Bauch der Frau wurde vermutlich lange mit einem Holzscheit traktiert oder mit gestiefelten Füßen getreten – er ist schrecklich geschwollen und furchtbar blau.

Die Beine der Frau, schlank und zierlich, schleppen sich mühsam durch den grauen Staub, ihr ganzer Leib krümmt sich, und es ist kaum zu verstehen, warum sie sich noch auf diesen Beinen hält, die wie ihr ganzer Körper mit blauen Flecken übersät sind, warum sie nicht zu Boden fällt und hinter dem Wagen bäuchlings über die warme Erde geschleift wird …

Auf dem Wagen steht ein großer Mann im weißen Hemd, auf dem Kopf eine Persianermütze, unter der eine Tolle leuchtend roter Haare hervorquillt und ihm quer über die Stirn fällt; in einer Hand hält er die Zügel, in der anderen eine Knute, mit der er abwechselnd den Rücken des Pferdes und den Körper der kleinen Frau peitscht, aus der ohnehin schon alles Menschliche herausgeprügelt ist.

Die Augen des Rothaarigen sind blutunterlaufen und funkeln in bösem Triumph. Die Haare betonen deren grünliche Farbe. Die bis zu den Ellbogen hochgekrempelten Ärmel entblößen kräftige, mit dichter rötlicher Wolle behaarte Arme; sein Mund voller spitzer weißer Zähne steht offen, und hin und wieder ruft der Mann heiser aus: »Lauf, Hexe! He! Mach, lauf! Jaa! Und!«

Hinter dem Wagen und der daran festgebundenen Frau wälzt sich die Menge, und auch sie brüllt, heult, pfeift, lacht, johlt und spottet. Darunter kleine Jungen … Manchmal läuft einer von ihnen vor und schreit der Frau obszöne Worte ins Gesicht. Die Lachsalven in der Menge übertönen alle anderen Laute und das dünnen Pfeifen der Peitsche in der Luft. Frauen mit erregten Gesichtern und vor Vergnügen funkelnden Augen. Männer rufen dem Mann auf dem Wagen Widerwärtiges zu. Er wendet sich zu ihnen um und lacht laut, mit weit offenem Mund. Ein Peitschenhieb auf den Körper der Frau. Die Knute, dünn und lang, schlingt sich um ihre Schulter und verheddert sich unter ihrem Arm. Da reißt der prügelnde Mann die Peitsche heftig zurück; die Frau schreit winselnd auf, kippt um und fällt rücklings in den Staub.

Viele Leute aus der Menge rennen zu ihr, verdecken sie, indem sie sich über sie beugen.

Das Pferd bleibt stehen, doch im nächsten Moment läuft es weiter, und die geschundene Frau geht wieder hinter dem Wagen. Das langsam schreitende klägliche Pferd schüttelt ständig den zottigen Kopf, als wollte es sagen: Wie gemein, ein Vieh zu sein! Für jede Abscheulichkeit wird man von den Menschen benutzt …

Der Himmel aber, der südliche Himmel, ist vollkommen klar – keine einzige Wolke, großzügig schickt die Sonne ihre heißen Strahlen …

Was ich hier niedergeschrieben habe, ist keine erfundene Verzerrung der Wahrheit – nein, es ist leider keine Erfindung. Das nennt sich »Schandzug«. So bestrafen Ehemänner ihre Frauen für einen Ehebruch; es ist ein alltägliches Bild, eine Sitte, und beobachtet habe ich das am 15. Juli 1891 im Dorf Kandybowka im Kreis Nikolajewsk des Gouvernements Cherson.

Ich wusste, dass man bei uns Frauen für Untreue nackt auszieht, mit Pech einschmiert, mit Hühnerfedern bewirft und so durch die Straßen führt. Ich wusste, dass erfinderische Ehemänner oder Schwiegerväter die »Untreue« im Sommer mit Sirup beschmieren und sie an einen Baum binden, den Insekten zum Fraß. Ich habe gehört, dass Ehebrecherinnen manchmal gefesselt auf einen Ameisenhaufen gesetzt werden. Und dann habe ich gesehen, dass all das tatsächlich möglich ist – unter Menschen, die ungebildet, gewissenlos und vom wölfischen Leben in Neid und Habgier vollkommen verwildert sind.

1895

Die Holzflößer

Eine Ostergeschichte

1

Schwere Wolken ziehen langsam über den verschlafenen Fluss; es scheint, als würden sie immer tiefer sinken; es scheint, als berührten ihre grauen Fetzen in der Ferne die Oberfläche der schnellen, trüben Frühlingswellen und als stünde dort, wo sie das Wasser berühren, eine undurchdringliche Wolkenmauer, die dem Fluss den Lauf und den Flößen den Weg versperrt.

Und die Wellen, die vergebens diese Wand zu unterspülen suchen, schlagen mit leisem klagendem Grollen dagegen, werden von ihr zurückgeworfen und laufen nach rechts und links auseinander, in die feuchte Finsternis der frischen Frühlingsnacht.

Doch die Flöße schwimmen vorwärts, und die Ferne entrückt immer weiter in den Raum voller schwerer Wolkenmassen.

Die Ufer sind nicht zu sehen – die Nacht hat sie geschluckt, und die breiten Hochwasserwellen haben sie verschoben.

Der Fluss ist wie ein Meer. Der Himmel darüber ist in Wolken gehüllt, schwer, feucht und trostlos.

Rasch und lautlos gleiten die Flöße übers Wasser, und aus dem Dunkel kommt ihnen ein Dampfer entgegen, spuckt einen fröhlichen Funkenstrom aus dem Schornstein und schlägt mit den Schaufelrädern dumpf auf die Wellen.

Die beiden roten Lämpchen auf den Blitzableitern werden immer größer und heller, die Lampe am Mastbaum schaukelt sacht hin und her und zwinkert der Dunkelheit geheimnisvoll zu.

Alles ist erfüllt vom Geräusch des durchpflügten Wassers und dem schweren Seufzen des Schiffsmotors.

»Auufpassen!«, schallt ein lauter, tiefer Ruf über die Flöße.

An den Steuerrudern auf dem hinteren Floß stehen zwei Männer: Mitri, der Sohn des Flößers, ein blonder, nachdenklicher Hänfling von zwanzig Jahren, und Sergej, der Gehilfe, ein mürrischer Kraftprotz mit rotem Bart; aus dem Bart schauen kräftige große Zähne heraus, die unter der spöttisch aufgeworfenen Oberlippe bloßliegen.

»Mehr nach links!«, dröhnt erneut ein lauter Ruf von vorn durch die Dunkelheit.

»Wissen wir selber, was brüllst du so?«, knurrt Sergej unwillig und lehnt sich seufzend mit seinem ganzen Gewicht gegen das Ruder.

»Hoo-oh! Mehr Kraft, Mitjuk!«

Mitri stemmt die Füße auf die feuchten Stämme, zieht mit seinen dünnen Armen die schwere Stange – das Steuer – zu sich heran und hustet heiser.

»Feste … weiter links! Verdammte Teufelsbrut!«, schallt es von vorn besorgt und wütend.

»Brüll nur! Dein mickriger Sohn kriegt keinen Strohhalm zerbrochen, und du stellst ihn ans Ruder, und dann brüllst du über den ganzen Fluss. Zu geizig, noch einen Arbeiter anzustellen, alter Blutschänder. Jetzt brüll dir ruhig die Kehle ausm Leib!«

Sergej knurrt nun schon laut, hat offenbar keine Angst, dass er gehört werden könnte, will es vielleicht sogar …

Der Dampfer jagt an den Flößen vorbei, wirbelt mit seinen Rädern schäumende Gischt auf. Die Baumstämme schaukeln auf dem Wasser, die nassen Bindeseile aus zusammengedrehten Weidenruten quietschen klagend.

Die erleuchteten Fenster des Dampfers blicken auf den Fluss und die Flöße wie eine Reihe feuriger Augen, spiegeln sich als zitternde helle Flecke im aufgewühlten Wasser und verschwinden.

Die Wellen klatschen heftig gegen die Flöße, die Stämme hüpfen, und Mitri taumelt und presst sich mit aller Kraft gegen das Steuer, um nicht zu fallen.

»Ja, ja«, knurrt Sergej spöttisch, »tanz nur! Gleich brüllt dein Vater wieder … Oder er knallt dir eins in die Seite, dann tanzt du noch ganz anders! Weiter rechts! Hejo! Hooh!«

Seine Arme, elastisch wie Stahlfedern, drehen kraftvoll das Ruder, so dass es tief das Wasser pflügt.

Energisch, groß, ein bisschen böse und spöttisch, steht er da, als wäre er mit nackten Füßen an den Stämmen festgewachsen, den ganzen Körper angespannt, bereit, die Flöße jeden Augenblick zu wenden, und blickt wachsam nach vorn.

»Sieh an, dein Vater, wie der die Marja umarmt! Teufel auch! Keine Scham und kein Gewissen! Wieso gehst du nicht weg, Mitri, verlässt die dreckigen Teufel? Was? He, hörst du mich?«

»Ich hör dich!«, sagt Mitri halblaut und schaut nicht dorthin, wo Sergej durch die Dunkelheit seinen Vater sieht.

»Ich hör dich! Ach, du Memme!«, spottet Sergej und lacht lauthals. »Schöne Geschichte!«, fährt er fort, angestachelt von Mitris Apathie. »Was für ein Teufel, der Alte! Verheiratet seinen Sohn, macht sich an die Schwiegertochter ran – und keiner kann ihm! Der alte Wüstling!«

Mitri schweigt und schaut nach hinten über den Fluss, wo sich ebenfalls eine dichte Wolkenwand gebildet hat.

Jetzt sind die Wolken überall, und die Flöße scheinen nicht zu schwimmen, sondern reglos in dem schweren schwarzen Wasser zu stehen, das von den dunkelgrauen Wolkenmassen niedergedrückt wird – vom Himmel herabgefallen, versperren sie ihm den Weg.

Der Fluss wirkt wie ein bodenloser Schlund, von allen Seiten von Bergen umgeben, die bis zum Himmel reichen und in eine dichte Nebeldecke gehüllt sind.

Ringsum ist es quälend still; schwach, wie abwartend, klatscht das Wasser gegen die Flöße. Große Wehmut und eine schüchterne Frage liegen in diesem kargen Geräusch, dem einzigen mitten in der Nacht, das ihre Stille nur noch stärker hervorhebt.

»Ein bisschen Wind wär gut …«, sagt Sergej. »Nein, lieber kein Wind, der bringt bloß Regen«, widerspricht er sich selbst und stopft sich eine Pfeife.

Ein Streichholz flammt auf, im verstopften Pfeifenkopf ertönt ein Gurgeln, und ein roter Feuerschein, der bald aufglimmt, bald erlischt, beleuchtet Sergejs breites Gesicht, das immer wieder ins Dunkel taucht.

»Mitri!«, ruft Sergej. Seine Stimme ist nun weniger mürrisch, der Spott darin deutlicher.

»Ja?«, antwortet Mitri halblaut, den Blick weiter in die Ferne gerichtet, wo er mit großen, traurigen Augen unverwandt etwas betrachtet.

»Wie ist denn das so, Bruder, he?«

»Was denn?«, fragt Mitri unwillig zurück.

»Na, du hast geheiratet, ja?! Zum Lachen! Wie war das? Na, ihr seid ins Bett, du und deine Frau, ja? Und, weiter?«

»He, ihr da! Auufpassen!«, tönt es drohend über den Fluss.

»Ha, wie er brüllt, der verdammte Blutschänder!«, bemerkt Sergej triumphierend und kehrt zu seinem Thema zurück. »Na sag schon, he! Mitri! Sag doch mal! Na?«

»Hör auf, Serjoga! Ich habs doch erzählt!«, flüstert Mitri; aber da er wohl weiß, dass Sergej nicht lockerlassen wird, beginnt er hastig: »Also, wir sind schlafen gegangen. Ich sag zu ihr: Ich kann nicht dein Mann werden, Marja. Du bist gesund und stark, ich bin krank und schwach. Ich wollt auch gar nicht heiraten, aber mein Vater hat mich gezwungen, du heiratest, hat er gesagt, und Schluss! Ich mag euch Weiber nicht, und dich schon gar nicht. Bist mir zu lebhaft … Ja … Und ich kann das alles nicht … Verstehst du … Das ist Schmutz und Sünde … Und Kinder … Für die muss man sich doch vor Gott verantworten …«

»Schmutz!«, dröhnt Sergej und lacht lauthals. »Na, und sie darauf, die Marja? Was?«

»Na … Sie sagt, was soll ich denn jetzt machen? Sitzt da und heult. Warum, fragt sie, gefall ich dir denn nicht? Bin ich etwa hässlich? Sie ist schamlos, Serjoga! Hat gefragt, soll ich nun etwa, gesund wie ich bin, zum Schwiegervater gehen? Ich sag, wie du willst … Geh, wohin du willst. Ich kann nicht gegen meine Seele handeln … Großvater Iwan hat immer gesagt – das ist eine Todsünde. Sind wir beide denn Vieh? Sie hat bloß geheult. Ihr habt meine jungfräuliche Schönheit zugrunde gerichtet, sagt sie. Sie tat mir leid. Halb so schlimm, sag ich, wirst es irgendwie verwinden. Oder du gehst eben ins Kloster. Da schimpft sie: Du bist ein Dummkopf, Mitka, dumm und gemein …«

»Ach, mein Gott!«, zischt Sergej begeistert. »Das hast du ihr vorn Latz geknallt – ins Kloster?«

»Das hab ich gesagt«, bestätigt Mitja schlicht.

»Und sie darauf: Dummkopf?« Sergej hebt die Stimme.

»Ja … hat mich beschimpft.«

»Zu Recht, Bruder! Aach, ganz zu Recht! Verprügeln hätt sie dich noch solln!«, sagt Sergej plötzlich in anderem Ton. Nun spricht er streng und eindringlich. »Wie kannst du gegen das Gesetz handeln? Aber du stellst dich quer! Getraut ist getraut, und basta! Ohne Widerrede. Aber da pfeifst du drauf! Redest wirres Zeug! Ins Kloster! Dummkopf! Was wünscht sich denn ein Mädchen? Etwa das Kloster? Was sind das nur für Menschen heute! Überleg mal, was du angerichtet hast! Keinen Schimmer, und das Mädchen ins Verderben stürzen … deinetwegen ist sie die Geliebte eines alten Mannes geworden – und deinen Alten hast du zu Blutschande verführt. Jedes Gesetz hast du gebrochen! Seehr klug!«

»Das Gesetz, Sergej, das ist in der Seele. Es gibt nur ein

Gesetz für alle: Tu nichts gegen deine Seele, dann tust du nichts Böses auf der Welt«, sagt Mitri leise und versöhnlich und schüttelt den Kopf.

»Aber das hast du!«, widerspricht Sergej energisch. »In der Seele! Ph, auch was … In der Seele ist so manches. Alles kann man nicht verbieten. Die Seele, die Seele … Die muss man verstehen, Bruder, und dann kann man …«

»Nein, das siehst du falsch, Sergej!«, widerspricht Mitri plötzlich hitzig. »Die Seele, Bruder, die ist immer rein wie ein Tautropfen. Da ist eine Schale drum, so ist das! Ganz tief ist sie. Und wenn du auf sie hörst, gehst du nie fehl. Was man auf Geheiß der Seele tut, ist immer gottesfürchtig. In der Seele ist ja Gott, also ist auch das Gesetz in ihr. Gott hat die Seele geschaffen, und Gott hat sie dem Menschen eingehaucht. Man muss nur hineinsehen können. Ohne Erbarmen mit sich selbst …«

»He, ihr! Verdammte Schlafmützen! Augen auf!«, schallt es donnernd über den Fluss.

Die dröhnende Stimme verrät, dass sie einem kräftigen, energischen, zufriedenen Mann gehört, einem Menschen von großer, ihm sehr wohl bewusster Lebenskraft. Er ruft nicht, weil die Flößer einen Grund geliefert hätten, sondern weil sein Inneres erfüllt ist von etwas Starkem, Freudigem; dieses Starke, Freudige drängt hinaus und hat sich nun in dem donnernden, energischen Ruf entladen.

»Ha, wie er brüllt, der alte Teufel!«, bemerkt Sergej erfreut, den scharfen Blick nach vorn gerichtet. »Sie turteln, die beiden Täubchen! Bist du gar nicht neidisch, Mitka?«

Mitri schaut gleichgültig dorthin, zu den vorderen Rudern, wo zwei Gestalten von rechts nach links über die Flöße laufen, immer wieder dicht beieinander stehen bleiben und bisweilen zu einem dunklen Ganzen verschmelzen.

»Nicht neidisch?«, wiederholt Sergej.

»Was gehts mich an? Ihre Sünde, ihre Verantwortung«, erwidert Mitri leise.

»Soo!«, sagt Sergej ironisch und stopft seine Pfeife. Wieder glimmt das kleine rote Feuer auf.

Die Nacht aber wird immer dichter, immer tiefer sinken die grauen und schwarzen Wolken über den stillen, breiten Fluss.

»Wo hast du diese Weisheit her, Mitri, he? Oder steckt das schon von Geburt an in dir? Du kommst nicht nach deinem Vater, mein Lieber! Dein Vater, der ist ein toller Kerl. Sieh ihn dir an, hat ein halbes Hundert Jährchen auf dem Buckel und turtelt mit so einer Schönheit! Ein Weib voller Saft. Und sie liebt ihn – da gibts nichts! Sie liebt ihn, Bruder. So ein Ass muss man einfach lieben. Ein richtiges Trumpf-Ass ist dein Vater, ein Kreuz-Ass. Bei der Arbeit eine Augenweide, wohlhabend, mehr als angesehen und nicht auf den Kopf gefallen. Tja. Aber du bist ganz aus der Art geschlagen, kommst auch nicht nach deiner Mutter. Mitri? Was würde dein Vater wohl machen, wenn die selige Anfissa noch lebte? Das wär was! Ich hätt zu gern gesehn, wie sie ihn … Deine Mutter, die war ein Mordsweib … Hat gepasst zu Silan.«

Mitri schweigt, auf das Ruder gestützt, den Blick aufs Wasser gerichtet.

Auch Sergej verstummt. Vom vorderen Floß klingt helles Frauenlachen herüber. Tiefes Männerlachen stimmt ein. Sergej, der neugierig hinschaut, kann die beiden von Dunkelheit umsponnenen Gestalten kaum erkennen. Der Mann ist groß und steht am Ruder, die Beine weit gespreizt, halb einer rundlichen kleinen Frau zugewandt, die mit der Brust auf einem zweiten Ruder lehnt, anderthalb Sashen vom ersten entfernt. Sie droht dem Mann mit dem Finger und lacht perlend und übermütig. Sergej wendet sich traurig seufzend ab, schweigt eine Weile konzentriert, dann spricht er weiter.

»Ach ja! Gut habens die beiden dort. Schön! Das hätt ich auch gern, hab das einsame Herumziehen satt! Nie im Leben würd ich ein solches Weib verlassen! Ach, du! Ich würd sie in den Armen halten und drücken und nicht mehr loslassen. Hier, fühl nur, wie ich dich liebe … Teufel auch! Ich hab kein Glück mit den Weibern. Mögen wohl keine Rothaarigen, die Weiber. Tja. Ein launisches Geschöpf, das Weib … Und durchtrieben. Gierig aufs Leben. Mitja! He, schläfst du?«

»Nein«, antwortet Mitri leise.

»Ja, ja! Wie willst du durchs Leben kommen, mein Lieber! In Wahrheit bist du doch mutterseelenallein. Das ist schwer! Wohin willst du dich jetzt wenden? Kannst nicht recht leben unter den Menschen. Dich nimmt doch keiner ernst. Was ist das schon für ein Mensch, der nicht für sich einstehen kann! Man braucht Zähne und Klauen, mein Lieber. Jeder wird dich kränken. Kannst du dich etwa verteidigen? Wie denn? Ach je, ach je! Bist ein komischer Kauz! Wo willst du hin?«

»Ich?« Mitri fährt auf. »Ich gehe weg. Diesen Herbst, Bruder, geh ich in den Kaukasus, und basta! Mein Gott! Nur schnell weg von euch! Ihr seid herzlos! Gottlose Menschen, weglaufen ist die einzige Rettung! Wozu lebt ihr? Wo ist bei euch Gott? Er ist für euch nur ein Wort … Oder lebt ihr etwa in Christus? Ach, ihr – ihr seid Wölfe! Dort aber sind die Menschen anders, ihre Seelen leben in Christus, ihre Herzen sind voller Liebe und sorgen sich um die Rettung der Welt. Und ihr? Ach, ihr! Ihr seid Vieh, das Unflat ausstößt! Es gibt Menschen, die anders sind. Ich habe sie gesehen. Sie haben mich eingeladen. Zu ihnen werde ich gehen. Sie haben mir die Heilige Schrift gebracht. Lies, haben sie gesagt, du Gottesmensch, unser lieber Bruder, lies das wahre Wort! Und ich habe es gelesen, und meine Seele wurde erneuert durch Gottes Wort. Ich werde fortgehen. Fort von euch, ihr törichten Wölfe – ihr nährt euch vom Fleisch eures Nächsten. Fluch über euch!«

Mitri flüstert leidenschaftlich und keucht, überwältigt von verächtlichem Zorn auf die törichten Wölfe, von der

Inbrunst eines Menschen, dessen Seele an die Rettung der Welt denkt.

Sergej ist erschüttert. Er schweigt eine Weile, den Mund weit geöffnet, die Pfeife in der Hand, überlegt, blickt sich um und sagt mit voller, düsterer Stimme: »He, wie du über mich herfällst! Richtig wütend. Hättest das Buch lieber nicht lesen sollen. Wer weiß, was das ist. Na … hau nur ab, hau ab, verschwinde, sonst wirst du noch ganz verdorben. Na los! Lauf, ehe du ganz zum Tier wirst … Was sind denn das für Leute dort, im Kaukasus? Mönche? Altgläubige vielleicht? Oder etwa Molokanen*? Was?«

Doch Mitris Glut ist schon wieder erloschen, ebenso rasch, wie sie aufgeflammt war. Keuchend vor Anstrengung, hantiert er mit dem Ruder und flüstert hastig und nervös vor sich hin.

Lange wartet Sergej vergeblich auf eine Antwort. Die finstere, totenstille Nacht bedrückt seine gesunde, unkomplizierte Natur, er möchte sich das Leben ins Bewusstsein rufen, möchte diese Stille mit Geräuschen wecken, möchte das lauernde, beschauliche Schweigen der schweren Wassermassen, die bedächtig ins Meer strömen, und die trostlos erstarrten Wolkenbänke in der Luft aus der Ruhe bringen und aufschrecken. Dort, am anderen Ende des Floßes, herrscht Leben, und das lockt auch ihn.

Von dort klingen bald kurze Ausrufe herüber, bald leises, zufriedenes Lachen, gedämpft von der Stille und Dunkelheit dieser Nacht, deren Geruch nach Frühling den heißen Wunsch nach Leben weckt.

»Hör auf, Mitri, wo lenkst du hin? Gleich schimpft der Alte, pass auf«, sagt Sergej schließlich, weil er das Schwei-

* Wörtlich etwa: »Milchtrinker« – weil sie an Fastentagen Milch tranken. Religionsgemeinschaft, die sich im 19. Jahrhundert von der russisch-orthodoxen Kirche abspaltete, zu den Wurzeln des Christentums zurückkehren wollte und per Zarenerlass an die südliche Grenze Russlands verbannt wurde, an die Wolga und in den Kaukasus.

gen nicht mehr aushält und sieht, dass Mitri mit dem Ruder ziellos im Wasser rührt.

Mitri hält inne, wischt sich die schweißnasse Stirn ab und erstarrt schwer atmend, die Brust auf das Ruder gelehnt.

»Wenig Dampfer heute … Wir sind schon seit Stunden unterwegs und haben erst einen getroffen.«

Als Sergej sieht, dass Mitri nicht antworten will, gibt er sich selbst die Erklärung.

»Das liegt daran, dass die Schifffahrt noch nicht richtig begonnen hat. Die fängt gerade erst an. Wir kommen ziemlich rasch nach Kasan, die Wolga zieht uns ordentlich. Sie hat einen breiten Rücken, der schleppt allerhand weg. Was stehst du da so? Bist du etwa wütend, Mitja? He!«

»Was ist?«, fragt Mitri unwillig.

»Nichts, du komischer Mensch … Warum sagst du nichts? Denkst dauernd nach? Lass das sein. Das schadet nur. Ach, du Grübler, du grübelst und grübelst, aber dass du keinen Verstand hast, darauf kommst du nicht! Haha!«

Sergej lacht, grunzt, erfüllt vom Gefühl seiner Überlegenheit, schweigt eine Weile, fängt an zu pfeifen, bricht aber ab und entwickelt seinen Gedanken weiter.

»Denken! Ist das etwa eine Beschäftigung für einen einfachen Mann? Da, sieh dir deinen Vater an, der grübelt nicht, der lebt. Turtelt mit deiner Frau und lacht mit ihr über dich klugen Dummkopf. So ist das! Sieh sie dir an, die beiden! Ach du, der Blitz soll sie treffen! Ich glaub, die Marja ist schon schwanger! Keine Angst, das Kind wird nicht nach dir kommen. Wird bestimmt genau so ein Draufgänger wie Silan Petrow. Aber eingetragen wirds als dein Kind. Schöne Geschichte! Ha! Wird Tjatka* zu dir sagen. Dabei bist du gar nicht sein Tjatka, sondern sein Bruder. Und sein Tjatka ist sein Großvater! Ach ja, nicht schlecht! Diese Lüstlinge! Ein verwegenes Völkchen! Stimmt doch, Mitri, oder?«

* (russ.) Papa.

»Sergej!«, ertönt ein leidenschaftliches, erregtes, fast schluchzendes Flüstern. »Ich bitte dich um Christi willen, zerr nicht an meiner Seele, schleudere sie nicht ins Feuer, hör auf! Sei still! Um Jesu Christi willen, ich bitte dich, rede nicht mit mir, rühr nicht an meine Wunden, saug mir nicht das Blut aus. Sonst springe ich in den Fluss, und dann lastet eine große Sünde auf dir! Rühr nicht an meinem Seelenheil, lass mich in Frieden! Bei Gott, ich flehe dich an!«

Ein schriller schmerzlicher Schrei zerreißt die Stille der Nacht, und Mitri sinkt, wo er stand, auf die Baumstämme, als wäre aus den düsteren Wolken über dem schwarzen Fluss etwas Schweres auf ihn herabgestürzt und hätte ihn gefällt.

»Na, na, na!«, knurrt Sergej ängstlich, als er sieht, wie sein Kamerad sich auf den Stämmen hin und her wälzt, als stünde er in Flammen. »Du komischer Kauz! So ein Narr … warum hast du nicht gesagt … wenn dir das nicht … wenn du …«

»Die ganze Fahrt schon quälst du mich … wofür? Bin ich etwa dein Feind? Dein Feind?«, flüstert Mitri hitzig.

»Du bist ein komischer Kauz, Bruder! Ach, was für ein komischer Kauz!«, murmelt Sergej verlegen und beleidigt. »Wie konnt ich das wissen? Ich glaub, deine Seele ist mir fremd!«

»Versteh doch, ich will das vergessen! Für immer vergessen! Meine Schande … meine schlimme Qual … Ihr seid grausame Menschen! Ich gehe fort! Für immer fort … Ich kann nicht mehr …«

»Dann geh doch!«, brüllt Sergej über den ganzen Fluss, bekräftigt seinen Ausruf mit einem donnernden zynischen Fluch und verstummt augenblicklich, krümmt sich zusammen und hockt sich hin, offenbar ebenfalls niedergedrückt von dem seelischen Drama, das sich vor seinen Augen abspielt und über das er nun nicht mehr hinwegsehen kann.

»He, ihr!«, klingt Silan Petrows Stimme über den Fluss. »Was ist los bei euch? Was brüllt ihr so? Hee?«

Silan Petrow scheint es zu gefallen, mit seinem vollen, kräftigen Bass in das lastende Schweigen auf dem Fluss einzubrechen. Ruf um Ruf lässt er erschallen, sie donnern durch die warme, feuchte Luft, ihre lebendige Kraft drückt die schmächtige Gestalt Mitris nieder, der wieder am Ruder steht. Sergej antwortet seinem Herrn aus vollem Hals und schmäht ihn zugleich halblaut mit deftigen, gepfefferten russischen Schimpfworten. Die beiden Stimmen zerreißen die Stille der Nacht, wecken sie, lassen sie erbeben; bald verschmelzen sie zu einem einzigen vollen Ton, kraftvoll wie der Klang einer großen Posaune, bald schwingen sie sich auf zum Falsett, schwirren durch die Luft, erlöschen und ersterben. Dann wird es wieder still.

Durch die Wolkenlücken fallen gelbe Flecke Mondlicht auf das dunkle Wasser, blinken eine Weile und verschwinden wieder, geschluckt von der feuchten Schwärze.

Die Flöße schwimmen weiter, in Finsternis und Schweigen.

2

An einem der beiden vorderen Ruder steht Silan Petrow, im roten Hemd, der aufgeknöpfte Kragen entblößt seinen mächtigen Hals und seine behaarte Brust, die hart ist wie ein Amboss. Eine Mütze grauer Haare hängt ihm in die Stirn, darunter lachen glühende große braune Augen. Die bis zum Ellbogen hochgekrempelten Ärmel zeigen sehnige Arme, die das Ruder sicher halten; den Oberkörper leicht vorgebeugt, blickt er wachsam in das dichte Dunkel in der Ferne.

Marja steht drei Schritt entfernt, seitlich zur Strömung, und betrachtet lächelnd die breitbrüstige Gestalt ihres Liebsten. Beide schweigen, ganz versunken in ihre Betrachtungen – er in die Ferne, sie in das Mienenspiel seines lebhaften bärtigen Gesichts.

»Da, ein Fischerfeuer, scheints!« Er dreht sich zu ihr um. »Egal. Wir halten geradeaus! O-oh!« Er stößt einen ganzen Schwall heißer Luft aus, während er das Ruder mit kräftigen Schlägen rechts und links durchs Wasser bewegt. »Streng dich nicht zu sehr an, Maschurka!«, sagt er, als er sieht, dass auch sie flott mit dem Ruder hantiert.

Sie dreht sich zu Silan um, rund, mit flinken schwarzen Augen und roten Wangen, barfuß, nur in einem dünnen nassen Kleid, das an ihrem Körper klebt, und sagt zärtlich lächelnd: »Du schonst mich zu sehr. Ich meine, mir gehts gut!«

»Beim Küssen schon ich dich nicht!« Silan zuckt die Achseln.

»Sollst du auch nicht!«, flüstert sie herausfordernd.

Sie schweigen und werfen sich begehrliche Blicken zu.

Besinnlich gurgelt das Wasser unter den Flößen. Rechts von ihnen, weit weg, krähen Hähne.

Die Flöße, kaum merklich schwankend unter den Füßen, schwimmen vorwärts, dorthin, wo das Dunkel sich bereits lichtet und auflöst, wo die Wolken schärfere Konturen bekommen und heller werden.

»Silan Petrowitsch! Weißt du, wieso sie dort hinten geschrien haben? Ich weiß es, ja, ich weiß es! Mitri hat sich bei Serjosha über uns beklagt, er hat auch so klagend geheult, und Serjosha, der hat uns beschimpft.«

Marja blickt fragend in Silans Gesicht, das nun, nach ihren Worten, streng, kalt und trotzig ist.

»Na und?«, fragt er knapp.

»Nichts. Nur so.«

»Wenn nichts ist, dann red nicht.«

»Sei mir nicht böse!«

»Dir? Das kann ich gar nicht, selbst wenn ich wollte.«

»Liebst du Maschka?«, flüstert sie übermütig und beugt sich zu ihm.

»O-och!«, ächzt Silan vielsagend, streckt die starken Arme

nach ihr aus und sagt gepresst: »Komm schon her … Reiz mich nicht …«

Sie krümmt sich wie eine Katze und schmiegt sich weich an ihn.

»Die Flöße schwimmen uns wieder weg!«, flüstert er und küsst ihr Gesicht, das unter seinen Lippen glüht.

»Genug! Es wird schon hell … Man kann uns von da hinten sehen.«

Sie versucht, ihn wegzustoßen. Doch er drückt sie noch fester an sich.

»Man kann uns sehen? Sollen sie! Sollen uns alle sehen! Ich pfeife auf sie alle. Ich begehe eine Sünde, ja. Ich weiß. Na und? Dafür werd ich mich vor Gott verantworten. Aber du warst doch nie seine Frau. Also bist du frei, kannst selbst über dich bestimmen … Es ist schwer für ihn? Das weiß ich. Und für mich? Ist es etwa schmeichelhaft, ein Blutschänder zu sein? Auch wenn du ja sozusagen gar nicht seine Frau bist … Trotzdem! So, wie ich geachtet bin – wie fühl ich mich jetzt? Und ist es nicht eine Sünde vor Gott? Ja, eine Sünde! Das weiß ich alles! Und hab mich über alles hinweggesetzt. Weil es das wert ist. Man lebt nur einmal auf der Welt, und man kann jeden Tag sterben. Ach, Marja! Hätt ich nur einen Monat damit gewartet, Mitri zu verheiraten! Dann wär das alles nicht passiert. Ich hätte nach Anfissas Tod Brautwerber zu dir geschickt, und basta! Alles nach dem Gesetz. Ohne Scham, ohne Sünde. Das war mein Fehler. Der wird noch fünf, zehn Jahre an mir nagen, dieser Fehler. Sterben werd ich deswegen vor der Zeit …«

»Schon gut, lass sein, reg dich nicht auf. Darüber haben wir schon so oft gesprochen«, flüstert Marja, löst sich behutsam aus seinen Armen und geht an ihr Ruder.

Er arbeitet nun kraftvoll und ungestüm, als wollte er die Last abwerfen, die auf ihm ruht und sein schönes Gesicht verdüstert.

Es wird hell.

Die Wolken, spärlicher geworden, ziehen träge über den Himmel, als wollten sie keinen Platz machen für die aufgehende Sonne. Das Wasser glänzt nun kalt wie Stahl.

»Neulich hat er wieder davon angefangen. ›Batjuschka*‹, sagt er, ›ist das nicht Scham und Schande für uns beide, für dich und für mich? Lass ab von ihr‹ – von dir also«, sagt Silan Petrow spöttisch, »›lass ab von ihr, komm zu dir.‹ – ›Geh mir aus den Augen, lieber Sohn‹, sag ich, ›geh, wenn dir dein Leben lieb ist! Sonst reiß ich dich in Stücke wie einen modrigen Lumpen. Dann bleibt nichts übrig von deiner Tugend. Mir zur Qual hab ich dich gezeugt, du Missgeburt.‹ Da hat er gezittert. ›Batjuschka‹, sagt er, ›bin ich denn schuld?‹ – ›Du bist schuld‹, sag ich, ›du winselnder Wurm, denn du liegst mir wie ein Stein im Weg. Du bist schuld, weil du nicht für dich einstehen kannst. Ein Kadaver bist du, totes Aas. Wärst du gesund und stark, dann könnt ich dich wenigstens töten, aber so kann ich nicht mal das. Du tust mir leid, du unseliger Wicht.‹ Wie er da geheult hat! Ach, Marja! Schlecht sind die Menschen geworden! Ein andrer an meiner Stelle – aaach! Der würd sich schnell aus der Schlinge winden. Aber wir hängen drin! Und wer weiß, vielleicht ziehen wir sie uns gegenseitig zu.«

»Wovon redest du?«, fragt Marja schüchtern und mustert ihn erschrocken, den strengen, starken und kalten Mann.

»Na ... Wenn er sterben würde ... Davon red ich. Wenn er sterben würde ... das wär gut! Dann käme alles ins Lot. Ich würde deinen Leuten Land geben, ihnen das Maul stopfen, und dann mit dir nach Sibirien ... oder an den Kuban! Wer ist sie? Meine Frau! Verstehst du? Wir würden uns ein Dokument besorgen ... ein Papier. Ich würd einen Laden aufmachen, irgendwo auf dem Land. Wir würden zusammenleben. Und zu Gott beten für die Vergebung unserer

* (russ.) Wörtlich »Väterchen«, ehrfürchtige Anrede; auch offiziell für einen Geistlichen, dessen Frau als Matuschka, also »Mütterchen«, angesprochen wird.

Sünde. Was brauchen wir schon? Wir würden den Menschen helfen, und sie würden uns helfen, unser Gewissen zu beruhigen. Wär das schön? Was? Mascha?!«

»Jaa!« Sie seufzt tief, kneift die Augen zu und denkt nach.

Beide schweigen … Das Wasser gurgelt …

»Er ist schwächlich … Vielleicht stirbt er bald«, sagt Silan Petrow dumpf.

»Lieber Gott, lass es bald geschehen!«, sagt Marja im Gebetston und bekreuzigt sich.

Die blitzenden Strahlen der Frühlingssonne malen Gold und Regenbogen aufs Wasser. Wind kommt auf, alles erzittert, lebt auf und lacht. Auch der blaue Himmel zwischen den Wolken lächelt dem von der Sonne gefärbten Wasser zu.

Die schweren Wolken aber bleiben hinter den Flößen zurück.

Dort sammeln sie sich zu einer schweren dunklen Masse, hängen reglos und sinnend über dem breiten Fluss, als suchten sie nach dem schnellsten Weg, um der lebendigen Frühlingssonne zu entrinnen, die voller Glanz und Freude ist und den Wolken feind, den Müttern der Winterstürme, die nur zögernd vor dem Frühling zurückweichen.

Vor den Flößen strahlt der klare, reine Himmel, und die Sonne, noch morgendlich kalt, aber frühlingshaft klar, steigt majestätisch und schön immer höher aus den purpurgoldenen Wellen des Flusses in das reine Himmelblau auf.

Rechts liegt das bergige braune Ufer, von fransigem grünem Wald gesäumt, links glitzert unter brillantenen Tautropfen ein blass-smaragdgrüner Teppich.

Die Luft ist erfüllt vom saftigen Geruch nach Erde, nach neugeborenem Gras und dem harzigen Aroma von Nadelbäumen.

Silan Petrow schaut zu den hinteren Rudern.

Sergej und Mitri scheinen mit ihnen verwachsen zu sein.

Doch ihre Gesichter sind aus der Entfernung noch kaum zu erkennen.

Er lenkt seinen Blick hinüber zu Marja.

Sie friert. Zusammengekrümmt steht sie am Ruder und wirkt nun kugelrund. Ganz von Sonnenlicht übergossen, schaut sie nachdenklich nach vorn, und auf ihren Lippen liegt das geheimnisvolle und bezaubernde Lächeln, das selbst eine hässliche Frau anziehend und begehrenswert macht.

»Passt mir ja auf, Jungs! Hooh!«, donnert Silan Petrow lauthals und verspürt einen mächtigen Zustrom von Energie in seiner breiten Brust.

Bei seinem Schrei scheint alles ringsum zu erbeben. Noch lange hallt das Echo über den Fluss.

1895

Die Geschichte mit dem Silberschloss

Wir waren drei Freunde – Sjomka Kargusa, ich und Mischka, ein bärtiger Riese mit großen blauen Augen, der stets freundlich lächelte und ganz verquollen war von der Trunksucht. Wir lebten auf freiem Feld, vor der Stadt, in einem halb verfallenen Gebäude, das merkwürdigerweise »Glasfabrik« genannt wurde – vielleicht, weil in seinen Fenstern keine einzige Glasscheibe mehr heil war. Wir nahmen verschiedene Arbeiten an: säuberten Höfe, hoben Schächte, Keller und Müllgruben aus, rissen alte Zäune und Gebäude ab und versuchten einmal sogar, einen Hühnerstall zu bauen. Doch das gelang uns nicht – Sjomka, der übernommene Aufträge stets pedantisch ernst nahm, zweifelte an unserer Kenntnis der Architektur eines Hühnerstalls und brachte die uns zugeteilten Nägel, zwei neue Bretter und die Axt unseres Arbeitgebers in die Schenke und versetzte sie. Dafür wurden wir rausgeworfen; aber da bei uns nichts zu holen war, wurden gegen uns keinerlei Forderungen erhoben. Wir ernährten uns von »Wasser und Brot« und verspürten alle drei oft eine in dieser Lage ganz natürliche und berechtigte Unzufriedenheit mit unserem Schicksal.

Mitunter nahm sie zugespitzte Formen an, weckte in uns feindselige Gefühle gegen alles um uns herum und trieb uns zu recht ungestümen Taten, die im »Gesetz über die von Friedensrichtern zu verhängenden Strafen« aufgelistet waren; aber insgesamt waren wir melancholisch abgestumpft, ständig auf der Suche nach Verdienstmöglichkeiten und reagierten äußerst schwach auf alle Eindrücke des Daseins, die uns keinerlei Vorteil verhießen.

Wir drei hatten uns zwei Wochen vor dem Ereignis, von dem ich berichten will, weil ich es für interessant halte, im Nachtasyl kennengelernt.

Nach zwei, drei Tagen waren wir bereits Freunde, gingen überall zusammen hin, vertrauten einander unsere Wünsche und Absichten an, teilten gerecht alles, was einem von uns zufiel, und schlossen überhaupt einen stillschweigenden Verteidigungs- und Angriffsbund gegen das Leben, das uns äußerst unfreundlich behandelte.

Tagsüber suchten wir durchaus beharrlich nach Möglichkeiten, etwas abzureißen, zu zersägen, auszuheben oder zu schleppen, und wenn sich eine solche Möglichkeit bot, gingen wir anfangs ziemlich eifrig an die Arbeit.

Doch weil wohl jeder von uns sich tief im Inneren zu Höherem berufen fühlte als zum Beispiel zum Ausheben von Müllgruben oder zum Säubern derselben – was noch schlimmer ist, füge ich für Uneingeweihte hinzu –, verloren wir nach etwa zwei Stunden den Gefallen an der Arbeit. Dann kamen Sjomka Zweifel an ihrer Lebensnotwendigkeit.

»Eine Grube ausheben … Und wofür? Für Abfälle. Und sie einfach auf den Hof schütten? Nein, das ist verboten. Würde angeblich riechen. Ach was! Abfälle würden riechen! Was ihnen nicht alles einfällt vor lauter Nichtstun. Wenn du zum Beispiel eine Salzgurke wegwirfst – wonach soll die riechen, so klein, wie die ist? Liegt einen Tag da – und weg ist sie … verfault. Ja, wenn man einen toten Menschen in die Sonne wirft, der würde wirklich riechen, das ist ja ein großes Viech.«

Derartige Sentenzen von Sjomka ließen unseren Arbeitseifer stark sinken … Das war recht vorteilhaft für uns, wenn wir tageweise bezahlt wurden; erhielten wir aber einen Pauschallohn, so war dieser in der Regel aufgezehrt, bevor wir mit der Arbeit fertig waren. Dann gingen wir zum Auftraggeber und baten um »Nachschlag«; meist jagte er uns fort und drohte, uns mit Hilfe der Polizei zu zwingen, dass wir die bereits bezahlte Arbeit zu Ende brachten. Wir wandten ein, hungrig könnten wir nicht arbeiten, bestanden mehr oder weniger erregt auf dem Nachschlag und erhielten ihn in den meisten Fällen auch.

Natürlich war das nicht anständig, aber es war wirklich sehr vorteilhaft, und schließlich können wir nichts dafür, wenn es im Leben dummerweise so zugeht, dass anständiges Handeln fast immer gegen den eigenen Vorteil steht.

Die Auseinandersetzungen mit den Arbeitgebern nahm stets Stjopa auf sich, und er führte sie wahrlich meisterhaft, indem er die Argumente für die Richtigkeit seines Standpunkts im Ton eines Mannes vortrug, der von der Arbeit erschöpft ist und schier unter ihrer Last zusammenbricht …

Mischka aber sah zu, schwieg, zwinkerte mit seinen blauen Augen und lächelte hin und wieder herzlich und versöhnlich, als wolle er etwas sagen, könne sich aber nicht dazu entschließen. Er redete überhaupt sehr wenig, brachte nur in betrunkenem Zustand bisweilen eine Art Speech zustande.

»Meine Brüder!«, rief er dann lächelnd, und dabei zitterten seine Lippen seltsam, seine Kehle war rau, und nach diesem Beginn hustete er eine ganze Weile, die Hand auf die Kehle gepresst.

»Na, was?«, ermunterte ihn Sjomka ungeduldig.

»Liebe Brüder! Wir leben wie die Hunde … Sogar viel schlechter … Und warum? Das weiß keiner. Aber es ist wohl Gottes Wille. Alles geschieht nach seinem Willen … oder, Brüder? Na, eben … Also verdienen wir dieses Hundeleben, weil wir schlechte Menschen sind. Wir sind schlechte Menschen, ja? Na, eben … Und so sage ich jetzt: Das haben wir Hunde verdient. Hab ich recht? Habens wohl verdient für unsere Taten. Also müssen wir unser Los hinnehmen … ja? Richtig?«

»Dummkopf!«, antwortete Sjomka gleichgültig auf die erregten und bohrenden Fragen des Kameraden.

Der krümmte sich schuldbewusst zusammen, lächelte schüchtern, schwieg und blinzelte, weil ihm vor Trunkenheit die Augen zufielen.

Eines Tages hatten wir Schwein.

Wir trieben uns in der Hoffnung auf Nachfrage nach unseren Händen auf dem Basar herum und stießen auf ein kleines Hutzelweiblein mit strengem Gesicht. Ihr Kopf zitterte, und auf ihrer Eulennase hüpfte eine große Brille in schwerem Silberrahmen; sie rückte sie ständig zurecht, und ihre kleinen, trocken glänzenden Augen funkelten.

»Seid ihr frei? Sucht Arbeit?«, fragte sie uns, als wir alle drei sie begierig anstarrten.

»Gut«, sagte sie, als sie von Sjomka eine respektvolle Bestätigung erhalten hatte.

»Ich muss ein altes Badehaus abreißen und einen Brunnen reinigen … Wie viel würdet ihr dafür verlangen?«

»Kommt drauf an, gute Frau, wie groß es ist, Ihr Badehaus«, sagte Sjomka höflich und vernünftig. »Und dann der Brunnen … Da gibts ja ganz verschiedene. Manche sind sehr tief …«

Wir wurden eingeladen, uns das anzuschauen, und eine Stunde später zerlegten wir, mit Äxten und Brechstangen bewaffnet, schon den Dachstuhl des Badehauses, nachdem wir zugesagt hatten, dessen Abriss und die Reinigung des Brunnens für fünf Rubel zu übernehmen. Das Badehaus stand in der Ecke eines vernachlässigten alten Gartens. Vom Dach aus sahen wir in einer Laube unterm Kirschbaum die alte Frau auf einer Bank sitzen, auf dem Schoß ein aufgeschlagenes großes Buch, in dem sie aufmerksam las … Hin und wieder warf sie einen prüfenden scharfen Blick in unsere Richtung, das Buch auf ihrem Schoß bewegte sich, und in der Sonne blitzte sein massives, offenbar silbernes Schloss …

Keine Arbeit geht so schnell voran wie die Zerstörung. In Wolken von trockenem, beißendem Staub mühten wir uns redlich, wobei wir jeden Augenblick niesten, husteten, uns schnäuzten und uns die Augen rieben; das Badehaus, ebenso so alt wie seine Besitzerin, ächzte und zerbröckelte.

»Na los, kräftig stemmen, Brüder, hauu-ruck!«, kommandierte Sjomka, und Balken um Balken fiel krachend auf die Erde.

»Was für ein Buch sie da wohl hat? Ist ganz schön dick«, meinte Mischka sinnend, wobei er sich auf eine Brechstange stützte und sich mit der Hand den Schweiß vom Gesicht wischte. Augenblicklich in einen Mulatten verwandelt, spuckte er in die Hände, holte mit der Brechstange aus, um sie in einen Spalt zwischen zwei Dachbalken zu stoßen, stieß sie hinein und setzte ebenso nachdenklich hinzu: »Für eine Bibel ist es ziemlich dick …«

»Was kümmerts dich?«, fragte Sjomka.

»Mich? Nur so … Ich lass mir gern was vorlesen … wenns ein heiliges Buch ist … Bei uns im Dorf lebte ein Soldat, Afrikan, also, wenn der aus dem Psalter vorlas … als ob er die Trommel schlagen würde … Gut hat er gelesen!«

»Ja, und?«, bohrte Sjomka weiter und drehte sich eine Papirossa.

»Nichts weiter … Schön war das … War zwar schwer zu verstehen … trotzdem, solche Worte, die hörst du nicht auf der Straße … Schwer zu verstehen, aber du spürst, das sind Worte für die Seele.«

»Schwer zu verstehen, sagst du … da sieht man, dass du dumm bist wie ein Baumstumpf …«, neckte Sjomka den Kameraden.

»Ja, ja … immer beschimpfst du mich!«, seufzte der.

»Wie soll man sonst mit einem Dummkopf reden? Was versteht der schon? Reiß mal das morsche Ding hier ein … hooo!«

Das Badehaus fiel in sich zusammen, ging unter in einem

Haufen Trümmer, eingehüllt in Wolken von Staub, der das Laub der Bäume in der Nähe grau färbte. Die Julisonne brannte ohne Erbarmen auf unsere Rücken und Schultern.

»Das Buch ist mit Silber beschlagen«, begann Mischka erneut.

Sjomka hob den Kopf und schaute angestrengt zur Laube. »Scheint so«, sagte er knapp.

»Also eine Bibel …«

»Schön, eine Bibel … Und?«

»Nichts …«

»Davon hab ich ganze Taschen voll. Aber wenn du die Heilige Schrift so liebst, dann geh doch hin zu ihr und sag: Lesen Sie mir was vor, Großmutter. So was hören wir nirgends. In die Kirche gehn wir nicht, schmutzig und ohne Anstand, wie wir sind … aber eine Seele, die ist auch in uns … wo sie sein muss … wie es sich gehört … Na los, geh hin!«

»Und wenn ich wirklich gehe?«

»Na, geh …«

Mischka warf die Brechstange hin, zupfte an seinem Hemd, wischte sich mit dem Ärmel den Staub übers Gesicht und sprang vom Badehaus hinunter.

»Wegjagen wird sie dich Waldschrat …«, knurrte Sjomka skeptisch lächelnd, blickte aber höchst neugierig dem Kameraden nach, der durch Klettengestrüpp zur Laube ging. Groß, gekrümmt, mit schmutzigen nackten Armen, bewegte er sich plump und schwerfällig schwankend vorwärts, stieß im Gehen gegen Büsche und lächelte verlegen und schüchtern.

Die Alte hob den Kopf und maß den näher kommenden Barfüßler mit einem ruhigen Blick.

Auf ihren Brillengläsern und der silbernen Fassung tanzten Sonnenstrahlen.

Entgegen Sjomkas Vermutung verjagte sie Mischka nicht. Durch das Rascheln der Blätter im Wind konnten wir nicht hören, worüber er mit der Alten sprach; aber dann sahen wir, wie er sich schwerfällig zu ihren Füßen auf den Boden setzte, so dass seine Nase fast das aufgeschlagene Buch berührte. Sein Gesicht war würdevoll und ruhig; er blies sich – das sahen wir – in den Bart, um ihn vom Staub zu befreien, rutschte hin und her und nahm schließlich eine ungelenke Pose ein, den Hals vorgereckt, den Blick erwartungsvoll auf die welken kleinen Hände der Alten gerichtet, die methodisch die Buchseiten umblätterten.

»Na so was … der struppige Hund! Macht eine Verschnaufpause … Wollen wir auch hin? Oder was? Er ruht sich aus, und wir solln für ihn schuften. Na los?«

Zwei, drei Minuten später saßen auch Sjomka und ich rechts und links neben unserem Kameraden.

Die Alte begrüßte uns mit keinem Wort, sah uns nur durchdringend an und blätterte erneut die Buchseiten um, offenbar etwas suchend. Wir waren umschlossen von einem üppigen, dichten Ring aus frisch duftendem Laub, über uns wölbte sich der freundliche, wolkenlose Himmel. Hin und wieder kam schwacher Wind auf, die Blätter raschelten – ein geheimnisvolles Geräusch, das stets die Seele besänftigt, ein stilles, beruhigendes Gefühl weckt und dazu anregt, über etwas Unbestimmtes, aber Vertrautes nachzudenken, das den Menschen von innerem Schmutz reinigt oder ihn diesen zumindest für eine Weile vergessen und leicht und neu atmen lässt

»›Paulus, ein Knecht Jesu Christi …‹«, ertönte die Stimme der Alten. Sie zitterte und schwankte greisenhaft, war aber voller Frömmigkeit und strenger Bedeutsamkeit. Bei den ersten Worten bekreuzigte sich Mischka inbrünstig, Sjomka rutschte auf der Erde hin und her, um eine bequemere Haltung zu finden. Die Alte maß ihn mit einem Blick, ohne das Vorlesen zu unterbrechen.

»›Denn mich verlangt danach, euch zu sehen, damit ich euch etwas mitteile an geistlicher Gabe, um euch zu stärken, das ist, dass ich zusammen mit euch getröstet werde durch euren und meinen Glauben, den wir miteinander haben.‹*«

Sjomka als echter Heide gähnte laut, sein Kamerad blitzte ihn mit seinen blauen Augen tadelnd an und senkte seinen ganz mit Staub bedeckten Zottelkopf.

Auch die Alte sah Sjomka streng an, wobei sie unbeirrt weiterlas, und das machte ihn verlegen. Er schniefte, schielte zur Seite und seufzte tief und fromm – wohl, um den Eindruck seines Gähnens wettzumachen.

Ein paar Minuten vergingen ruhig. Das deutliche und monotone Vorlesen wirkte besänftigend.

»›Denn Gottes Zorn wird vom Himmel her offenbart über alles gottlose Leben und …‹** Was willst du?«, schrie die Vorleserin plötzlich Sjomka an.

»Ich … gar nichts! Sie lesen vor – ich höre zu!«, erklärte er friedfertig.

»Wieso berührst du mit deiner schmutzigen Pranke das Schloss?«, fragte die Alte verärgert.

»Aus Neugier … weil … es ist eine sehr feine Arbeit. Davon versteh ich was – mit Schlosserarbeit kenn ich mich aus … Darum hab ichs angefasst.«

»Hör zu!«, befahl die Alte. »Sag mir, wovon hab ich gelesen?«

»Das – bitte sehr. Ich versteh doch …«

»Na, dann sag …«

»Eine Predigt … also, eine Belehrung über den Glauben, und auch über Gottlosigkeit … Ganz einfach und … völlig richtig! Geht sehr zu Herzen!«

Die Alte schüttelte traurig den Kopf und musterte uns alle vorwurfsvoll.

»Verlorene Seelen … Steine seid ihr … Geht an die Arbeit!«

* Paulus an die Römer, 1, 11. 12.
** Ebenda, 1, 18.

»Ist sie … sie ist jetzt wohl böse?«, fragte Mischka schuldbewusst lächelnd.

Sjomka aber kratzte sich, gähnte, sah der Frau nach, die sich auf dem schmalen Gartenweg entfernte, ohne sich umzudrehen, und sagte sinnend: »Das Schloss an dem Buch, das ist aus Silber …«

Dabei lächelte er übers ganze Gesicht, wie voller Vorfreude.

Wir übernachteten im Garten neben der Ruine des Badehauses, das wir bis zum Abend vollständig abgerissen hatten, und waren am nächsten Tag gegen Mittag mit der Reinigung des Brunnens fertig, durchnässt und mit Schlamm besudelt; in Erwartung unseres Lohns saßen wir auf dem Hof vor der Haustreppe, unterhielten uns und malten uns ein sättigendes Mittag- und Abendessen in der nahen Zukunft aus – weiter vorausdenken mochte keiner von uns.

»Wo zum Teufel bleibt denn die alte Hexe so lange«, empörte sich Sjomka halblaut. »Ist die krepiert, oder was?«

»Ach, wie er flucht!« Mischka schüttelte tadelnd den Kopf. »Und warum, fragt man sich? Die Alte ist richtig, ein Gottesmensch. Und er beschimpft sie. Eine Art hat der Mensch …«

»Was du redest …«, spottete sein Kamerad. »Eine alte Vogelscheuche …«

Unterbrochen wurde die angenehme Plänkelei durch das Auftauchen der Hausherrin.

Sie kam zu uns, streckte uns die Hand mit dem Geld hin und sagte verächtlich: »Hier, nehmt … und verschwindet. Ich wollte euch noch das Badehaus zu Brennholz zersägen lassen, aber ihr seid es nicht wert.«

Nicht für würdig befunden, aus dem Badehaus Brennholz zu machen, was wir im Übrigen nun nicht mehr nötig hatten, nahmen wir wortlos das Geld und gingen.

»Ach, du altes Schreckgespenst!«, begann Sjomka, sobald

wir zum Tor hinaus waren. »Die kann mich mal! Wir sind es nicht wert! Klapprige Kröte! Na, hock ruhig über deinem Buch …«

Er schob die Hand in die Tasche, zog zwei glänzende Metallstücke heraus und zeigte sie uns triumphierend.

Mischka blieb stehen und reckte neugierig den Kopf zu Sjomkas erhobener Hand.

»Du hast das Schloss rausgerissen?«, fragte er erstaunt.

»Genau … Is aus Silber! Bringt mindestens einen Rubel.«

»Ach, du! Wann hast du das gemacht? Stecks weg … ehs einer sieht …«

»Tu ich auch …«

Schweigend liefen wir weiter die Straße entlang.

»Gewieft …«, sagte Mischka sinnend zu sich selbst. »Hats einfach rausgerissen … Hm-ja … So ein schönes Buch … Die Alte … die ist jetzt bestimmt böse auf uns …«

»Nicht doch! Pass auf, gleich ruft sie uns zurück und gibt uns noch Trinkgeld«, spottete Sjomka.

»Wie viel willst du dafür?«

»Neun Griwny, das ist mein letztes Wort. Keinen Groschen weniger … hat mich ja was gekostet … Hier – den Fingernagel hab ich mir abgebrochen!«

»Verkauf es mir …«, bat Mischka schüchtern.

»Dir? Willst dir Manschettenknöpfe anschaffen, oder was? Kaufs, das werden schööne Manschettenknöpfe … passend zu deiner Visage.«

»Nein, wirklich, verkaufs mir!«, bat Mischka leiser.

»Klar, kaufs … Wie viel bietest du?«

»Nimm … wie hoch ist mein Anteil?«

»Ein Rubel zwanzig …«

»Und wie viel verlangst du?«

»Einen Rubel!«

»Lass doch ein bisschen nach … für einen Freund!«

»Hirnloser Trottel! Was zum Teufel willst du damit?«

»Nun verkaufs mir schon …«

Schließlich wurde der Handel geschlossen, und für neunzig Kopeken gelangte das Schloss in Mischkas Besitz.

Er blieb stehen, drehte es hin und her, beugte seinen Zottelkopf darüber und betrachtete mit gerunzelten Brauen die beiden Silberstücke.

»Hängs dir doch an die Nase …«, riet ihm Sjomka.

»Wozu?«, erwiderte Mischka ganz ernst. »Nein. Ich bring es der Alten. Hier, Alte, werd ich sagen, wir haben die Dinger aus Versehen mitgenommen, mach sie … mach sie wieder dran, wo sie hingehören … an das Buch … Aber du hast ja ein Stück vom Buch mit rausgerissen … wie soll das jetzt halten?«

»Verdammt, du willst es wirklich zurückbringen?«, fragte Sjomka verblüfft.

»Was sonst? Weißt du, so ein Buch … das muss heil und ganz bleiben … da darf man keine Stücke von abreißen … Und auch die Alte … sie wird böse sein … Und sie muss doch bald sterben … Darum will ich … Wartet einen Moment auf mich, Brüder … ich lauf schnell zurück …«

Und bevor wir ihn davon abhalten konnten, war er mit großen Schritten hinter der Straßenbiegung verschwunden.

»So eine Landassel! Dreckiger Schleimer!«, empörte sich Sjomka, als er das Geschehene und die möglichen Folgen erfasst hatte.

Dann redete er unter deftigen Flüchen auf mich ein.

»Los, weg, schnell! Er liefert uns ans Messer … Sitzt jetzt bestimmt mit den Händen auf dem Rücken da … Und die alte Krähe hat schon nach dem Wachtmeister geschickt! Das hat man davon, wenn man sich mit so einem Mistkerl einlässt! Der bringt dich für nichts und wieder nichts ins Gefängnis! Nein, so ein Halunke! Was für ein übles Geschöpf mit schwarzer Seele tut einem Kameraden so was an?! Ach, mein Gott! Was ist aus den Menschen geworden! Los, verdammt, was gaffst du noch? Du willst warten? Na, dann warte, der Satan soll euch Gauner alle holen! Pfui Teufel! Du kommst nicht mit? Na, dann …«

Nach einer unglaublich scheußlichen Verheißung stieß mir Sjomka erbittert die Faust in die Seite und ging schnell davon.

Ich wollte wissen, was Mischka bei unserer ehemaligen Arbeitgeberin machte, und lief vorsichtig zu ihrem Haus. Ich glaubte nicht, dass mir eine Gefahr oder Unannehmlichkeiten drohten.

Und hatte recht.

Als ich das Haus erreicht hatte und durch einen Spalt im Zaun schaute, sah und hörte ich nur Folgendes: Die Alte saß auf der Haustreppe, hielt das herausgerissene Schloss ihrer Bibel in der Hand und musterte durch ihre Brille streng und neugierig Mischka, der mit dem Rücken zu mir stand.

Obwohl ihre Augen streng und trocken funkelten, hatte sich an ihren Mundwinkeln eine weiche Hautfalte gebildet; offensichtlich wollte die Alte ein gütiges Lächeln – ein Lächeln der Vergebung – verbergen.

Hinter der Alten schauten drei Gesichter hervor: zwei Frauen, eine rot und mit einem bunten Kopftuch, eine barhäuptig, das linke Auge trüb, und hinter ihren Schultern reckte sich ein Mann, keilförmiges Gesicht, grauer Backenbart und eine Haartolle auf der Stirn. Er zwinkerte ständig mit beiden Augen, als wollte er Mischka sagen: Haub ab, Bruder, schnell!

Mischka stammelte, versuchte zu erklären.

»So ein wertvolles Buch. Sie sagen, wir sind alle rohes Vieh … wie Hunde. Und ich denk mir … Mein Gott – das stimmt! Ganz ehrlich … wir sind Halunken und Verfluchte … Gesindel! Und dann denk ich mir: Die Frau, die Alte, hat vielleicht nur noch einen Trost, das Buch nämlich – und sonst nichts … Und das Schloss … wie viel kriegt man schon dafür? Aber am Buch, da ist es was wert! Also hab ich mir gedacht … ich will der frommen Alten eine Freude machen, ich bring ihr das Schloss zurück … Außerdem haben wir ja Gott sei Dank ein bisschen was verdient fürs Essen. Alles Gute! Ich geh dann wieder.«

»Warte!«, hielt ihn die Alte auf. »Hast du verstanden, was ich gestern vorgelesen habe?«

»Ich? Wie sollte ich das verstehen! Ich höre zu, ja … aber wie höre ich zu? Taugen meine Ohren denn für Gottes Wort? Das ist zu hoch für unsereinen … Leben Sie wohl …«

»Soo!«, sagte die Alte gedehnt. »Nein, warte …«

Mischka seufzte traurig über den ganzen Hof und trat wie ein Bär von einem Bein aufs andere.

Das Gespräch war ihm offensichtlich schon eine Last.

»Soll ich dir noch etwas vorlesen?«

»Hm … meine Kameraden warten …«

»Pfeif auf die … Du bist ein guter Kerl … verlass sie.«

»Gut …«, willigte Mischka leise ein.

»Du verlässt sie? Ja?«

»Ja …«

»Na also … guter Junge! Du bist noch ein halbes Kind … aber so ein Bart … fast bis zum Gürtel … Bist du verheiratet?«

»Verwitwet … die Frau ist mir gestorben …«

»Und warum trinkst du? Du bist doch ein Trinker?«

»Ja, stimmt … ich trinke.«

»Warum?«

»Warum ich trinke? Aus Dummheit trink ich. Ich bin dumm, darum trinke ich. Ja, wenn ein Mensch Verstand hat … würde er sich dann etwa selbst zugrunde richten?«, erwiderte Mischka bedrückt.

»Ganz recht … Also, komm zu Verstand … komm zu Verstand und bessere dich … geh in die Kirche … höre Gottes Wort … darin liegt alle Weisheit.«

»Ja, natürlich …« Mischka stöhnte fast.

»Ich lese dir noch etwas vor … soll ich?«

»Bitte …«

Die Alte griff hinter sich nach der Bibel, blätterte darin, und dann schallte ihre zitternde Stimme über den Hof.

»›Darum, o Mensch, kannst du dich nicht entschuldigen, wer du auch bist, der du richtest. Denn worin du den andern richtest, verdammst du dich selbst, weil du ebendasselbe tust, was du richtest.‹*«

Mischka schüttelte den Kopf und kratzte sich hinterm linken Ohr.

»›Denkst du aber, o Mensch, der du die richtest, die solches tun, und tust auch dasselbe, dass du dem Urteil Gottes entrinnen wirst?‹**«

»Gute Frau!«, sagte Mischka weinerlich, »lassen Sie mich um Gottes willen gehen … Ich höre Ihnen lieber ein andermal zu … jetzt bin ich furchtbar hungrig … mir knurrt schon der Magen … Ich hab seit gestern Abend nichts gegessen …«

Die alte Frau klappte geräuschvoll das Buch zu.

»Geh! Fort mit dir!«, tönte es schroff und abgehackt über den Hof …

»Ergebensten Dank!«

Er rannte fast zum Tor.

»Verstockte Seelen … rohe Herzen«, zischte sie ihm nach.

Eine halbe Stunde später saßen wir in der Schenke bei Tee und Kringeln.

»Wie mit einem Bohrer ist sie in mich gedrungen …«, sagte Mischka und lächelte mich mit seinen lieben Augen sanft an. »Ich stehe da und denke … Ach, mein Gott! Warum bin ich bloß hergekommen! Zu meiner eigenen Pein … Wieso hat sie nicht einfach das Schloss genommen und mich gehen lassen … nein, sie musste mit mir reden. Ein

* Paulus an die Römer, 2, 1.

** Paulus an die Römer, 2, 3.

seltsames Volk! Du willst anständig zu ihnen sein, aber sie sehen nur Ihrs … Ich sag in meiner Einfalt zu ihr: Hier, gute Frau, hast du dein Schloss, nimms mir nicht übel … und sie darauf: Nein, warte, erzähl mir, warum bringst du es mir zurück? Und quält mich bis aufs Blut … Schweißnass war ich von ihren Reden … wirklich, bei Gott.«

Er lächelte noch immer sein unendlich schüchternes Lächeln.

Sjomka, beleidigt, verärgert und mürrisch, sagte ganz ernst zu ihm: »Besser, du stirbst, du braves Schaf! Sonst fressen dich mit deinen Spinnereien morgen die Fliegen oder die Kakerlaken.«

»Hör auf! Red nicht so. Kommt, trinken wir lieber ein Gläschen … auf das Ende der Geschichte!«

Einträchtig tranken wir jeder ein Gläschen auf das Ende dieser kuriosen Geschichte.

1895

Der Khan und sein Sohn

Auf der Krim lebte einmal ein Khan, Mossolaima el Aswab, und der hatte einen Sohn, Tolaik Alhalla ...«

Mit diesen Worten begann der blinde Bettler, an den hellbraunen Stamm eines Melonenbaums gelehnt, eine der alten Legenden der an Erinnerungen reichen Halbinsel, und um den Erzähler herum saß auf den herumliegenden Trümmern eines Khanpalastes eine Gruppe Tataren in bunten Kitteln und goldbestickten runden Kappen. Es war Abend, die Sonne sank still ins Meer; ihre roten Strahlen drangen durch das dichte Grün um die Ruine und legten sich als helle Flecke auf die moosbewachsenen, efeuumrankten Steine. Der Wind spielte in den Wipfeln der alten Platanen, ihre Blätter rauschten, als murmelten in der Luft unsichtbare Bäche.

Die Stimme des blinden Bettlers war schwach und zitterte, die Runzeln in seinem versteinerten Gesicht spiegelten nichts als Ruhe; die eingeübten Worte strömten nur so heraus, und vor den Zuhörern erstand das Bild vergangener Tage, die reich waren an starken Gefühlen.

»Der Khan war alt«, sagte der Blinde, »aber er hatte viele Frauen in seinem Harem. Sie liebten den Alten, denn er besaß noch recht viel Kraft und Feuer, seine Liebkosungen waren schmeichelnd und sengend, obgleich er schon grauhaarig und sein Gesicht voller Falten war – Schönheit liegt in der Kraft, nicht in zarter Haut und Wangenröte.«

Der Khan wurde von allen geliebt, er aber liebte allein eine gefangene Kosakin aus den Steppen am Dnepr und koste sie lieber als die anderen Bewohnerinnen seines Harems, in dem dreihundert Frauen aus vielen Ländern lebten, alle waren schön wie Frühlingsblumen, und allen ging es gut. Der Khan ließ für sie viele süße und schmackhafte Speisen zubereiten, und sie durften tanzen und spielen, wann immer sie wollten.

Die Kosakin aber rief er häufig zu sich in den Turm, von dem aus man das Meer sah, dort hielt er für sie alles bereit, was eine Frau für ein heiteres Leben braucht: süße Speisen, verschiedene Stoffe, Gold, Edelsteine in allen Farben, Musik, seltene Vögel aus fernen Ländern und die heißen Zärtlichkeiten eines Verliebten. Ganze Tage vergnügte er sich mit ihr in diesem Turm, um sich von den Mühen seines Lebens zu erholen, denn er wusste, sein Sohn Alhalla würde den Ruhm des Khanats nicht schmälern, wenn er wie ein Wolf durch die russischen Steppen zog, von wo er stets mit reicher Beute zurückkehrte, mit neuen Frauen und neuem Ruhm, und wo er Schrecken und Asche hinterließ, Blut und Leichen.

Eines Tages kehrte Alhalla von einem Raubzug gegen die Russen zurück, und zu seinen Ehren wurden viele Feste ausgerichtet, alle Mirzas der Insel fanden sich dazu ein, es gab Spiele und Festgelage, mit Bogen wurde auf die Augen von Gefangenen geschossen, um die Zielsicherheit der Hand unter Beweis zu stellen, dann wurde erneut getrunken und die Kühnheit von Alhalla gepriesen, dem Schrecken der Feinde, der Stütze des Khanats. Der alte Khan freute sich über den Ruhm seines Sohnes. Es tat dem Alten gut, zu wissen, dass das Khanat nach seinem Tod in starken Händen sein würde.

Das tat ihm gut, und um dem Sohn zu zeigen, wie stark seine Liebe war, sagte er zu ihm beim Gelage, die Trinkschale in der Hand, vor allen Mirzas und Beks: »Du bist ein guter Sohn, Alhalla! Gepriesen sei Allah, und gepriesen sei der Name seines Propheten!«

Und alle priesen den Namen des Propheten mit einem Chor kraftvoller Stimmen.

Da sprach der Khan: »Allah ist groß! Noch zu meinen Lebzeiten hat er in meinem kühnen Sohn meine Jugend auferstehen lassen, und nun sehen meine alten Augen: Wenn sie eines Tages die Sonne nicht mehr erblicken und die Würmer an meinem Herzen nagen, dann werde ich weiterleben in meinem Sohn! Groß ist Allah und Mohammed, sein Prophet! Ich habe einen guten Sohn, seine Hand ist stark und sein Verstand klar. Was wünschst du dir aus der Hand deines Vaters, Alhalla? Sprich, ich gebe dir alles, was du begehrst.«

Und die Stimme des alten Khans war noch nicht verklungen, als sich Tolaik Alhalla erhob, mit den Augen funkelte, die schwarz waren wie das Meer bei Nacht und blitzten wie die Augen eines Bergadlers, und sagte: »Gib mir die russische Gefangene, mein Vater und Gebieter.«

Der Khan schwieg – nicht lange schwieg er, gerade so lange, wie er brauchte, um das Zittern in seinem Herzen zu bezwingen –, und dann sagte er laut und fest: »Nimm sie! Gleich nach dem Festmahl sollst du sie nehmen.«

Der kühne Alhalla errötete, seine Adleraugen funkelten vor großer Freude, er richtete sich zu voller Größe auf und sprach zu seinem Vater, dem Khan: »Ich weiß, was du mir da schenkst, mein Vater und Gebieter! Ich weiß es … Ich bin dein Sklave – dein Sohn. Nimm mein Blut, jede Stunde einen Tropfen – zwanzig Tode würde ich für dich sterben!«

»Ich brauche nichts!«, sagte der Khan, und sein grauer Kopf, gekrönt vom Ruhm langer Jahre großer Heldentaten, sank auf die Brust.

Bald war das Festmahl beendet, und schweigend gingen beide vom Palast hinüber in den Harem.

Die Nacht war dunkel, weder Mond noch Sterne waren zu sehen hinter den Wolken, die den Himmel bedeckten wie ein dicker Teppich.

Lange liefen Vater und Sohn durch die Dunkelheit, bis Khan el Aswab zu sprechen anhob.

»Mein Leben erlischt allmählich – immer schwächer schlägt mein altes Herz, immer weniger Feuer ist in meiner Brust. Die heißen Liebkosungen der Kosakin waren das Licht und die Wärme meines Lebens … Sag mir, Tolaik, sag, begehrst du sie wirklich so sehr? Nimm hundert, nimm alle meine Frauen für sie allein!«

Tolaik Alhalla seufzte und schwieg.

»Wie viele Tage bleiben mir noch? Nur wenige Tage habe ich noch auf Erden … Die letzte Freude meines Lebens ist dieses russische Mädchen. Sie kennt mich, sie liebt mich – doch wenn sie nicht mehr da ist, wer wird mich alten Mann dann lieben, wer? Keine von ihnen allen, keine, Alhalla!«

Alhalla schwieg …

»Wie soll ich leben, wenn ich weiß, dass du sie umarmst, dass sie dich küsst? Eine Frau kennt weder Vater noch Sohn, Tolaik! Für eine Frau sind wir alle Männer, mein Sohn … Meine letzten Tage werden voller Schmerz sein … Würden doch alle alten Wunden an meinem Körper aufreißen, Tolaik, und mein Blut verströmen, würde ich doch diese Nacht nicht überleben, mein Sohn!«

Sein Sohn schwieg. Vor der Haremstür blieben sie stehen, und lange standen sie mit gesenktem Kopf davor. Finsternis herrschte ringsum, die Wolken eilten am Himmel dahin, und der Wind schüttelte die Bäume und schien mit ihnen zu lärmen, zu singen.

»Ich liebe sie schon lange, Vater«, sagte Alhalla leise.

»Ich weiß … Und ich weiß, dass sie dich nicht liebt …«, sagte der Khan.

»Es zerreißt mir das Herz, wenn ich an sie denke.«

»Und was erfüllt jetzt mein altes Herz?«

Erneut schwiegen sie. Alhalla seufzte.

»Offenbar ist es wahr, was ein weiser Mullah einmal zu mir sagte – eine Frau ist für den Mann immer schädlich: Ist sie hübsch, weckt sie in anderen den Wunsch, sie zu besitzen, und verurteilt ihren Mann zu Qualen der Eifersucht; ist sie hässlich, beneidet ihr Mann andere Männer und leidet unter seinem Neid; ist sie aber weder hübsch noch hässlich, macht der Mann sie zur Schönheit, und wenn er begreift, dass er im Irrtum war, leidet er erneut durch sie, durch diese Frau.«

»Weisheit ist keine Medizin gegen den Schmerz des Herzens«, sagte der Khan.

»Haben wir Erbarmen miteinander, Vater.«

Der Khan hob den Kopf und sah seinen Sohn traurig an.

»Töten wir sie«, sagte Tolaik.

»Du liebst dich selbst mehr als sie und mich«, sagte der Khan nach kurzem Nachdenken leise.

»Du doch auch.«

Wieder schwiegen sie.

»Ja! Ich auch«, sagte der Khan traurig. Vor Kummer war er zum Kind geworden.

»Also – töten wir sie?«

»Ich kann sie nicht dir überlassen, ich kann es nicht«, sagte der Khan.

»Und ich kann nicht länger leiden – reiß mir das Herz heraus oder gib sie mir.«

Der Khan schwieg.

»Werfen wir sie von einem Felsen ins Meer.«

»Werfen wir sie von einem Felsen ins Meer«, wiederholte der Khan wie ein Echo die Worte seines Sohnes.

Dann betraten sie beide den Harem, wo sie bereits schlief, auf einem prächtigen Teppich auf dem Boden. Sie blieben vor ihr stehen und schauten sie an; lange schauten beide sie an. Dem alten Khan rannen Tränen aus den Augen in den silbergrauen Bart und glitzerten darin wie Perlen, sein Sohn aber stand da, funkelte mit den Augen, knirschte mit den Zähnen, um seine Leidenschaft zu bändigen, und weckte die Kosakin. Sie erwachte – und in ihrem Gesicht, das zart war und rosig wie die Morgenröte, erblühten ihre Augen wie Kornblumen. Sie bemerkte Alhalla nicht und bot ihre blutroten Lippen dem Khan dar.

»Küss mich, mein Adler!«

»Mach dich bereit … du kommst mit uns«, sagte der Khan leise.

Da entdeckte sie Alhalla und die Tränen in den Augen ihres Adlers und verstand – denn sie war klug.

»Ich komme«, sagte sie. »Ich komme. Weder dem einen noch dem anderen soll ich gehören – so habt ihr entschieden? Genau so müssen Menschen mit starkem Herzen entscheiden. Ich komme.«

Schweigend machten sich die drei auf zum Meer. Sie liefen schmale Pfade entlang, der Wind heulte, heulte laut.

Das Mädchen war zart, sie war bald erschöpft, doch sie war auch stolz – sie wollte es nicht sagen.

Als der Sohn des Khans sah, dass sie hinter ihnen zurückblieb, fragte er sie: »Hast du Angst?«

Sie blickte ihn funkelnd an und zeigte ihm ihren blutüberströmten Fuß.

»Komm, ich trage dich!«, sagte Alhalla und streckte ihr die Arme entgegen. Doch sie legte die Arme um den Hals ihres alten Adlers. Der Khan hob sie hoch wie eine Feder und trug sie; in seinen Armen liegend, bog sie die Zweige von seinem Gesicht weg, aus Angst, sie könnten sein Auge treffen. Lange liefen sie, bis in der Ferne endlich das Rauschen des Meeres zu hören war.

Da sagte Tolaik – er ging auf dem Pfad hinter ihnen – zu seinem Vater: »Lass mich vorangehen, sonst kann ich mich womöglich nicht bezähmen und stoße dir meinen Dolch in den Hals.«

»Geh voran – Allah wird dir deinen Wunsch vergelten oder dir verzeihen, ganz nach seinem Willen, ich aber, dein Vater, verzeihe dir. Ich weiß, was es heißt, zu lieben.«

Und dann lag es vor ihnen, das Meer, tief unten, schwarz, träge und uferlos. Dumpf sangen seine Wellen am Fuße des Felsens, dunkel war es dort unten und kalt und grausig.

»Leb wohl«, sagte der Khan und küsste das Mädchen.

»Leb wohl!«, sagte Alhalla und verneigte sich vor ihr.

Sie schaute dorthin, wo die Wellen rauschten, und wich zurück, die Arme vor die Brust gepresst.

»Werft mich hinunter«, sagte sie zu ihnen.

Alhalla streckte die Arme nach ihr aus und stöhnte, der Khan aber nahm sie auf seine Arme, drückte sie fest an seine Brust, küsste sie, hob sie hoch über den Kopf – und schleuderte sie vom Felsen hinab.

Dort rauschten und tosten die Wellen so laut, dass die beiden Männer nicht hörten, wie sie das Wasser erreichte. Kein Schrei war zu hören, nichts. Der Khan sank auf die Steine und blickte schweigend hinunter, in die Dunkelheit und Ferne, wo das Meer mit den Wolken verschmolz, von wo dumpf rauschende Wogen heranrollten, und ein Windstoß zauste den grauen Bart des Khans. Tolaik stand über ihm, die Hände vors Gesicht geschlagen – ein Stein, reglos und schweigend. Zeit verging, über den Himmel zog Wolke um Wolke, vom Wind gejagt. Dunkel und schwer waren sie, wie die Gedanken des alten Khans, der auf dem hohen Felsen über dem Meer lag.

»Komm, Vater«, sagte Tolaik.

»Warte …«, flüsterte der Khan, als lauschte er auf etwas.

Wieder verging viel Zeit, die Wellen unten rauschten, der Wind blies gegen den Felsen und lärmte in den Bäumen.

»Komm, Vater …

»Warte noch …«

Immer wieder sagte Tolaik Alhalla: »Komm, Vater.«

Der Khan rührte sich nicht weg von dem Ort, wo er die Freude seiner letzten Tage verloren hatte.

Schließlich – alles hat ein Ende! – stand er auf, mächtig und stolz, runzelte die Brauen und sagte dumpf: »Komm …«

Sie gingen los, doch bald blieb der Khan stehen.

»Wozu gehe ich mit und wohin, Tolaik?«, fragte er seinen Sohn. »Wozu soll ich jetzt noch leben, wenn sie doch mein ganzes Leben war? Ich bin alt, niemand wird mich mehr lieben, und wenn dich niemand liebt, ist es unsinnig, weiterzuleben.«

»Du hast Ruhm und Reichtum, Vater …«

»Gib mir einen Kuss von ihr und nimm dafür all das als Lohn. Das alles ist tot – lebendig ist allein die Liebe einer Frau. Ohne diese Liebe – hat der Mensch kein Leben, da ist er arm, und seine Tage sind kläglich. Leb wohl, mein Sohn, möge der Segen Allahs alle Tage und Nächte deines Lebens auf dir ruhen.«

Damit drehte sich der Khan um zum Meer.

»Vater«, sagte Tolaik, »Vater!«

Mehr konnte er nicht sagen, denn nichts kann man jemandem sagen, dem der Tod zulächelt, nichts, das die Liebe zum Leben in seine Seele zurückkehren ließe.

»Lass mich …«

»Allah …«

»Er weiß …«

Mit raschen Schritten lief der Khan zum Steilhang und stürzte sich hinunter. Sein Sohn hielt ihn nicht zurück, er schaffte es nicht mehr. Und wieder war nichts zu hören – kein Schrei, nicht der Aufprall des Khans. Nur die Wellen rauschten dort, und der Wind heulte wilde Lieder.

Lange schaute Tolaik Alhalla hinunter, dann sagte er laut: »Schenke auch mir ein so starkes Herz, o Allah!«

Dann ging er ins Dunkel der Nacht.

So starb Khan Mossolaima el Aswab, und Khan auf der Krim wurde Tolaik Alhalla.

1895

Jahrmarkt in Holtwa

Das Städtchen Holtwa liegt auf einer flachen Anhöhe, die sich aus Wiesen herausschiebt wie eine Landzunge aus dem Meer. Von drei Seiten durch den eigenwilligen Verlauf des Psel beschnitten, eröffnet sie weite Ausblicke nach Norden, Westen und Osten, und auf ihrem südlichen Teil drängen sich die weißen Katen von Holtwa, die im Grün der Pappeln, Pflaumen- und Kirschbäume ertrinken, zu einer malerischen Gruppe. Überragt werden die Katen von den fünf Kuppeln einer einfachen, ebenfalls weißen Holzkirche. Die goldenen Kreuze spiegeln die gebündelten Sonnenstrahlen und wirken, da ihre Konturen im gleißenden Sonnenlicht verschwimmen, wie hell lodernde Fackeln.

Nach Osten erstreckt sich eine Ebene bestellter Felder – bis zum Horizont gelbe und dunkle Quadrate; dazwischen stehen da und dort üppige grüne Gehölze, verstecken sich weiße Katen in Gärten, schlängeln sich Wege durch das Getreide, die Viehherden auf den Weiden in der Ferne sind so klein wie Spielzeug. Im Westen fällt die Anhöhe steil zum schnell strömenden Psel ab; sein Wasser glänzt in der Sonne wie Silber, an seinen Ufern stehen Weiden und Schwarzpappeln; hinter dem Psel wieder Felder bis zum Horizont, und dazwischen erneut helle grüne Flecke, Streifen reifen Getreides und weiße Gehöfte. Gehöfte, umrahmt von Weiden und Pappeln – überall, wohin man auch blickt … Dicht mit Menschen besät ist die fruchtbare Erde der Ukraine!

Über einem riesigen Platz voller Fuhrwerke tausendfaches Stimmengewirr in der schwülen, staubigen Luft. Überall drängen sich, streiten und »wiehern« Männer, sprudeln die munteren Reden der Frauen. Zehn Ukrainer bringen in einer Minute so viele Worte hervor wie drei Juden in der gleichen Zeit, und drei Juden reden in einer Minute nicht mehr als ein Zigeuner. Wollte man Vergleiche anstellen, so käme der Ukrainer einer Kanone gleich, der Jude einem Schnellfeuergewehr und der Zigeuner einem Salvengeschütz.

Die schwarzen Gesichter, die schwarzen Haare und die gebleckten weißen Zähne der Zigeuner blitzen überall in der Menge auf; ihre charakteristischen Kehllaute klingen in den Ohren – man kann kaum folgen. Ihre forschen Bewegungen und Gesten sind schön, gemahnen aber zu Vorsicht; ihre flinken dunklen Augen mit den bläulichen Augäpfeln blitzen dreist und gewitzt. Gewandt und geschmeidig, sind sie wie die sanften Füchse der Fabeln, doch sie blecken die Zähne wie hungrige Wölfe. Vier von ihnen umlagern einen Ukrainer, der schon ganz durcheinander ist, verwirrt von den eindringlichen Reden, die wie Hagel auf seinen einfältigen Kopf niederprasseln. Er steht zwischen den vieren, kratzt sich angestrengt den Kopf und überlegt schwerfällig. Er hält ein junges Pferd am Zügel. Bremsen umschwärmen es ebenso eifrig und leidenschaftlich wie die Zigeuner seinen Besitzer. Die Gruppe ist umringt von einer Menge, die den Handel aufmerksam verfolgt.

»Warte!«, sagt der Chochol.

»Will ich nicht!«, ruft der Zigeuner. »Wozu soll ich warten: Verdiene ich etwa was, wenn ich warte? Ich sags dir offen, wie vor Gott: Mein Pferd, das ist eins, darauf würde selbst der Gouverneur von Poltawa reiten, wohin du willst – bis nach Petersburg! So ein Pferd ist das! Und deins? Was hat das schon mit meinem gemein – nur, dass es auch vier Beine hat und einen Schweif! Aber was für einen Schweif? Eine Schande ist das, guter Mann, eine Schande, und kein Schweif …«

Der Zigeuner zieht das Pferd heftig am Schweif, tastet es

mit den Händen und den Augen gründlich ab und redet und redet.

Seine Kameraden raten ihm verächtlich: »Ach, lass sein! Wieso willst du mit Verlust tauschen? Sei nicht dumm! Lass sein …«

»Mit Verlust? Na und, tausche ich eben mit Verlust! Bin ich nicht Herr über mein Pferd und meinen Geldbeutel? Der Mann gefällt mir, und ich will ihm was Gutes tun! Guter Mann! Bete zu Gott!«

Der Chochol nimmt die Mütze ab, und beide bekreuzigen sich inbrünstig, der Kirche zugewandt.

»Na, mit Gottes Segen!«, ruft der Zigeuner. »Nimm schon mein Pferd und preise mein gutes Herz … Nimm es, gib mir fünf Karbowanzen* dazu … Und die Sache ist geritzt! Basta! Hand drauf …«

Der Chochol schlägt mit aller Kraft auf die Hand des Zigeuners und sagt: »Ich geb dir zwei!«

»He! Viereinhalb!«

»Zwei!«

Der Zigeuner klatscht so heftig auf die Hand des Chochols, dass der sie schüttelt und anschließend lange mustert, als wollte er überprüfen, ob sie noch heil ist.

»Vier glatt!«

»Zwei!«, beharrt der Chochol.

»Na«, sagt der Zigeuner erschöpft, »dann gehe nach Hause zu deiner Frau und erzähl ihr, was für ein Dummkopf du bist …«

»Zwei!«, sagt der Chochol.

»Hör mal, bete zu Gott!«

Sie beten erneut und schlagen erneut kräftig die Hände aufeinander.

»Na, nimm es schon, soll dein Glück sein und mein Schade: Ich will dir nicht zu viel abknöpfen, guter Mann, wenn du so knapp bei Kasse bist … Drei fünfzig?«

* Ukrainische Bezeichnung für den Rubel.

»Nee.« Der Chochol schüttelt den Kopf und mustert das struppige Pferd des Zigeuners, das mit gesenktem Kopf dasteht.

»Drei fünfundzwanzig?«

»Nee …«

»Auf dass deine Frau hundertmal ›nee‹ sagt, wenn du einen Teller Suppe willst! Drei Karbowanzen glatt? Auch nicht? Na, dann nimm es eben zu deinem Preis … Ach, dahin sind meine Kopeken und mein schönes Ross!«

Sie tauschen die Pferde, und der Chochol geht und führt die große rote Stute am Zügel, die auf müden Beinen gleichgültig einherschreitet. Sie sieht traurig aus, verzagt blicken ihre trüben Augen auf die Menschenmenge.

Schon bald kommt der Chochol zurück. Er geht schnell, das Pferd kommt kaum hinterher; er sieht verlegen aus und verwirrt. Die Zigeuner sehen ihm ruhig entgegen und unterhalten sich in ihrer sonderbaren Sprache.

»Der Handel ist nicht rechtens«, sagt der Chochol kopfschüttelnd, als er sie erreicht hat.

»Welcher Handel?«, erkundigt sich einer der Zigeuner.

»Na das … Wie Sie mich …«

»Was haben wir denn?«

»Warte! Wie …«

»Was denn?«

»Nun warte doch!«

»Worauf soll ich warten? Dass deine Stute wirft? Du hast dich ja noch nicht mit ihr trauen lassen, guter Mann!«

Allgemeines Gelächter. Der arme Mann appelliert an die Menge.

»Gute Menschen – steht mir bei! Sie haben mir einen zahnlosen Klepper für mein gesundes Pferd angedreht!«

Die Menge schätzt Tölpel ebenso gering wie Schwache. Sie stellt sich auf die Seite der Zigeuner.

»Wo hattest du denn deine Augen?«, fragt ein grauhaariger Alter den Chochol.

»Lass dich nie mit Zigeunern ein«, sagt ein anderer.

Der Betrogene erzählt, er habe sich die Zähne des Pferdes ja angesehen, aber die oberen eben nicht, und drei davon seien abgebrochen. Bestimmt habe jemand das Pferd mal heftig aufs Maul gehauen und ihm drei Zähne ausgeschlagen. Was taugt es denn so? Es kann gar nicht fressen – da, sein Bauch ist ganz aufgebläht. Zwei, drei Leute aus der Menge nehmen Partei für den Chochol. Es gibt Geschrei, am lautesten ereifert sich der Zigeuner.

»Ach, guter Mann! Was stiftest du solche Verwirrung? Weißt du denn nicht, wie man ein Pferd kauft? Ein Pferd kaufen, das ist wie eine Frau wählen, genau das Gleiche, eine wichtige Sache … Hör zu, ich erzähl dir was … Es waren einmal drei Brüder, zwei waren klug, der dritte aber war dumm – so wie du hier oder ich …«

Auch die Kameraden des Zigeuners schreien aus vollem Hals und rechtfertigen ihn; die Ukrainer schimpfen träge zurück; die Menge wird immer dichter und enger …

»Was soll ich denn jetzt machen, gute Leute?«, fragt der Betrogene bekümmert.

»Geh zum Wachtmeister!«, ruft jemand.

»Ja, das mach ich!«, beschließt er.

»Warte, guter Mann!«, hält ihn der Zigeuner zurück. »Du willst mich ruinieren? Bitte schön! Gib mir drei Karbowanzen, dann kriegst du dein Pferd zurück! Abgemacht? Gut, zwei! Abgemacht? Na, dann geh und beschwer dich …«

Der Chochol verspürt wenig Lust, den Wachtmeister in die Sache hineinzuziehen, und denkt nach. Von allen Seiten bekommt er Ratschläge, doch er ist taub und stumm, überlegt hin und her. Endlich hat er sich entschieden.

»Also dann«, sagt er entmutigt zu dem Zigeuner, »mag Gott dich richten … Gib mir mein Pferd zurück, und die zwei Karbowanzen, die du obendrauf bekommen hast, die kannst du behalten … Dass dich tausend Fieber schütteln – raub mich nur aus!«

Und der Zigeuner raubt ihn aus, mit einer Miene, als erwiese er ihm eine große Gnade.

»Gewiefte Kerle!«, loben die Ukrainer die Zigeuner, als sie fortgehen.

»Holzteer aus Moskau, rein und fein, aromatisch und frisch, zum Schmieren und Kurieren! Sechs Kopeken das Quart*, fünfzehn das Viertel**!«, ruft ein Mann aus Tschernigow, der auf einem Fuhrwerk thront. Das Fuhrwerk, das Fass und der Händler selbst – alles ist schwarz und ölig vom Teer, eine einzige Masse, die einen charakteristischen Geruch verbreitet.

»Wie wärs mit fünf Kopeken fürs Quart?«, erkundigt sich ein Ukrainer in sehr weiten Hosen und mit einem Strohhut auf dem Kopf.

»Puh! Fünf geht nicht – sechs, das hab ich dem Herrn schwören müssen …«

»Vielleicht doch fünf?«

»Nicht drin …«

»Aha … Gar nicht drin?«

»Hör zu, guter Mann, ich verkaufs dir für fünf, aber sags nicht weiter … Einverstanden?«

»Ja, mach ich nicht …«

»Na, dann her mit deinem Gefäß.«

»Wofür?«

»Na, für den Teer!«

»Ich brauch Ihren Teer nicht, ich hab schon welchen gekauft … Auch für sechs Kopeken, auch bei Ihnen … Ich hab nur gefragt, weil, na ja, vielleicht verkaufen Sie den Teer ja jetzt billiger.«

Der Teerhändler wendet sich schweigend ab, ruckt am Zügel, fährt zwischen den Karren hindurch und preist seine Ware an.

* Altes Hohlmaß, in Russland und Polen etwa 1 Liter.

** Hier ¼ Eimer, altes Hohlmaß, in Russland und Polen etwa 3 Liter.

Der Ukrainer schaut ihm nach und sagt zu einem anderen, der sich auf seinem Leiterwagen ausgestreckt hat: »Hätt ich das Quart Teer nicht heute Morgen gekauft, hätte ich jetzt eine Kopeke mehr im Beutel …«

»Ach ja … Ist das heiß!«

»Wie in der Hölle …«

»Sag bloß. Hat dein Vater dir aus der Hölle geschrieben, wie heiß es da ist?«, fragt der Mann von seinem Wagen herunter.

Die quälende Hitze wird immer schlimmer. In der Luft, in einem Schleier beißenden Staubs, hängt der Geruch nach Teer, Dung und Schweiß. Überall vor den Karren stehen und liegen Ochsen, kauen unentwegt Heu und blicken mit großen sanften Augen zu Boden. Es sieht aus, als würden sie denken, so verständig wirken ihre Mienen, und in ihren Augen nistet eine ruhige, gewohnte Traurigkeit. Kühe und Kälber muhen, Schafe blöken, hämmernd werden Sensen gedengelt. Die Ukrainer, die Vieh oder Felle verkaufen wollen, liegen unter ihren Karren, um sich vor der Sonne zu schützen, und warten auf Käufer. Kaufwillige schlendern zwischen den Karren herum, betrachten das Vieh und steigen über die Beine der Verkäufer. Jeder Käufer hat eine Knute in der Hand und hält es für nötig, den friedlichen Tieren einen Hieb auf die Flanke zu versetzen. Wenn der Ochse gelegen hat, steht er langsam auf, hat er gestanden, so zuckt er schwerfällig zurück.

»Wie viel verlangen Sie für das Paar hier?«, fragt ein Käufer ins Leere.

Eine Stimme unterm Karren antwortet bedächtig: »Neunzig Rubel …«

»Ein Spottpreis!«, sagt der Käufer und geht, oder er fragt: »Warum verlangen Sie nicht gleich einen Hunderter, guter Mann?«

»Ich verlang nicht mehr als nötig, keine Kopeke mehr.

Aber wenn Sie so großzügig sind, geben Sie mir ruhig einen Hunderter – hab nichts dagegen …«

»Vielen Dank … Also, im Ernst, wie viel?«

»Na, ich will nicht lange feilschen – gut, weil Sie es sind … neunzig Rubel …«

Das Feilschen beginnt. Die Ukrainer haben es nicht eilig, das ist ihrem Wesen fremd, und der Verkäufer kommt erst dann unter seinem Karren hervorgekrochen, wenn er sicher ist, dass der Käufer es ernst meint. Allmählich geraten beide in Fahrt, schon schlagen sie ein, beten zehnmal und mehr, gehen auseinander, kommen wieder zusammen. Alles geschieht langsam, aber gründlich, besonnen. Die derben, saftigen Flüche der Russen, die den Atem stocken und die Augen hervorquellen lassen, gibt es hier nicht – stattdessen würzt treffsicherer Humor alle Reden. Auch die russische Duzerei hört man von den Ukrainern nicht.

Ein grauhaariger Großvater, von dem ein bartloser Jüngling ein Paar junger Stiere kaufen will, schilt den Käufer zum Beispiel: »Mir scheint, Ihre Mutter hat Sie zu früh von der Brust genommen und in die Wiege gelegt, mein Junge, ich sehe keine Vernunft in Ihren Reden …«

»Was denn, Großvater! Die sind doch hässlich – sehen Sie sich die Hörner an …«

»Wollen Sie etwa mit den Hörnern pflügen? Dann kaufen Sie sich doch Ziegenböcke – die haben schöne Hörner …«

Quirlig wirbeln die Söhne Israels zwischen den Karren herum. Sie fragen nach allem, betasten alles und kaufen alles. Die Ukrainer reden sie mit »Du« an und haben ein scharfes Auge auf sie. Die polnischen Pans begegnen den Ukrainern voller Würde, und wenn ein Ukrainer mit einem Polen redet, dringt durch die äußere Höflichkeit nicht selten ein verächtlicher Ton. Offenbar betrachten sie die Pans seit Langem als »unnütze Käfer im Bienenstock«.

Eine Kuh, die an einen Karren gebunden ist, schwankt plötzlich und sinkt in Krämpfen zu Boden. Die ukrainische Verkäuferin springt vom Karren und umkreist das kranke Tier wie ein Wirbelwind. Schreck, gepaart mit Angst, spiegelt sich im Gesicht der armen Frau, die mit einem Schlag die Hoffnung eingebüßt hat, die Kuh zu verkaufen.

»Oh, mein Gott! Oh, ihr guten Leute! Steht mir bei – was ist das nur? Was ist das? Oh, heilige Mutter Gottes!«

Sofort bildet sich eine Menschenmenge und erörtert eifrig das Unglück. Vermutungen werden laut, was der Kuh fehle und wie sie am besten zu behandeln sei. Ein uralter Mann, ganz mit Lumpen bedeckt wie mit Schimmel, redet mahnend auf die Kuh ein und flüstert ein Gebet. Die Leute nehmen die Mütze ab, bekreuzigen sich vereinzelt und warten schweigend auf das Ergebnis des Gebets. Die Kuh aber windet sich in Krämpfen am Boden, versucht aufzustehen und sinkt erneut plump nieder. Sie stöhnt schwer, und in ihren sanften Augen liegt großer Schmerz. Der Mann der Verkäuferin nimmt die Mütze ab, reibt damit über das Rückgrat des Tieres, fährt mit der Mütze dreimal um die Hörner, dreimal um den Hals und ebenso oft um den Schwanz der Kuh. Auch das hilft nicht. Eine Flasche Teer wird gebracht und dem Tier eingeflößt, dann bekommt es Terpentin verabreicht, und schließlich erscheint der Viehdoktor, ein mürrischer Mann mit verschiedenen Instrumenten am Gürtel. Mit wichtiger Miene untersucht er die Kuh und öffnet mit einem rostigen Nagel eine Vene an ihrem Hals. Dickes, schwarzes Blut rinnt in einem dünnen Strahl heraus.

In der Menge findet sich ein Moralist. Er sieht die Kuh und ihren zutiefst bekümmerten Besitzer an und sagt: »Das ist eine Strafe Gottes für Sie, guter Mann … Ich glaube, Sie wollten verbergen, was für eine Kuh das ist … Und Gott hat den Menschen Ihre Absicht enthüllt … So ist das!«

Der Ukrainer sieht ihn an und schüttelt traurig den Kopf.

»Gott kennt meine Absichten …«, seufzt er.

Neben dieser Szene spielt sich eine weitere ab. Eine Ukrainerin wedelt mit den Armen wie eine kaputte Windmühle und beschimpft ihren Mann. Er sitzt auf der Erde, die Hände aufgestützt, und lächelt selig. Seine Nase leuchtet rot, seine Mütze sitzt im Nacken, sein Hemdkragen ist offen, und die Sonne brennt ihm auf Brust und Gesicht.

»Du Herumtreiber! Schämst du dich nicht? Ach, du Galgenstrick! Ich nehm gleich die Knute und verprügle dich so, dass …«

»Oleeena! Beruuuhige dich!«, barmt der Mann und zwinkert seiner Frau zu. »Hör mal … Ich hab für dich auch ein Quart Bier gekauft.«

»Ooo!«, stöhnt die Frau. »Schamloser Kerl!«

Sie beugt sich zu ihrem Mann hinunter, hebt ihn mit großer Mühe an und versucht, den vom Rausch erschlafften Körper unter den Karren zu schieben.

Der Mann stößt mit dem Kopf gegen ein Rad und warnt seine Frau: »In der Hosentasche ist die Flasche … sieh zu … dass sie nicht zerbricht … ja?«

Kurz darauf trinken die beiden einträchtig ihr »Quart Bier«, und die gutmütige, wenngleich strenge Ehefrau hat fürsorglich Stroh und Kleider um ihren Angetrauten gelegt, damit er sich gefahrlos umdrehen kann, ohne mit dem Kopf gegen ein Rad zu stoßen.

Ein blutjunger Jude mit einem Bauchladen läuft herum und ruft: »Rumänischer Tabak! Der Tabak der Pans! Mordsstarkes Kraut! Der Teufel hats geraucht, und der Qualm hat seine Frau vergiftet.«

»Das nenn ich einen guten Tabak, wenn Frauen davon sterben!«, sagt ein Bauer, ein Kerl wie Solopi Tscherewik*.

* Trunksüchtiger einfältiger Bauer, Gestalt aus Gogols Erzählung »Jahrmarkt in Sorotschinzy«.

In der Mitte des Marktes bilden zwei lange Reihen von Ständen eine breite Straße, die voller Menschen ist. Unter einer der Leinenmarkisen sitzt ein Jude mit einem Roulettebrett. Er ist umringt von einer dichten Menge vorwiegend junger Leute, in der bald düstere, bald erregte Stimmen immer wieder rufen: »Rot! Schwarz! Gerade!«

Etwas abseits redet ein aufgeregter junger Ukrainer auf einen anderen ein: »Onissim! Gib mir doch einen Karbowanez! Vielleicht hol ich mir damit meine Kopeken zurück ... Ach, hätt ich mich bloß nicht auf das Teufelsspiel eingelassen ... Das Ding dreht sich und dreht sich, und am Ende sind deine Taschen leer ...«

Ein spitzbärtiger Mann aus Jarowslawl handelt mit Kämmen, kleinen Messern, Büchern, Seife ...

»Treten Sie näher! Ausländische Waren! Hauptstädtische Bücher! Wohlriechende Seifen! Himmlische Düfte! Junger Mann! Darf ich Ihnen ein Buch mit angenehmer Lektüre empfehlen? Möchten Sie nicht einen Blick darauf werfen, eine höchst unterhaltsame Geschichte – *Der Tod des Herrn Iwan Iljitsch*, ein Werk von Graf Tolstoi. Und dazu noch eine lustige Komödie – *Früchte der Aufklärung*. Darin verspottet er sehr fein die hauptstädtischen Herren und die russischen Bauern. Ich verkaufe es für zwanzig Kopeken! Ein Werk des Grafen für zwanzig Kopeken, billiger kriegen sie es nirgends! Oder wie wärs mit diesem hier, *Fürst Serebrjany*? Über Iwan den Schrecklichen ... weil das Buch schon gelesen ist, geb ichs Ihnen für dreißig Kopeken! Gedichte von Puschkin – für fünf und für drei Kopeken je Buch ... Wunderschöne Gedichte von allerheiterster Art ... *Andrej Besstraschny, eine russische Geschichte*, für drei Kopeken. *Japantscha, der tatarische Reiter, die Einnahme der Stadt Kasan*. Oder hier – ein Buch über Hühnerhaltung – möchten Sie sich vielleicht darüber belesen? Für fünf Kopeken ... Ein Apparat für den Schnurrbart – bitte sehr! *Das Leben des hei-*

ligen ... Schöne Frau! Möchten Sie nicht einen Spiegel kaufen? Ich führe auch duftende Seife ... Was? Zehn Kopeken für *Iwan Iljitsch*? Auf dem Buch steht zwanzig. Für zehn kann ich Ihnen das hier anbieten – *Jüdische Geschichten* ... Gute Frau! Du machst mir den Kamm noch kaputt ... Verehrter! Wünschen Sie ein Rasiermesser? *Das Leben im Jenseits oder Was unsere Seele nach dem Tod erwartet* ... Sehr nützlich zu wissen – fünfzig Kopeken! Nicht, nein? *Haustierkrankheiten* – schauen Sie hinein! *Vegetarische Küche* ... Und hier – eine Uhr: Silber wie Gold, geht haargenau, spottbillig ... Verehrtester, möchten Sie nicht etwas Seife für Ihre Tochter erwerben?. Mein letztes Wort, mein Bester: achtzehn Kopeken für *Iwan Iliitsch* ...«

Keine Sekunde verstummt der dürre, hagere Jaroslawler, der mit zwei Dutzend Käufern gleichzeitig verhandelt. Seine helle Stimme lockt Menschen von Weitem an, und vor seinem Stand drängt sich eine dichte Menge. Manche kaufen, andere beobachten nur den Verkäufer und hören seinem munteren Geplapper zu. Ein riesiger schnauzbärtiger Ukrainer mit hervorquellenden großen Augen starrt den Jaroslawler lange an und lacht plötzlich lauthals.

»Warum lachen Sie, mein Herr?«, fragt jemand.

»Na so was, dieser Russe, eine Natter soll ihm in die Kehle kriechen, dem Satansbraten! Quasselt wie ein Dreschwerk. Ein rechter Mann redet in einem ganzen Monat nicht so viel wie der in einer Stunde ...«

An Karren mit Töpferwaren aus Opischnja – irdenes Geschirr mit wunderbaren Mustern, aber grob gefertigt – feilschen Ukrainer. Hier lässt man sich Zeit. Eine Frau mit einem Schirm in der Hand, ganz erschlafft von der Hitze, tritt heran, greift nach einer Makitra* – einer flachen Schüssel –, betrachtet sie und fragt: »Wie viel?«

* Abgeleitet vom Wort mak (Mohn), flache Schüssel, in der Mohn mit einem Stößel zerrieben wurde.

»Wofür?«, erkundigt sich der Verkäufer, der unter dem Karren auf dem Bauch liegt.

»Na, für die Makitra …«

»Fünfunddreißig Kopeken …«

»Oho, ganz schön dreist! Ziemlich teuer!«

»Ach ja?«

»Und ob! Die ist doch krumm und schief!«

»Na, wollen Sie mit der Schüssel etwa schießen, gute Frau? Warum sollte sie gerade sein? Ist doch kein Gewehr, ist eine Schüssel.«

»Ja, stimmt schon … Aber sie ist auch nicht glatt und irgendwie trüb …«

»Tja, ein Spiegel, der ist glatt und glänzend, aber eine Schüssel doch nicht …«

»Und sie klingt dumpf …«

»So? Dann hat sie wohl einen Riss.«

»Eben, sie hat einen Riss …«

»So ist die Welt nun mal, meine Liebe, alles darin ist rissig … Da, auch Ihr Tuch hat einen Riss, gute Frau …«

Die Frau wird rot und zupft an ihrem Brusttuch.

»Schauen Sie ruhig noch, Pani, vielleicht finden Sie ja eine bessere Schüssel.«

Die Frau mustert die Schüsseln, und der Verkäufer, der reglos unterm Karren liegt, mustert sie.

»Seien Sie so freundlich, sagen Sie, ist die hier gut?« Die Frau zeigt ihm das ausgewählte Stück.

»Die? Die beste von allen …«

Der Handel beginnt. Er dauert lange, wird häufig unterbrochen von Pausen, in denen sich die Frau immer neue Mängel an der Schüssel ausdenkt und der Verkäufer die Ruhe im Schatten seines Karrens genießt.

Munterer handeln die Ukrainerinnen. Sie verkaufen ein rosarotes Getränk, Kirschen und Plötzen. Ganze Berge dieser Fische liegen auf der Erde, und weil sie hier sehr beliebt sind, werden sie eifrig gekauft. Die klingenden Stimmen der Frauen gellen in den Ohren.

»Schwarzmeerfische aus Kertsch, gesalzen und frisch!«

»Und hier noch mehr bester Fisch!«

Es wird Abend. Die Sonne steht schon tief über den Wiesen, und ihre letzten Strahlen färben den Staub, der wie eine Wolke über dem Markt hängt, rosa. Das Vieh wird zum Psel hinuntergetrieben, man hört Muhen, Schimpfen, irgendwo wird gesungen. Fröhliche Flötentöne klingen vom Friedhof herüber. Dort hat sich an dem Erdwall, der den Gottesacker begrenzt, eine Schar junger Leute versammelt – in Sichtweite der Gräber der Großväter und ohne sich um sie zu scheren, wollen sie dort tanzen.

Die Pappeln auf dem Friedhof neigen sacht die Wipfel, als protestierten sie gegen die Verletzung des Friedens und der Ruhe an diesem Ort der Stille.

»Ach, ich bin jetzt eine Frau, brauche endlich einen Mann …«, singen zwei Betrunkene auf dem Weg zum Friedhof. Sie stoßen mit den Schultern gegeneinander und schwanken, als wären sie verletzt. Beide haben selige rote Gesichter, beide sind ganz heiser von der Anstrengung des gemeinsamen Gesangs: Der eine hat sich die Mütze aufs Ohr geschoben, der andere hält seine in der Hand und merkt nicht, dass aus ihr lose Stoff- und Hanffetzen heraushängen. Vom Friedhof kommen ihnen übermütige Flötenklänge entgegen und das rhythmische Stampfen von Füßen, die eifrig Hopak tanzen.

Die Schatten der Karren werden immer länger. Die Hitze lässt nach. Von den Wiesen weht der Geruch von frischgemähtem Gras herüber.

Die Sonne ist untergegangen, am Himmel stehen reglos leichte Wolken, noch rosa vom Abendrot. Der Lärm legt sich allmählich; die Menschen, erschöpft von der Mühsal und der Hitze des Tages, legen sich im Freien und unter ihren Karren schlafen. Ochsen kauen schnaufend Heu; Pferde schnauben.

Nun sind alle Laute einzeln und klar zu hören, sie verschmelzen nicht mehr zu dem Dröhnen, das am Tag die Ohren betäubt und berauscht hat. Da ertönt feierliche Musik. Vor einem blinden Akkordeonspieler steht eine schweigende Menge mit entblößtem Kopf und lauscht andächtig.

»Lobet und preiset den He-herrn, unseren Schöpfer«, singt der Blinde und begleitet sich auf seinem klangvollen Instrument. Die dunklen, beruhigenden Töne schweben traurig in der Luft über den Köpfen der mit Schweiß und Staub bedeckten Menschen, denen nach Beten zumute ist. Manche flüstern etwas – sie bewegen die Lippen, andere seufzen … Die meisten sind stumm, reglos und tiefernst.

Vom Friedhof aber dringt übermütiger Gesang herüber, ein kräftiger Chor junger Stimmen: »He-he!«, dröhnt der Refrain.

Man hört, dass dieses Lied in der weiten Steppe gesungen wurde, auf Pferden, bei Feldzügen, von den freiheitsliebenden alten Helden, die ihr ungestümes heißes Blut für »den christlichen Glauben und die Freiheit der Kosaken« vergossen …

»Gott ist unsere Zuflucht und Stärke …«, singt und spielt der Blinde.

Die Nacht kommt.

Da und dort sind Feuer entzündet worden, Menschen sitzen um sie herum, rötlich schimmernd im Schein der Flammen. Angenehme Frische weht von den Wiesen herüber, von dort, wo der Psel, dunkel, schön und schnell, zielstrebig zum Dnepr eilt und mit ihm zum Meer. Sterne flammen auf.

Die Nacht kommt.

1897

Kain und Artjom

Kain war ein flinker kleiner Jude mit spitzem Kopf und magerem gelbem Gesicht; auf seinen Wangen und seinem Kinn wuchsen Büschel stachliger roter Haare, sodass sein Gesicht wirkte, als stecke es in einem ausgefransten alten Plüschrahmen, dessen oberen Teil der Schirm einer schmuddeligen Mütze bildete.

Unter dem Mützenschirm und den roten, wie gezupft aussehenden Brauen blitzten kleine graue Augen hervor. Sie blieben nur selten auf einem Gegenstand ruhen, sondern huschten stets rasch nach allen Seiten und streuten Lächeln aus – schüchtern, unterwürfig, einschmeichelnd.

Jeder, der dieses Lächeln sah, erkannte sofort, dass das Grundgefühl des Menschen, der so lächelte, Angst war – Angst vor jedem, Angst, die sich im nächsten Augenblick zu Entsetzen steigern konnte. Also schürte jeder, der wollte, durch Spott und Schubsereien dieses stets angespannte Gefühl des Juden, von dem nicht nur seine Nerven durchdrungen waren, sondern, wie es schien, selbst die Falten seiner Segeltuchkleider – auch sie, die seinen knochigen Leib von den Schultern bis zu den Fersen einhüllten, schlotterten ständig.

Der Jude hieß Chaim, wurde aber Kain genannt. Das war einfacher als Chaim, dieser Name war den Menschen vertrauter, und er war recht beleidigend. Er passte zwar nicht zu der kleinen, verschreckten, schwachen Gestalt, doch alle meinten, er beschreibe den Körper und die Seele des Juden ganz treffend, während er ihn zugleich verletzte.

Er lebte unter Menschen, die das Schicksal gekränkt hatte,

und mit Freuden kränkten sie nun ihren Nächsten, und das ziemlich gekonnt, denn vorerst vermochten sie sich nur so für ihre eigenen Verletzungen zu rächen. Kain zu kränken war leicht: Wenn sie ihn verspotteten, lächelte er nur schuldbewusst, ja, manchmal half er ihnen sogar, über ihn zu lachen, als bezahlte er seine Beleidiger so für das Recht auf sein Dasein unter ihnen.

Natürlich lebte er vom Handel.

Er lief mit einem Holzkasten durch die Straßen und rief mit dünner Stimme: »Schuhwichse! Streichhölzer! Haarnadeln! Kurzwaren! Krimskrams aller Art!«

Eine weitere Eigenheit: Er hatte große, abstehende Ohren, und sie waren ständig in Bewegung wie bei einem schreckhaften Pferd.

Seinen Handel trieb er in einer Straße mit Namen Schichan*, einem Ort, wohin es die Armen und Zerlumpten der Stadt geschwemmt hatte – allerlei »Ausgesonderte«. Es war eine schmale Straße mit hohen alten Häusern; sie beherbergten Nachtasyle, Schenken, Brotbäckereien, Krämerläden, Schrott- und Trödelhandlungen und waren von Dieben und Hehlern, Kleinhändlern und Imbissverkäuferinnen bewohnt. In dieser Straße gab es immer viel Schatten, viel Schmutz und viele Betrunkene; im Sommer war sie gesättigt vom Geruch nach Fäulnis und Wodkadunst. Die Sonne, als fürchtete sie, ihre Strahlen zu beschmutzen, warf nur am frühen Morgen einen kurzen, vorsichtigen Blick auf diesen Ort.

Die Straße lag am Hang eines Hügels, nicht weit vom Ufer eines großen Flusses, und war stets voller Packer, Hafenarbeiter und Dampfschiff-Matrosen, die sich hier betranken und auf ihre Weise vergnügten, und in verborgenen Winkeln der Straße lauerten die Diebe auf die Betrunkenen. An den Gehwegen standen die Tonschalen der Pelmeni-Verkäuferinnen und die Stände der Piroggen- und In-

* (baschk.) Hügel.

nereien-Händler. Scharenweise Arbeitsleute vom Fluss verzehrten gierig die heißen Speisen, Betrunkene grölten wilde Lieder und beschimpften einander, Verkäufer lobten lauthals ihre Waren, um Kunden anzulocken; polternde Fuhrwerke bahnten sich mühsam einen Weg durch die Gruppen von Menschen, die etwas kauften, verkauften oder auf der Suche nach Arbeit oder einem Glücksfall waren. Wie ein Strudel fegte das Geräuschchaos durch die enge Straßenschlucht und zerschellte an den schmutzigen Wänden ihrer Gebäude.

In dieser Schlucht brodelnden Unrats, erfüllt von ohrenbetäubendem Lärm und zynischen Reden, flitzten und lungerten stets Kinder herum – in jedem Alter, doch alle gleichermaßen schmuddelig, hungrig und verdorben. Von morgens bis abends liefen sie hier herum, lebten von der Güte der Händlerinnen und der Geschicklichkeit ihrer Hände, und nachts schliefen sie irgendwo abseits in einem Torbogen, unter einem Piroggenstand oder in der Nische eines Kellerfensters. Bei Sonnenaufgang waren diese Opfer von Rachitis und Skrofulose schon wieder auf den Beinen, um erneut schmackhafte Bissen zu stehlen oder unverkäufliche zu erbetteln. Zu wem diese Kinder gehörten? Zu allen …

Durch diese Straße zog auch Kain Tag für Tag, schrie seine Waren aus und verkaufte sie an die Frauen. Sie liehen sich bei ihm für ein paar Stunden zwanzig Kopeken, verpflichteten sich, zweiundzwanzig zurückzuzahlen, und beglichen ihre Schulden stets pünktlich. Überhaupt hatte Kain in der Straße viel zu tun: Arbeitern, die Geld zum Trinken brauchten, kaufte er Hemden, Mützen, Stiefel und Harmonikas ab und Frauen Röcke, Jacken und billigen Schmuck, dann tauschte er die Sachen oder verkaufte sie mit zehn Kopeken Gewinn weiter. Ständig war er dabei Spott und Prügel ausgesetzt, wurde bisweilen sogar ausgeraubt. Über all das beklagte er sich nie, sondern lächelte nur sein sanftes tragisches Lächeln.

Es kam vor, dass zwei, drei Burschen, die aus Hunger oder im Rausch zu allem bereit waren, selbst zum Töten, den Juden in einem finsteren Winkel überfielen, wo er dann vor ihnen auf dem Boden saß, niedergestreckt von einer Faust oder seiner eigenen Angst, krampfhaft in seinen Taschen kramte und die Räuber zitternd anflehte: »Werte Herren! Gute Herren! Nehmt mir nicht alles ... Womit soll ich denn handeln?«

Dabei zitterte sein mageres Gesicht förmlich vom unentwegten Lächeln.

»Na, hör auf zu winseln! Gib uns nur dreißig Kopeken ...«

Diese guten Herren wussten sehr wohl, dass man einer Kuh nicht das ganze Euter ausreißt, wenn man Milch haben will.

Manchmal stand Kain danach wieder auf und lief mit ihnen durch die Straße, witzelte und lächelte; auch sie redeten mit ihm, spöttisch und gönnerhaft, und alle verhielten sich offen und ungezwungen. Nach einem solchen Erlebnis wirkte Kain höchstens noch magerer – mehr nicht.

Mit seiner Gemeinde schien er uneins zu sein. Nur selten wurde er mit Glaubensbrüdern gesehen, und es fiel auf, dass sie ihn stets von oben herab und mit Verachtung behandelten. In der Straße ging das Gerücht um, über Kain sei ein »Cherem«* verhängt worden, und eine Zeitlang nannten ihn die Straßenhändlerinnen einen Verfluchten.

Das stimmte vermutlich nicht, obgleich Kain zweifellos Anzeichen von Ketzerei zeigte: Er hielt den Sabbat nicht ein und aß »unkoscheres« Fleisch. Deshalb wurde er oft bedrängt, gebeten und aufgefordert zu erklären, wie er es wagen könne, etwas zu essen, das sein Glaube verbot. Dann zuckte er zusammen, lächelte, tat es mit einem Scherz ab oder lief davon; nie sprach er vom Glauben und den Sitten der Juden.

* (hebr.) Bann.

Selbst die unglücklichen Kinder der Straße verfolgten ihn, bewarfen seinen Bauchladen oder seinen Rücken mit Dreckklumpen, Melonenschalen und allerlei Plunder. Er versuchte, sie mit sanften Worten davon abzuhalten, meist aber floh er vor ihnen in die Menge, wohin sie ihm nicht folgten, aus Angst, dort zertrampelt zu werden.

So lebte Kain Tag für Tag, von allen gekannt und von allen gehetzt, trieb Handel, zitterte vor Angst, lächelte – und eines Tages schenkte das Schicksal auch ihm ein Lächeln.

In jedem Winkel des Daseins gibt es einen eigenen Despoten. In der Schichan war es der schöne Artjom, ein gewaltiger Hüne mit einem Kopf voller dichter schwarzer Locken. Diese weichen Haare fielen ihm in eigenwilligen Ringeln in die Stirn, auf die herrlichen samtigen Brauen und bis zu den riesigen ovalen braunen Augen, auf denen stets ein öliger Schleier lag. Seine Nase war gerade, von antiker Ebenmäßigkeit, seine Lippen waren rot und voll, darüber wuchs ein großer schwarzer Schnurrbart; sein ganzes reines, rundes, bräunliches Gesicht war wunderbar ebenmäßig und schön, die verschleierten Augen passten zu ihm, sie schienen seine Schönheit zu ergänzen, ja erst auszumachen. Breitbrüstig, hochgewachsen und schlank, immer ein Lächeln auf den Lippen, war er in der Schichan der Schrecken der Männer und die Freude der Frauen. Den größten Teil des Tages verbrachte er irgendwo in der Sonne liegend – massig und faul, atmete er Luft und Sonnenlicht mit trägen Zügen ein, wobei sich seine gewaltige Brust hoch und gleichmäßig wölbte.

Er war Mitte zwanzig. Drei Jahre zuvor war er mit einem Hafenarbeiter-Artel aus Promsino gekommen – einem Dorf im Gouvernement Simbirsk, aus dem die besten, die stärksten Packer an der Wolga stammen – und nach dem Ende der Schifffahrtssaison über den Winter geblieben, nachdem er festgestellt hatte, dass er es dank seiner Kraft und seiner Schönheit auch ohne zu arbeiten gut haben konnte. So war aus dem Jungen vom Lande und dem Hafenarbeiter der Liebling der Pelmeni-Händlerinnen, Ladeninhaberinnen und übrigen Frauen in der Schichan geworden. Diese Art der Beschäftigung verhalf ihm zu Essen, Wodka und Tabak, wann immer er wollte; mehr vermochte er sich nicht zu wünschen – und so lebte er.

Die Frauen stritten sich seinetwegen, schlugen sich sogar; sie wurden bei ihren Ehemännern oder Geliebten angeschwärzt und von ihnen grausam verprügelt – Artjom ließ das alles gleichgültig, er lag in der Sonne, räkelte sich wie ein Kater und wartete, dass sich in ihm einer seiner wenigen Wünsche regte.

Meist lag er auf dem Hügel, an den die Straße stieß. Hier sah er den Fluss direkt vor sich, dahinter erstreckte sich bis zum Horizont ein grüner Teppich aus Wiesen, da und dort gesprenkelt mit grauen Flecken – das waren Dörfer. Dort war es immer still, klar und grün … Wandte er den Kopf nach links, überblickte er seine gesamte Straße, dort herrschte lebhaftes Treiben; wenn er angestrengt in das dunkle Gewirr spähte, erkannte er die Gestalten von Bekannten, er hörte hungriges Gebrüll und hing vielleicht seinen Gedanken nach. Um ihn herum, auf dem Hügel, wuchs dichtes Gestrüpp, standen vereinzelte dürre Birken und abgebrochene Holunderbüsche – hier schliefen die Landstreicher ihren Rausch aus, spielten Karten, flickten ihre Kleider oder erholten sich von der Arbeit und von Prügeleien.

Artjom war unter ihnen nicht wohlgelitten. Er war ihnen an Stärke überlegen und schlug häufig über die Stränge, außerdem verdiente er sich sein Brot allzu mühelos. Das weckte Neid; überdies teilte er seine Beute selten mit jemandem. Überhaupt waren kameradschaftliche Gefühle in ihm gering ausgebildet, und er neigte nicht zum Austausch mit anderen Menschen. Wenn jemand zu ihm kam und ihn ansprach, antwortete er gern, aber nie begann er selbst ein Gespräch; bat ihn jemand um Geld für einen Katerschluck, gab er es ihm, doch nie bewirtete er einen Bekannten aus eigenem Antrieb. Unter den Landstreichern aber war es üblich, jede erbeutete Kopeke in Gesellschaft zu vertrinken und zu verzehren.

Hierher ins Gebüsch kamen die Liebesboten zu Artjom – in Gestalt eines zerlumpten, schmuddeligen kleinen Mädchens aus der Schichan oder eines ebenso schmuddeligen Jungen. Immer sehr junge Menschen, sieben, acht Jahre alt, selten zehn, aber sie alle waren durchdrungen vom Bewusstsein der Wichtigkeit ihres Auftrags, sprachen halblaut und trugen eine geheimnisvolle Miene zur Schau …

»Onkel Artjom, Tante Marja lässt ausrichten, ihr Mann ist weggefahren, du sollst heute ein Boot ausleihen und mit ihr auf die Wiesen fahren …«

»Soo«, sagt Artjom gedehnt, und seine schönen Augen lächeln verschwommen.

»Unbedingt, sagt sie …«

»Kann ich machen … Aber … also … wer ist eigentlich Tante Marja?«

»Na, die Händlerin doch«, sagt der Bote vorwurfsvoll.

»Die Händlerin … hm, ja? Die neben dem Eisenwarenladen?«

»Nein, neben dem Eisenwarenladen, das ist doch Anissja Nikolajewna … also!«

»Ja, ja, Bruder, weiß ich doch … Ich hab nur so getan … Aus Spaß! … Als ob ichs vergessen hätte … klar kenn ich die Marja.«

Doch der Bote ist sich nicht sicher, er möchte seinen Auftrag gut erledigen und erklärt beharrlich: »Marja, das ist die kleine Rotbäckige, neben dem Fisch …«

»Ja, ja! … Die neben dem Fisch. Klar! Spaßvogel! Meinst du, das weiß ich nicht? Schön, sag der Marja, ich komme. Er kommt, sag ihr. Geh!«

Der Bote macht ein zuckersüßes Gesicht und bettelt: »Onkel Artjom, gib mir eine Kopeke!«

»Eine Kopeke? Und wenn ich keine hab?«, sagt Artjom, schiebt beide Hände gleichzeitig in die Taschen seiner Pluderhose und findet immer eine Münze.

Freudig lachend eilt der Bote davon, um der verliebten Innereienhändlerin die erfolgreiche Erledigung des Auftrags zu melden und auch von ihr eine Belohnung zu erhalten. Er kennt den Wert des Geldes und braucht es nicht nur, um seinen Hunger zu stillen, sondern auch, weil er Papirossy raucht, Wodka trinkt und seine eigenen kleinen Herzensangelegenheiten hat. Am Tag nach einer solchen Szene ist Artjom noch weniger empfänglich für die Eindrücke des Lebens und noch eindrucksvoller in seiner einzigartigen Schönheit eines mächtigen, aber friedlichen Tiers.

So floss dieses satte, beinahe animalische Dasein dahin, das trotz der zahllosen Neider, eifersüchtigen Männer und Frauen friedlich war, friedlich, weil die gewaltige Kraft von Artjoms Faust es schützte.

Doch manchmal verdichtete sich in den braunen Augen des Schönen etwas Dunkles, Bedrohliches; seine samtigen Brauen zogen sich zornig zusammen, eine tiefe Falte furchte seine gebräunte Stirn. Dann stand er auf, verließ sein Lager und ging in die Straße, und je näher er ihrem Treiben kam, desto runder wurden seine Pupillen, desto stärker bebten seine feinen Nüstern. Über seiner linken Schulter hing eine strohgelbe Jacke aus Bauerntuch, die rechte bedeckte nur ein Hemd, das nicht verbarg, wie mächtig die Schulter war. Er mochte keine Stiefel und trug stets Bastschuhe; die hübsch gekreuzten weißen Fußlappen betonten die Konturen seiner Waden. Er bewegte sich langsam, wie eine große Gewitterwolke.

Die Straße kennt sein Gebaren und sieht schon an seinem Gesicht, was sie von Artjom zu erwarten hat.

Ein warnendes Flüstern ertönt: »Da kommt Artjom!«

Hastig wird dem Schönen der Weg frei gemacht, Stände mit Waren und Schalen mit heißen Speisen werden weggerückt, alle lächeln ihn unterwürfig an, verbeugen sich. Und er schreitet durch all die Zeichen der Aufmerksamkeit und der Angst vor seiner Kraft hindurch – düster, schweigsam, von wilder Schönheit wie ein großes Raubtier.

Sein Fuß stößt gegen einen Stand mit Kaldaunen, Leber und Lunge, und alles fliegt auf die schmutzige Fahrbahn. Der Händler schreit verzweifelt auf und flucht.

»Was stehst du auch im Weg?«, fragt Artjom ruhig, aber unheilverkündend.

»Wieso musst du gerade hier durch, du Stier?«, heult der Händler.

»Wenn ich nun mal gerade hier lang will?«

Artjoms große Kaumuskeln schwellen an, und seine Augen sind wie rotglühende Nägel.

Der Verkäufer sieht das und murmelt: »Die Straße ist wohl zu eng für dich …«

Langsam läuft Artjom weiter.

Der Händler geht in eine Schenke, holt dort heißes Wasser, wäscht damit seine Ware ab und ruft fünf Minuten später wieder über die ganze Straße: »Leber, Lunge, heiße Herzen! He, Matrose! Komm her, koste mal – ich schneid dir Zunge ab! Gute Frau, kauf einen Hals! Wer will ein heißes Herz? Leber, Lunge!«

Der Lärm von Stimmen und der schwere Geruch nach Fäulnis, Wodka, Schweiß, Teer und Zwiebeln wogt durch die Straße. Die Menschen schlendern die Fahrbahn entlang, behindern die Pferde, schreien, feilschen, lachen. Hoch über ihnen – ein blauer Streifen Himmel, trüb vom Staub und Unrat, den diese Straße aufwirbelt, in der selbst die Schatten der Häuser grau und schmutzgetränkt wirken.

»Kurzwaren! Garne! Nadeln!«, ruft Kain und beobachtet Artjom, der ihm noch mehr Angst einflößt als den anderen.

»Piroggen mit Birnenmus, für jeden ein Genuss!«, ruft hell eine junge Verkäuferin.

»Zwiebeln, grüne Zwiebeln!«, fällt eine andere ein.

»Kwaaass! Kwaaass!«, quäkt heiser ein kleiner dicker Alter mit rotem Gesicht, der im Schatten des Fasses mit seiner Ware sitzt.

Und ein Mann, der in der Straße den seltsamen Spitznamen Zerlumpter Bräutigam trägt, will einem Hafenarbeiter ein schmutziges, aber solides Hemd von sich verkaufen und ruft eindringlich: »Du Tölpel! Wo kriegst du für zwanzig Kopeken so ein Prachtstück? In so einem Hemd kannst du um eine Kaufmannsfrau anhalten! Eine millionenschwere Braut – verdammt!«

Plötzlich dringen durch das allgemeine wilde, aber harmonische Geschrei und Geheul die hellen Töne einer Kinderstimme: »In Chri-hi-sti Na-a-men, eine Ko-pee-ke … für eine a-arme Wai-se … ohne Vater und ohne Mutter …«

Seltsam und fremd klingt in dieser Straße der Name Christi.

»Artjuscha! Komm her!«, ruft die muntere Soldatenwitwe Darja Gromowa, die mit Pelmeni handelt. »Wo warst du so lange? Hast uns wohl vergessen?«

»Hast viel verkauft?«, fragt Artjom ruhig und wirft mit einem leichten Fußtritt ihre Ware um. Die Pelmeni, gelb und glitschig, rutschen über das Straßenpflaster, Dampf steigt von ihnen auf, und Darja schreit wütend, kampfeslustig: »Ich kratz dir die schamlosen Augen aus! Räuber! Dass die Erde dich noch trägt, du Astrachaner Kamel!«

Alle lachen – sie wissen, dass sie Artjom verzeihen wird.

Er aber läuft so langsam wie zuvor weiter, schubst jeden beiseite, bahnt sich rücksichtslos seinen Weg, rempelt die Leute an und tritt ihnen auf die Füße.

Ihm voran eilt wie eine Schlange das warnende Flüstern: »Da kommt Artjom!«

Selbst wer diese Worte zum ersten Mal hört, spürt die Bedrohung darin, macht Platz für Artjom und betrachtet vorsichtig die mächtige Gestalt des schönen Mannes.

Da trifft Artjom einen Barfüßler, den er kennt. Sie begrüßen sich, Artjom drückt mit seiner eisernen Pranke die Hand seines Bekannten so fest, dass der vor Schmerz aufschreit und flucht. Nun presst ihm Artjom die Schulter zusammen oder fügt ihm auf andere Weise Schmerzen zu und beobachtet gelassen und wortlos, wie der Mann unter seiner Hand stöhnt und ächzt, vor Schmerzen keucht und flüstert: »Lass los, du Henker!«

Doch der Henker ist unbeugsam wie ein Richter.

Auch Kain geriet oft in die grausamen Hände von Artjom, der mit ihm spielte wie ein Kind mit einem Käfer.

Dieses eigenwillige Verhalten des Kraftprotzes hieß in der Schichan »Artjuschas Ausgang«. Es brachte ihm eine Menge Feinde ein, doch sie konnten seine ungeheure Kraft nicht brechen, auch wenn sie es zuweilen versuchten. So taten sich einmal mit Billigung der ganzen Straße sieben kräftige Kerle zusammen, um Artjom eine Lektion zu erteilen und ihn zu bändigen. Zwei bezahlten teuer für diesen Versuch, die Übrigen kamen glimpflich davon. Ein andermal dingten einige Krämer – beleidigte Ehemänner – einen in der ganzen Stadt berühmten Kraftmenschen, einen Fleischer, der mehrfach Zirkusathleten im Zweikampf besiegt hatte. Der wollte Artjom gegen eine hohe Belohnung halbtot schlagen. Die beiden wurden zusammengebracht, und Artjom, der eine Prügelei »zum Vergnügen« nie ausschlug, renkte dem Fleischer den Arm aus und streckte ihn mit einem Schlag in die Magengrube bewusstlos nieder. Das trug Artjoms Kraft noch höheres Ansehen und natürlich auch noch mehr Feinde ein.

Er unternahm nach wie vor seine »Ausgänge«, bei denen er alles und jeden auf seinem Weg zermalmte. Welche Gefühle drückte er wohl auf diese Weise aus? Vielleicht war es die Rache eines Menschen der Felder und Wälder, der sich von seinem Boden gelöst hatte, an der Stadt und ihren Regeln; vielleicht spürte er vage, dass die Stadt ihn zugrunde richtete, dass sie ihr Gift in seinen Körper und seine Seele träufelte, und weil er das spürte, kämpfte er so gegen diese verhängnisvolle Macht an, die ihn versklavte. Manchmal endete sein »Ausgang« auf dem Revier, wo die Polizei ihn besser behandelte als andere aus der Schichan, weil sie seine sagenhafte Kraft bestaunte und bewunderte und weil sie wusste, dass er kein Dieb war, kein Dieb sein konnte – dafür war er zu dumm. Meist aber besuchte Artjom nach einem solchen »Ausgang« eine Spelunke, und dort nahm ihn eine der in ihn verliebten Frauen unter ihre Fittiche. Nach seinen Heldentaten war er immer düster und launisch, in seinen Augen saß etwas Wildes, und das reglose Gesicht ließ ihn schwachsinnig aussehen. Irgendeine bis ins Mark fettverschmierte Händlerin, ein tüchtiges Weib im Balzacschen Alter, kümmerte sich um ihn mit der Miene der Besitzerin dieses Raubtiers und voller Angst vor ihm.

»Soll ich vielleicht noch ein paar Bierchen bestellen, Artjuscha? Oder einen Likör? Und willst du nicht was essen? Du bist ja heute so matt, mein Guter …«

»Lass mich!«, sagte Artjom dann dumpf, und eine Weile ließ sie davon ab, ihn zu umsorgen, bis sie fortfuhr, den Schönen betrunken zu machen, denn sie wusste, dass Artjom nüchtern mit Zärtlichkeiten geizte.

Eines Tages gefiel es dem Schicksal, das oft seine Scherze treibt, diesen Mann und Kain zusammentreffen zu lassen.

Das geschah so.

Nach einem »Ausgang« und einem üppigen Gelage im Anschluss war Artjom mit seiner Dame torkelnd auf dem Weg zu ihr nach Hause durch eine enge und menschenleere Gasse der Vorstadt. Dort wurde er erwartet. Mehrere Männer überfielen ihn und streckten ihn sofort nieder. Vom Schnaps geschwächt, konnte er sich kaum verteidigen, und so rächten sich die Männer eine ganze Stunde lang für die zahlreichen Kränkungen, die er ihnen zugefügt hatte. Artjoms Begleiterin floh, die Nacht war dunkel, der Ort menschenleer – allerbeste Voraussetzungen für eine gründliche Abrechnung mit Artjom, und die Männer nutzten sie, ohne ihre Kräfte zu schonen. Als sie erschöpft waren und aufhörten, lagen zwei reglose Körper am Boden – der schöne Artjom und ein Mann mit Namen Roter Bock.

Die wackeren Männer berieten, was sie mit den beiden machen sollten, und entschieden, Artjom unter einer von einem Eisbrecher beschädigten Barke zu verstecken, den Roten Bock aber mitzunehmen.

Als sie Artjom zum Ufer schleiften, kam er vor Schmerzen zu sich, doch da er ahnte, dass es für ihn jetzt vorteilhafter wäre, tot zu sein, schwieg er und beherrschte seinen Schmerz. Die Männer schleppten ihn, fluchten und brüsteten sich voreinander mit den Schlägen, die sie dem Kraftprotz verpasst hatten. Artjom hörte Mischka Wawilow zu seinen Kameraden sagen, er habe mit seinen Fußtritten gegen Artjom vor allem unters linke Schulterblatt gezielt, damit ihm das Herz platze. Suchopljujew erzählte, er habe immer auf den Bauch gedroschen, denn wenn man einem Menschen die Gedärme verletze, schlage alles Essen nicht mehr an, er könne essen, so viel er wolle – er hätte keine Kraft mehr. Auch Lomakin erklärte, er sei zweimal mit den Füßen auf Artjoms Bauch gesprungen. Ebenso glanzvoll hatten sich die Übrigen hervorgetan, womit sie prahlten, bis sie die Barke erreichten und Artjom darunterschoben. Er hörte alle ihre Reden, auch, wie sie im Weggehen einhellig entschieden, dass er, Artjom, nicht wieder auf die Beine kommen würde.

Dann war er allein, im Dunkeln, auf einem Haufen Müll, den die Wellen bei Hochwasser unter die Barke gespült hatten. Es war eine frische Mainacht, und diese Frische ließ Artjom immer wieder zu Bewusstsein kommen. Als er jedoch versuchte, zum Fluss zu kriechen, fiel er von den entsetzlichen Schmerzen im ganzen Körper erneut in Ohnmacht. Dann kam er wieder zu sich, gepeinigt von Schmerzen und gemartert von schrecklichem Durst. Zum Greifen nahe plätscherte der Fluss leise gegen das Ufer, als wollte er Artjoms Schwäche verhöhnen. Die ganze Nacht verbrachte Artjom in diesem Zustand und wagte nicht zu stöhnen oder sich zu rühren.

Als er erneut einmal zu sich kam, spürte er, dass ihm etwas Gutes widerfahren war, das seine Schmerzen sehr linderte. Mühsam konnte er ein Auge öffnen und die aufgeplatzten, geschwollenen Lippen bewegen. Es war Tag, denn durch die Spalte der Barke drangen Sonnenstrahlen und schufen um Artjom herum Finsternis. Er schaffte es, die Hand zum Gesicht zu heben, und ertastete darauf nasse Lappen. Auch auf seiner Brust und auf seinem Bauch lagen Lappen. Er war vollkommen entkleidet, und die Kälte verminderte seine Qualen.

»Trinken!«, sagte er, denn er ahnte vage, dass jemand bei ihm sein musste. Eine zitternde Hand langte über seinen Kopf und schob ihm einen Flaschenhals in den Mund. Die Flasche bebte in der Hand, die sie hielt, und schlug Artjom gegen die Zähne. Nachdem Artjom etwas Wasser getrunken hatte, wollte er wissen, wer da bei ihm war, doch der Versuch, den Kopf zu drehen, scheiterte an einem heftigen Schmerz im Hals. Da begann er heiser und stockend zu sprechen.

»Wodka … einen Schluck … und zum Einreiben … Dann würd ich … aufstehen, glaub ich …«

»Aufstehen? Sie können nicht aufstehen. Sie sind ganz blau und aufgeschwollen, wie ein Ertrunkener. Aber Wodka, das geht, Wodka ist da … ich habe eine ganze Flasche Wodka …«

Die Stimme sprach leise, schüchtern und sehr schnell. Artjom kannte sie, konnte sich aber nicht besinnen, wem sie gehörte, welcher Frau.

»Gib her«, sagte er.

Wieder reichte ihm jemand, der offenbar seinem Blick

auswich, eine Flasche von hinten über den Kopf. Mühsam schluckte Artjom den Wodka, ein Auge auf den feuchten, mit Schimmelpilzen besiedelten schwarzen Boden der Barke gerichtet.

Als er mehr als ein Viertel der Flasche geleert hatte, atmete er tief und erleichtert ein und sagte mit einem Rasseln in der Brust und schwacher, tonloser Stimme: »Die haben mich ganz schön vermöbelt … Aber warte … ich stehe wieder auf! Und dann wehe euch …«

Er bekam keine Antwort, vernahm jedoch ein Rascheln – als sei jemand zurückgewichen –, und dann wurde es still, nur die Wellen plätscherten, und irgendwo weit weg wurde laut johlend das Lied vom Knüppelchen gesungen. Eine Dampfersirene pfiff durchdringend, heulte auf, brach ab und tutete kurz darauf so düster, als wollte sie sich für immer vom Land verabschieden. Artjom wartete lange auf eine Erwiderung, doch unter der Barke blieb es still, und ihr schwerer, von grünlicher Fäulnis durchdrungener Boden schaukelte über seinem Kopf, hob und senkte sich, als wollte er mit Schwung niedersausen und ihn zu Tode quetschen.

Artjom tat sich selbst leid. Seine fast kindliche Hilflosigkeit war ihm nun deutlich bewusst, und zugleich war er zutiefst gekränkt. Er, der so stark war, so schön, war so verletzt, so verunstaltet worden! Mit schwachen Händen tastete er die Schrammen und Beulen in seinem Gesicht und auf seiner Brust ab, dann fluchte er bitter und begann zu weinen. Er schluchzte, schniefte, fluchte und presste durch die geschwollenen Lider mühsam die Tränen heraus, die aus seinen Augen quollen. Groß und heiß flossen sie über seine Wangen, rannen ihm in die Ohren, und ihm schien, als würde durch die Tränen etwas in ihm gereinigt.

»Na schön! Wartet nur!«, murmelte Artjom unter Schluchzen.

Plötzlich hörte er ganz in der Nähe, als wollte ihn jemand

nachäffen, ebenfalls unterdrücktes Schluchzen und Flüstern.

»Wer ist da?«, fragte er drohend, obwohl er sich fürchtete.

Keine Antwort.

Da nahm Artjom alle Kraft zusammen, drehte sich auf die Seite, brüllte vor Schmerzen wie ein Tier, stützte sich auf die Ellbogen und entdeckte im Dunkeln eine kleine Gestalt, die zusammengekrümmt an der Wand der Barke hockte. Der Unbekannte hatte die langen, mageren Arme um die Knie geschlungen und den Kopf darauf gepresst, seine Schultern bebten; Artjom hielt ihn für einen halbwüchsigen Jungen.

»Komm her!«

Der Angesprochene gehorchte nicht und bebte weiter wie im Fieber.

Schmerzen und Angst vor der Gestalt trübten Artjoms Blick, und er heulte: »Komm heeer!«

Die Antwort war ein ganzer Schwall zitternder, hastiger Worte.

»Was hab ich Ihnen denn Böses getan? Warum schreien Sie mich an? Habe ich Sie nicht mit Wasser gewaschen, Ihnen zu trinken gegeben, Ihnen Wodka gebracht? Habe ich nicht geweint, als Sie geweint haben, tat es mir nicht weh, als Sie stöhnten? O mein Gott und Herr im Himmel! Selbst mein Gutes bringt mir nur Qualen! Was habe ich Ihrer Seele oder Ihrem Leib Böses getan? Was kann ich Ihnen Böses tun – ich! Ich! Ich!«

Nach diesen drei Ausrufen am Ende seiner Rede schwieg der Mensch, griff sich mit beiden Händen an den Kopf und wiegte sich, auf der Erde sitzend, vor und zurück.

»Kain? Ach … das bist du!«

»Na und?«

»Du? Na! Das alles – das warst du? Ach was! Nun komm schon her. Na, du Narr!«

Artjom war vor Überraschung ganz verwirrt und spürte zugleich Freude in sich aufsteigen. Er lachte sogar, als er sah, wie schüchtern der Jude, den er kannte, auf allen vieren näherkroch und wie ängstlich die kleinen Äuglein in dem komischen Gesicht zwinkerten. Es schien ihm angebracht, den Juden zu ermuntern.

»Keine Angst! Ich tu dir nichts, bei Gott!«

Als Kain Artjoms Füße erreicht hatte, hielt er inne und musterte sie mit einem so furchtsamen und bittenden Lächeln, als rechnete er damit, dass sie seinen von Angst zermürbten Körper zertrampeln würden.

»Na! Das warst also du! Du hast das alles getan? Wer hat dich geschickt – Anfissa?«, fragte Artjom, dem die Zunge kaum gehorchte.

»Ich bin von selber gekommen!«

»Von selber? Du lügst!«

»Ich lüge nicht, ich lüge nicht!«, flüsterte Kain hastig. »Ich bin von selber gekommen, bitte glauben Sie mir! Ich will erzählen, wie ich gekommen bin. Also, hören Sie. Ich hab in der Räuberhöhle davon gehört … Ich sitze da und trinke Tee, da hör ich: Artjom wurde heute Nacht totgeschlagen. Ich habs nicht geglaubt – ph! Kann man Sie etwa totschlagen? Ich hab still vor mich hin gelacht. Oh, denke ich, was für dumme Menschen! Dieser Mann ist wie Simson, wer von euch kann den schon besiegen! Aber es kamen immer mehr und sagten: Er ist erschlagen, erschlagen! Dabei haben sie gelacht und Sie beschimpft … Alle freuten sich … und da hab ichs geglaubt. Ich hab erfahren, dass Sie hier sind … Einige warn schon hier gewesen, haben nachgeschaut und gesagt, Sie wären tot … Ich ging auch los, kam her und sah Sie … Sie haben gestöhnt. Als ich Sie so sah, dachte ich – der stärkste Mann der Welt, und den haben sie totgeschlagen! Eine solche Kraft, eine solche Kraft. Und da – entschuldigen Sie –, da taten Sie mir leid! Ich dachte, ich muss Sie mit Wasser abwaschen … das hab ich gemacht, und davon wurden Sie wieder lebendig ... Darüber hab ich mich gefreut ... oh, wie hab ich mich gefreut ... Sie glauben mir nicht, nein? Weil ich ein Jidd bin? Ja? Doch, glauben Sie mir ... ich will Ihnen sagen, warum ich mich gefreut hab und was ich dachte ... ich will die Wahrheit sagen ... Sie werden doch nicht böse auf mich?«

»Ich schwöre. Der Blitz soll mich treffen!«, beteuerte der verprügelte Schöne mit Nachdruck.

Kain rückte noch näher an ihn heran und senkte die Stimme noch mehr.

»Wissen Sie, wie gut ich es im Leben hab? Wissen Sie das, ja? Hab ich von Ihnen – entschuldigen Sie – etwa keine Prügel eingesteckt? Und haben Sie etwa nicht über den räudigen Juden gelacht? Wie? Das ist die Wahrheit! Ja! Verzeihen Sie mir meine Wahrheit, aber Sie haben geschworen, Sie werden nicht böse! Ich sage nur, dass Sie den Jidden gehetzt haben, genau wie alle anderen ... Wofür, wie? Ist ein Jidd nicht auch ein Sohn eures Gottes, und hat nicht Gott allein euch wie ihm eine Seele geschenkt?«

Kain sprach hastig, schleuderte Frage um Frage heraus, ohne auf eine Antwort zu warten; in ihm brodelten plötzlich all die Worte, mit denen er die ihm zugefügten Kränkungen und Beleidigungen in seinem Herzen bewahrte; sie alle lebten in ihm auf und flossen als heißer Strom heraus. Artjom fühlte sich unbehaglich.

»Hör mal, Kain«, sagte er dumpf, »lass das! Ich werd dich ... wenn ich dich je wieder anrühre ... oder ein anderer ... den hau ich in Stücke! Klar?!«

»Jawohl!«, rief Kain triumphierend und schnalzte mit der Zunge. »Ja! Sie haben mir Unrecht getan ... verzeihen Sie! Seien Sie nicht böse auf mich, weil Sie wissen, dass Sie mir Unrecht getan haben! Ich sage – Sie haben mir Unrecht getan, aber ich weiß ja, o ja!, ich weiß, dass Sie mir weniger Unrecht getan haben als die anderen! Das begreife ich! Die anderen bespucken nur mich mit ihrem üblen Speichel, Sie dagegen – Sie bespucken mich und auch alle anderen! Sie haben viele schlimmer gekränkt als mich … Ich dachte mir: Dieser starke Mann schlägt und beleidigt mich nicht deshalb, weil ich Jude bin, sondern weil ich genauso bin wie alle anderen, nicht besser als sie, und weil ich unter ihnen mein Dasein friste … Und … ich habe Sie immer voller Angst geliebt. Ich schaute Sie an und dachte, auch Sie könnten das Maul eines Löwen zerreißen und die Philister verprügeln … Sie haben sie verprügelt … und ich sah gern zu, wie Sie das taten … Und ich wünschte mir, auch stark zu sein … aber ich – ich bin wie ein Floh …«

Artjom lachte heiser.

»Das ist wohl wahr – wie ein Floh!«

Er verstand fast nichts von dem, was Kain zu ihm sagte, aber es tat ihm wohl, die kleine Gestalt des Juden neben sich zu sehen. Und unter Kains erregtem Flüstern entstanden allmählich seine eigenen Gedanken: Wie spät ist es jetzt? Bestimmt schon Mittag. Und keine Einzige kommt her, ihren Liebsten besuchen … Aber der Jude, der ist gekommen … hat mir geholfen, sagt, er liebt mich, und ich habe ihn gekränkt, manchmal … Er preist meine Kraft … Ob sie zurückkommt? Mein Gott, wenn sie nur zurückkommt!

Mit einem tiefen Seufzer stellte sich Artjom seine Feinde vor, wenn er sie verprügelt, sie ebenso grün und blau geschlagen haben würde wie sie ihn. Dann würden sie, genau wie er, kraftlos irgendwo liegen. Aber zu ihnen würden ihre Kameraden kommen, nicht der Jude.

Artjom blickte rasch zu Kain, und er verspürte einen bitteren Geschmack im Mund und in der Kehle. Er spuckte aus und seufzte schwer.

Kain aber redete immer weiter, aufgewühlt, am ganzen Leib zitternd und das Gesicht vor Erregung verzerrt.

»Und als Sie weinten – da habe auch ich geweint … So leid tat es mir um Ihre Kraft …«

»Und ich dachte – wer will mich da verhöhnen?«

»Ich habe Ihre Kraft immer geliebt … Und ich habe zu Gott gebetet: Ewiger Gott im Himmel und auf Erden und in fernen Himmelshöhen! Mach, dass dieser starke Mensch mich braucht! Mach, dass ich ihm zu Diensten sein kann und dass seine Kraft zu meinem Schutz wird! Mach, dass ich durch sie geschützt werde vor Verfolgungen und dass meine Peiniger an dieser Kraft zugrunde gehen! So habe ich gebetet, und lange habe ich meinen Gott angefleht, er möge meinen stärksten Feind zu meinem Beschützer machen, wie er Mordechai* einen König zum Beschützer schenkte, der alle Völker besiegte … Und dann haben Sie geweint, und auch ich habe geweint … und plötzlich schrien Sie mich an, und meine Gebete waren nichtig …«

»Wie konnte ich denn wissen … du Narr«, murmelte Artjom schuldbewusst.

Doch Kain hörte seine Worte kaum. Er wiegte sich, schwenkte die Arme und redete unentwegt, in einem leidenschaftlichen Flüsterton, in dem Freude, Hoffnung und Verehrung für die Kraft dieses Mannes lagen und auch Angst.

»Mein Tag ist gekommen, und nun bin ich hier bei Ihnen … Alle haben Sie verlassen, aber ich bin da … Sie werden doch wieder gesund, Artjom? Das ist nicht gefährlich für Sie? Und Ihre Kraft kehrt zurück?«

»Ich steh wieder auf … keine Bange! Und für deine Güte werde ich dich behüten wie ein kleines Kind …«

Artjom spürte, dass es ihm allmählich besser ging – sein Körper schmerzte weniger, und sein Kopf war klarer. Er musste Kain vor den Leuten schützen – ja, warum nicht? Er war so lieb und treuherzig, redete frei von der Leber weg. Als er das gedacht hatte, lächelte Artjom plötzlich – schon lange

* Biblische Gestalt aus dem Buch Ester. Der Jude Mordechai lebte als Torwächter am Hof des Perserkönigs Ahasverosch (Xerxes) und vereitelte zwei Mordanschläge auf diesen. Als er den Kniefall vor Haman, dem ranghöchsten Beamten des Staates, verweigert, plant dieser, das ganze jüdische Volk zu vernichten. Ester und Mordechai verhindern das, Haman wird gehängt, Mordechai gelangt zu hohen Ehren am Königshof.

quälte ihn ein unbestimmter Wunsch, und nun hatte er ihn erfasst.

»Ich hab ja Hunger! Würdest du mir was zu essen besorgen, Kain?«

Kain sprang so schnell auf, dass er beinahe gegen eine Querstrebe der Barke gestoßen wäre. Sein Gesicht hatte sich vorteilhaft verändert: Nun lag darin etwas Starkes und zugleich kindlich Klares. Artjom, der märchenhafte Hüne, bat ihn, Kain, um etwas zu essen!

»Ich tue alles für Sie, alles! Es ist schon hier, da in der Ecke! Ich hab was besorgt – ich weiß Bescheid! Wenn einer krank ist, muss er essen … o ja! Auf dem Weg hierher, da hab ich einen ganzen Rubel ausgegeben.«

»Das begleich ich dir! Du kriegst zehn dafür! Ich kanns mir leisten … Ist ja nicht mein Geld. Ein Wort, und sie gibts mir …«

Er lachte gutmütig, und bei diesem Lachen strahlte Kain noch mehr.

»Ich weiß … Sagen Sie, was Sie brauchen! Ich tue alles, alles!«

»Tja … wenn das so ist … reib mich mit Wodka ab! Zu essen gib mir später, reib mich erst ab … Kannst du das?«

»Warum denn nicht? Wie der beste Doktor werd ichs machen!«

»Na los! Du reibst mich ein, und dann steh ich auf …«

»Auuufstehn? O nein, Sie können nicht aufstehen!«

»Ich werd dir zeigen, wie ich das kann! Soll ich etwa hier übernachten? Du Narr … Also, reib mich ein, und dann lauf in die Vorstadt zur Piroggenbäckerin Mokewna … Sag ihr, ich will zu ihr in die Scheune ziehen … sie soll Stroh auslegen oder so! Bei ihr werd ich mich auskurieren … ja! Ich bezahl dich für alles … keine Bange!«

»Ich vertraue Ihnen«, sagte Kain, während er Artjoms Brust mit Wodka einrieb. »Ich vertraue Ihnen mehr als mir selbst … Ach, ich kenne Sie!«

»Aaah! Reib weiter, weiter … Macht nichts, dass es wehtut … reib weiter! Aaah! Ja, so, so!«, knurrte Artjom.

»Für Sie würde ich mich ertränken«, gestand Kain.

»So, so, so … Die Schulter, mach, die Schulter … Aah, verdammt! Und an allem ist ein Weib schuld. Ohne das Weib, da wär ich nüchtern gewesen … und wenn ich nüchtern bin, kommt mir keiner zu nahe!«

Kain, der in die Rolle des Dieners geschlüpft war, erklärte: »Oh, die Frauen! Das ist alle Sünde der Welt … Bei uns Juden gibt es sogar so ein Morgengebet: ›Gesegnet seist du, unser ewiger Gott, König der Welt, dass du mich nicht als Frau erschaffen hast …‹«

»Ach! Wirklich?«, rief Artjom. »So betet ihr wirklich zu Gott? Na, ihr seid ja welche … Was ist denn das Weib? Sie ist dumm … doch ohne sie gehts eben nicht! Aber so, sogar zu Gott beten … das ist nicht recht … das kränkt sie doch, das Weib! Sie hat doch auch Gefühle …«

Reglos und riesig lag er da – durch die Schwellungen noch größer als sonst –, und Kain, klein und schwach, wuselte um ihn herum, keuchend vor Anstrengung, rieb ihm mit ganzer Kraft Brust und Bauch ab, wuselte herum und musste vom Wodkadunst husten.

Am Flussufer gingen immer wieder Menschen vorbei, man hörte Reden und Schritte. Die Barke lag am Fuß eines gut einen Sashen hohen sandigen Steilhangs und war von oben nur von dessen äußerstem Rand aus sichtbar. Vom Fluss trennte sie ein schmaler Sandstreifen voller Müll. Auch unter ihr war es schmutzig. Doch heute weckte sie großes Interesse. Kain und Artjom bemerkten, dass dauernd Leute an der Barke vorbeigingen, sich auf ihren Boden setzten, mit den Füßen gegen die Wände schlugen … Auf Kain hatte das eine üble Wirkung. Er verstummte, rutschte schweigend um Artjom herum und lächelte ängstlich und kläglich.

»Hören Sie das?«

»Ich höre es«, sagte der Hüne zufrieden lachend. »Ich

weiß … sie wollen rausfinden, ob ich bald wieder bei Kräften bin … das müssen sie schließlich wissen … damit ihre Rippen bereit sind … Die Teufel! Ärgern sich bestimmt, dass ich nicht krepiert bin … Ihre ganze Mühe war umsonst …«

»Wissen Sie was?«, flüsterte ihm Kain ins Ohr, eine Mischung aus Furcht und Warnung im Gesicht. »Wissen Sie was? Wenn ich weggehe und Sie allein sind … dann werden sie kommen und … und …«

Artjom öffnete den Mund und entließ eine heisere Lachsalve aus seiner Brust.

»Ach, du – Spaßvogel! Du denkst also, die haben Angst vor dir! Ach, du!«

»Na! Ich könnte Zeuge sein.«

»Die ziehen dir eins über … und dann bist du Zeuge! Im Jenseits.«

Artjoms Lachen vertrieb Kains Angst, und an ihrer Stelle zog eine feste und freudige Gewissheit in die schmale Brust des Juden. Nun würde sein, Kains, Leben anders laufen, nun gab es eine mächtige Hand, die ihn stets beschützen würde vor den Schlägen der Menschen, die ihn ungestraft gequält hatten.

Etwa ein Monat war vergangen.

Eines Tages gegen Mittag – zu der Stunde, da das Treiben in der Schichan besonders lebhaft ist, sich verdichtet und brodelt, wenn Scharen von Schiffern und Hafenarbeitern mit leerem Magen die Imbissverkäufer umlagern und der Geruch von gekochtem verdorbenem Fleisch die ganze Straße erfüllt –, zu dieser Stunde also rief jemand halblaut: »Da kommt Artjom!«

Ein paar Landstreicher, die in der Hoffnung auf etwas Essbares müßig in der Menge herumlungerten, verschwanden schnell. Die Bewohner der Schichan blickten voller Sorge und Neugier, finster und mürrisch in die Richtung, aus der sie die Warnung vernommen hatten.

Sie warteten seit Langem mit großem Interesse auf Artjom und erörterten hitzig, in welchem Zustand er wohl auftauchen würde.

Wie früher lief Artjom mitten auf der Straße, in seinem gewohnten langsamen Gang eines satten Menschen, der einen Spaziergang unternimmt. An seinem Äußeren war nichts Neues. Wie immer hing seine Jacke über einer Schulter, die Mütze saß schräg auf dem Kopf. Auch die schwarzen Locken fielen ihm wie immer in die Stirn. Er hatte den rechten Daumen hinter den Gürtel gesteckt, die linke Hand tief in die Tasche seiner Pluderhose geschoben und die Brust hünenhaft vorgereckt. Nur sein schönes Gesicht wirkte irgendwie durchgeistigter – wie es oft nach einer Krankheit ist. Er lief die Straße entlang und erwiderte die Begrüßungen und Verbeugungen mit trägem Kopfnicken.

Die Straße begleitete ihn mit leise geflüstertem Erstaunen und Bewunderung für seine unerschütterliche Kraft, die selbst todbringende Schläge ausgehalten hatte. Viele sprachen voller Bosheit über seine Genesung: Verächtlich beschimpften sie diejenigen, die es nicht geschafft hatten, Artjom die Lungen zu zerquetschen. Unmöglich, dass jemand nicht totzuschlagen war! Andere ergingen sich genüsslich in Vermutungen, wie der Hüne mit dem Roten Bock und dessen Kumpanen abrechnen würde. Doch je größer die Kraft, desto anziehender ist sie, und deshalb war die Mehrheit beeindruckt von Artjoms Kraft.

Artjom ging in die Räuberhöhle, den Klub der Schichan.

Als seine große, massige Gestalt auf der Schwelle der Schenke stand, saßen nur wenige Gäste in dem niedrigen, langen Raum mit Rundbögen aus Backstein. Bei Artjoms Anblick ertönten zwei, drei Ausrufe, es gab hektische Bewegung, jemand wich hastig in die entfernteste Ecke der feuchten, von Machorkaqualm geräucherten Gruft voller Schmutz und Schimmel zurück. Artjom ließ seinen Blick langsam durch die Schenke schweifen und erwiderte die freundliche Begrüßung des Wirts mit einer Frage.

»War Kain schon hier?«

»Muss bald kommen … Ist gleich seine Zeit …«

Artjom ging zu einem der Fenstertische, bat um Tee, legte seine gewaltigen Pranken auf den Tisch und betrachtete gleichgültig das Publikum. Etwa zehn Personen saßen in der Schenke; sie hatten sich um zwei Tische geschart und beobachteten Artjom. Wenn der Schöne sie ansah, lächelten sie unterwürfig, wollten offenbar ein Gespräch mit ihm anknüpfen, doch er maß sie mit düsteren, mürrischen Blicken. Also schwiegen alle, niemand wagte Artjom anzusprechen. Chlebnikow, der hinterm Schanktisch hantierte, sang vor sich hin und schaute mit Fuchsaugen um sich.

Von der Straße schallte Lärm herein – wüste Flüche, Schwüre, die Ausrufe der Händler. Irgendwo in der Nähe fielen Flaschen zu Boden und zerschellten auf den Pflastersteinen. Artjom wurde das Herumsitzen in dem stickigen Kellergewölbe langweilig.

»Na, ihr Wölfe«, begann er plötzlich laut und langsam, »warum so zahm? Reißen die Glotzen auf und schweigen …«

»Wir können auch reden, Euer Schrecklichkeit!«, sagte der Zerlumpte Bräutigam, stand auf und ging zu Artjom.

Er war ein dürrer Mann in Segeltuchjacke und Soldatenhosen, glatzköpfig, mit Spitzbart und boshaft eingekniffenen kleinen roten Augen.

»Es heißt, du warst krank?«, fragte er und setzte sich Artjom gegenüber.

»Und?«

»Nichts … Hast dich lange nicht blicken lassen … Wenn man gefragt hat, wo ist denn Artjom, hieß es: Der geruht krank zu sein …«

»Ja … Und?«

»Na – was? Also … Was hattest du denn?«

»Weißt du das nicht?«

»Hab ich dich etwa kuriert?«

»Du lügst, du Hund.« Artjom lachte spöttisch. »Warum lügst du? Du kennst doch die Wahrheit.«

»Die kenn ich«, sagte der Bräutigam und lachte ebenfalls spöttisch.

»Was lügst du dann?«

»Ist vielleicht klüger …«

»Klüger. Ach, du! Kümmerling!«

»Na – wenn man dir die Wahrheit sagt, dann wirst du bestimmt wütend …«

»Ich spuck auf dich!«

»Schönen Dank dafür! Spendierst du mir einen Wodka zu Ehren deiner Genesung?«

»Bestell was …«

Der Bräutigam bestellte eine Halbliterflasche Wodka und wurde lebhafter.

»Ach, du hast ein leichtes Leben, Artjom! Hast immer Geld …«

»Und, weiter?«

»Nichts … Immer helfen dir die Weiber, die Verfluchten!«

»Und dich sehen sie nicht an.«

»Mich – wie auch! Ich hab nicht die Beine, um den gleichen Weg zu gehen wie du«, seufzte der Bräutigam.

»Weil das Weib die Gesunden liebt. Und was bist du? Ich dagegen, ich bin ein reiner Mensch …«

In diesem Ton redete Artjom immer mit den Landstreichern. Seine gleichmütige, träge und volle Stimme verlieh seinen Worten besonderes Gewicht und Nachdruck, und stets waren sie grob und kränkend. Vielleicht spürte er, dass diese Menschen in vielem zwar schlechter waren als er, aber immer und in allem klüger.

Kain erschien, mit seinem Bauchladen vor der Brust, ein gelbes Kattunkleid überm linken Arm. Niedergedrückt von seiner gewohnten Angst, stand er in der Tür, reckte den Hals und musterte unsicher lächelnd das Innere der Schenke, doch als er Artjom entdeckte, strahlte er vor Freude. Artjom sah ihn an, lächelte breit und bewegte die Lippen.

»Komm her zu mir!«, rief er Kain zu, dann wandte er sich an den Bräutigam und befahl ihm spöttisch: »Und du hau ab! Mach Platz für einen Menschen …«

Das mit roten Bartstoppeln bedeckte Gesicht des Bräutigams erstarrte einen Augenblick vor Verwunderung, er erhob sich langsam von seinem Stuhl, blickte zu seinen Kameraden, die nicht weniger staunten als er, dann zu Kain, der lautlos und vorsichtig an den Tisch kam … und spuckte plötzlich wütend auf den Fußboden.

»Pfui!«

Dann ging er langsam und wortlos zurück an seinen Tisch, wo sofort dumpfes Flüstern einsetzte, aus dem deutlich Töne von Spott und Bosheit klangen. Kain lächelte noch immer verwirrt und freudig, schielte jedoch zugleich verstohlen und ängstlich zum beleidigten Bräutigam und seinen Kumpanen.

Artjom aber sagte gutmütig zu ihm: »Na komm, trinken wir Tee, was, Kaufmann … Ich will eine Pastete bestellen – isst du Pastete? Was schaust du dorthin? Spuck auf die, hab keine Angst … Warte, ich halte denen mal eine Predigt …«

Er stand auf, warf mit einer Schulterbewegung seine Jacke auf den Boden und ging zum Tisch der Unzufriedenen. Groß und stark, die Brust vorgereckt, die Schultern lockernd und auf jede Weise seine Kraft zur Schau stellend, stand er vor ihnen, ein spöttisches Lächeln auf den Lippen, und sie erstarrten in vorsichtigen Posen, schweigend und fluchtbereit.

»Na«, begann Artjom, »was gibts zu knurren?«

Er wollte etwas sehr Starkes sagen, fand aber keine Worte und stockte.

»Spucks schon aus!« Der Zerlumpte Bräutigam winkte ab und grinste schief. »Sonst lass uns lieber in Ruhe und scher dich weg, du frommer Holzkopf!«

»Sei still!« Artjom runzelte die Brauen. »Du bist wütend, es ärgert dich, dass ich Freundschaft mit einem Juden halte und dich weggeschickt hab … Ich sag euch allen – er ist besser als ihr, der Jude! Weil er Güte für den Menschen in sich hat … und die habt ihr nicht … Er ist nur viel gequält worden … Jetzt stelle ich ihn unter meinen Schutz … und wenn irgendein Mistkerl ihm wehtut – dann Gnade dem Gott! Ich sags ganz klar – den werd ich nicht nur schlagen, den werd ich quälen …«

Seine Augen blitzten wild, die Adern an seinem Hals schwollen an, seine Nüstern bebten.

»Dass ihr mich verprügelt habt, als ich betrunken war – das macht mir nichts aus! Meine Kraft habt ihr damit nicht geschwächt, nur mein Herz noch mehr verhärtet … Dass ihrs nur wisst! Für Kain, für jedes kränkende Wort zu ihm, schlag ich jeden tot. Sagt das allen …«

Er holte tief Luft, als hätte er eine Last abgeworfen, drehte ihnen den Rücken zu und ging.

»Gut gebrüllt!«, rief der Zerlumpte Bräutigam halblaut und zog eine Grimasse, als er sah, wie Artjom sich Kain gegenübersetzte.

Kain saß am Tisch, blass vor Erregung, und wandte den Blick nicht von Artjom; seine weit aufgerissenen Augen waren voller Gefühle, die sich mit Worten nicht ausdrücken ließen.

»Hast dus gehört?«, fragte ihn der Schöne. »So … Also, wenn dich irgendwer anrührt, kommst du mir und sagst mir Bescheid. Dann bin ich da und breche ihm alle Knochen …«

Der Jude murmelte etwas – vielleicht ein Gebet zu Gott, vielleicht einen Dank an den Menschen. Der Zerlumpte Bräutigam und seine Kumpane aber flüsterten noch eine Weile miteinander, dann verließen sie einer nach dem anderen die Schenke.

Als der Bräutigam an Artjoms Tisch vorbeikam, sang er vor sich hin:

»Hätt ich nicht nur viel Verstand,
sondern auch noch Geld wie Sand,
Ach, dann wär ich prima dran,
Würde saufen, so viel ich kann …«

Dann sah er Artjom ins Gesicht und beendete das Lied überraschend mit eigenen Worten, wobei er eine Grimasse zog und mit den Füßen den Takt stampfte.

»Würd mir jeden Dummkopf greifen
Und im Schwarzen Meer ersäufen.
Ach, ja!«

Damit schlüpfte er schnell zur Tür hinaus.

Artjom fluchte und schaute sich um. In dem halbdunklen, verräucherten und stinkenden Keller waren nur noch drei Personen – er, Kain ihm gegenüber und Sawka hinterm Schanktisch.

Sawkas Fuchsaugen begegneten Artjoms düsterem Blick, und sein langes Gesicht verzog sich zu einem Ausdruck süßester Frömmigkeit.

»Du hast vortrefflich und wunderbar gehandelt, Artjom Michailytsch!«, sagte er und strich sich seinen Bart. »Ganz nach dem Neuen Testament … Wie im Gleichnis vom barmherzigen Samariter … Kain war voller Grind und Eiter … Doch du hast dich nicht geekelt.«

Artjom hörte nicht auf seine Worte, sondern auf ihr Echo. Es hallte von der Gewölbedecke der Schenke wider, schwebte in der stinkenden Luft, verdichtete sich und kroch ihm in die Ohren. Artjom schwieg und schüttelte sacht den Kopf, als wollte er diese Laute verscheuchen. Doch sie schwebten im Raum, bohrten sich in seine Ohren und ärgerten ihn. Es war stickig und trostlos. Eine seltsame Schwere legte sich auf Artjoms Herz.

Starr musterte er Kain. Der Jude saß mit gesenktem Kopf

da, blies auf den brühheißen Tee, trank, und die Teeschale bebte in seinen Händen. Bisweilen fing Artjom Kains huschenden Blick auf, und dieser Blick machte den Hünen noch trübsinniger. Eine dumpfe Unzufriedenheit wuchs in ihm, seine Augen verdunkelten sich, und er blickte wild um sich. Gedanken ohne Worte kreisten in seinem Kopf wie Mühlsteine. Früher hatten ihn nie Gedanken heimgesucht, während seiner Krankheit aber waren welche gekommen. Und nun verschwanden sie nicht wieder …

Fenster mit Eisengittern, durch sie dringt ohrenbetäubender Lärm von der Straße herein. Schwere Steinmassen hängen überm Kopf; der Ziegelsteinboden ist klebrig und mit Unrat übersät. Und dann dieser kleine, zerlumpte, verschreckte Mensch … Sitzt da, schweigt. Und in den Dörfern beginnt bald die Heumahd. Hinterm Fluss, der Stadt gegenüber, steht das Gras auf den Wiesen schon fast hüfthoch. Und wenn ein Wind von dort herüberweht, bringt er verlockende Düfte mit.

»Was schweigst du, Kain?«, begann Artjom unwirsch. »Hast du etwa immer noch Angst vor mir? Ach, du verwirrter Mensch!«

Kain hob den Kopf und wiegte ihn seltsam, seine Miene war verlegen und kläglich.

»Was soll ich denn sagen? Und mit welcher Zunge soll ich mit Ihnen reden? Mit dieser« – der Jude streckte die Zungenspitze heraus –, »mit der ich mit allen anderen Leuten rede? Meinen Sie, ich würde mich nicht schämen, mit Ihnen mit derselben Zunge zu reden? Meinen Sie, ich wüsste nicht, dass auch Sie sich schämen, neben mir zu sitzen? Wer bin ich, und wer sind Sie? Sie sind eine große Seele, Artjom, Sie sind wie Judas Makkabäus! Was würden Sie tun, wenn Sie wüssten, wozu Gott Sie geschaffen hat? Ha! Niemand kennt die großen Geheimnisse des Schöpfers, und niemand kann ahnen, wozu ihm das Leben geschenkt wurde. Wissen Sie, wie viele Tage und Nächte meines Lebens ich darüber nachgedacht habe, wozu ich lebe? Wozu meine Seele und mein Verstand da sind? Was bin ich für die Menschen? Ein Spucknapf für ihren giftigen Speichel. Und was sind die Menschen für mich? Nattern, die meine Seele verletzen. Wozu lebe ich auf der Welt? Und warum kenne ich nur Unglück … warum hat die Sonne keinen einzigen Strahl für mich!«

Diese Worte sprach er in leidenschaftlichem Flüsterton, und wie immer in Augenblicken der Erregung seiner leidgeprüften Seele zitterte sein ganzes Gesicht.

Artjom verstand Kains Rede nicht, doch er sah und hörte, dass sich Kain beklagte. Davon wurde Artjom noch schwermütiger.

»Na, nun fängst du wieder damit an!« Er schüttelte verärgert den Kopf. »Ich hab dir doch gesagt – ich beschütze dich!«

Kain lachte leise und bitter.

»Wie wollen Sie mich vor dem Angesicht meines Gottes beschützen? Er ist es, der mich verfolgt …«

»Ja, dann – natürlich. Gegen Gott kann ich nichts ausrichten«, stimmte ihm Artjom gutmütig zu und riet dem Juden mitleidig: »Dann ertrag es! Gegen Gott kannst du nichts machen.«

Kain sah seinen Beschützer an und lächelte – ebenfalls mitleidig. So hatte der Starke erst Mitleid mit dem Klugen gezeigt, dann bedauerte der Verstand die Kraft, und zwischen den beiden Menschen kam etwas auf, das sie einander ein wenig näherbrachte.

»Bist du verheiratet?«, fragte Artjom.

»Oh, ich habe eine große Familie, gemessen an meinen Kräften«, sagte Kain und seufzte tief.

»Ach was!«, sagte der Hüne. Es fiel ihm schwer, sich eine Frau vorzustellen, die Kain liebte, und er musterte ihn mit neuer Neugier, den mickrigen, schmuddeligen kleinen Mann.

»Ich hatte fünf Kinder, jetzt sind es noch vier. Ein Mädchen, Chaja, hat dauernd gehustet und ist gestorben. Mein Gott … Du mein Gott! Meine Frau ist auch krank, sie hustet immerzu.«

»Du hast es schwer«, sagte Artjom und wurde nachdenklich.

Auch Kain wurde nachdenklich und senkte den Kopf.

Trödler kamen zur Tür herein, gingen an den Schanktisch und sprachen dort halblaut mit Sawka. Er erzählte ihnen heimlich etwas, wobei er in die Richtung von Artjom und Kain zwinkerte, und seine Zuhörer blickten erstaunt und spöttisch zu den beiden. Kain bemerkte die Blicke und zuckte zusammen. Artjom aber schaute über den Fluss, zu den Wiesen. Bald würden dort die Sensen sirren, und sanft raschelnd würde das Gras vor die Füße der Mäher sinken.

»Artjom … ich gehe … Da sind Leute gekommen«, flüsterte Kain, »und die lachen meinetwegen über Sie …«

»Wer lacht?«, blaffte Artjom, aus seinen Träumen gerissen, und blickte wild um sich.

Doch alle in der Schenke waren ernst und in ihre eigenen Angelegenheiten vertieft. Artjom erhaschte keinen einzigen Blick.

Er runzelte streng die Brauen und sagte zu dem Juden: »Du lügst doch … beklagst dich zu Unrecht … Pass bloß auf, das ist kein Spiel! Beklag dich nur, wenn dir einer was getan hat. Oder willst du mich vielleicht prüfen, hast du das deshalb gesagt?«

Kain lächelte ihn gequält an und antwortete nicht. Eine Weile saßen beide schweigend da. Dann stand Kain auf, hängte sich seinen Kasten um den Hals und wollte aufbrechen. Artjom reichte ihm die Hand.

»Du gehst? Na, dann geh verkaufen … Ich bleib noch ein Weilchen hier sitzen …«

Kain schüttelte mit beiden kleinen Händen die mächtige Pranke seines Beschützers und entfernte sich rasch.

Auf der Straße ging er um die Ecke, blieb stehen und schaute zurück. Er konnte den Eingang der Schenke sehen und musste nicht lange warten. Bald erschien Artjom, die große Gestalt wie eingerahmt von der Tür. Seine Brauen waren gerunzelt, und er sah aus, als befürchtete er, etwas Unangenehmes zu entdecken. Lange und aufmerksam musterte er die Menschen, die sich auf der Straße drängten, doch dann nahm sein Gesicht den gewohnten träge-gleichgültigen Ausdruck an, und er lief durch die Menge, dorthin, wo die Straße an den Hügel stieß – offenbar zu seinem Lieblingsplatz.

Kain folgte ihm mit einem bangen Blick, schlug die Hände vors Gesicht und lehnte die Stirn gegen die Eisentür einer Vorratskammer, vor der er stand.

Artjoms gewichtige Drohung wirkte: Die Leute hatten Angst und hörten auf, den Juden zu quälen.

Kain sah deutlich, dass das Dornengebüsch, das er auf dem Weg zu seinem Grab durchmaß, nun weniger Dornen hatte. Die Menschen schienen ihn nicht mehr zu bemerken. Er huschte wie früher flink zwischen ihnen herum und pries seine Waren an, doch niemand trat ihm mehr absichtlich auf den Fuß wie zuvor oft, niemand stieß ihn in die magere Seite oder spuckte in seinen Bauchladen. Aber früher hatte ihn auch niemand so kalt und feindselig angesehen wie jetzt.

Empfindsam gegenüber allem, was ihn selbst anging, bemerkte er diese neuen Blicke und fragte sich, was sie bedeuteten, welche Drohung darin lag. Er erinnerte sich, dass ihn früher bisweilen, wenn auch selten, jemand freundlich angesprochen, sich erkundigt hatte, wie es ihm ging, manchmal hatte jemand mit ihm gescherzt, ja, mitunter sogar ohne Bosheit.

Kain dachte nach, lauschte genau und beobachtete scharf. Eines Tages drang ein neues Lied an seine Ohren, gedichtet vom Zerlumpten Bräutigam, dem Troubadour der Straße.

Er verdiente sein Brot mit Musik und Gesang; als Instrument dienten ihm acht Holzlöffel: Er steckte sie zwischen seine Finger, trommelte sich damit auf die aufgeplusterten Wangen und auf den Bauch und ließ die Löffel mit flinken Fingern klappernd gegeneinanderschlagen – so begleitete er die Strophen, die er selbst dichtete. Zwar war diese Musik nicht eben schön, doch sie verlangte die Geschicklichkeit eines Zauberkünstlers, und das Publikum der Straße schätzte jede Art von Geschicklichkeit.

Eines Tages also stieß Kain auf eine Gruppe, in deren Mitte der Bräutigam stand, mit seinen Löffeln bewaffnet, und munter rief: »He, ihr Herren, Kavaliere, edle Leute, Henkers Beute! … Ich spiel euch ein Lied, frisch und neu, duftend wie Heu! Eine Kopeke pro Nase, zwei pro hässliche Visage! Ich fang an!

Die Sonne kommt zum Fenster rein,
da freuen sich die Leute,
doch komm ich zum Fenster rein …«

»Kennen wir schon!«, rief jemand aus dem Publikum.

»Weiß ich, dass ihr das kennt! Aber von mir kriegst du vorm Brot keinen Kuchen geschenkt!«, erklärte der Bräutigam, klapperte mit den Löffeln und sang weiter:

»Ach, welch bitteres Geschick!
Mir gehts ganz beschissen,
Mein Bruder wurde aufgehenkt,
Bei mir ist der Strick gerissen!«

»Schade!«, rief das Publikum.

Doch sie warfen dem Bräutigam Kopeken zu, denn sie wussten, er war ein gewissenhafter Mann, und wenn er ein neues Lied versprach, dann bekamen sie es auch zu hören.

»Und hier ist das neue Lied, frisch von eurem Verseschmied!«

Munter und übermütig klapperten die Löffel.

»Machte zum Freund ein Skorpion sich n Stier,
Ein Jidd hielts mit nem Dusseltier,
Den Skorpion trägt auf dem Schwanz der Stier,
Der Jidd verkuppelt das Dusseltier.
Ach, ihr Weiber …«

»Maschine stopp! Dem Herrn Kain unsern Gruß mit nem Knüppel auf die Nuss! Haben Sie geruht, das Lied zu hören, Kaufmann? Habs nich für Sie gemacht – gehn Sie Ihrer Wege!«

Kain bedachte den Sänger mit einem eifrigem Lächeln und ging, Böses ahnend.

Er schätzte diese Tage und bangte um sie. Jeden Morgen kam er in die Straße, ganz sicher, dass es heute niemand wagen würde, ihm seine Kopeken wegzunehmen. Seine Augen waren nun ein wenig heller und ruhiger. Artjom sah er jeden Tag, doch wenn der Hüne ihn nicht ansprach, ging Kain nicht zu ihm.

Artjom rief ihn selten zu sich, und wenn er es tat, fragte er: »Na, wie stehts – du lebst?«

»O ja! Ich lebe … und danke Ihnen!«, sagte Kain, und seine Augen strahlten freudig.

»Keiner rührt dich an?«

»Wie sollte einer – gegen Sie!«, rief der Jude ängstlich.

»Na also! Aber wenn was ist – sag Bescheid.«

Er maß die Gestalt des Juden mit einem düsteren Blick und entließ ihn.

»Na, geh verkaufen!«

Rasch entfernte sich Kain von seinem Beschützer, wobei er stets spöttische und böse Blicke des Publikums erhaschte, die ihm Angst machten.

Einmal gegen Abend, als Kain schon nach Hause gehen wollte, traf er Artjom. Der Schöne nickte ihm zu und winkte ihn mit einem Finger heran. Kain eilte hin und sah, dass Artjom trüb und finster war wie eine Herbstwolke.

»Fertig mit Verkaufen?«, fragte Artjom.

»Ich wollte grad nach Hause …«

»Warte, gehn wir ein Stück, ich muss dir was sagen!«, bat ihn Artjom dumpf.

Damit lief er los, schwer und riesig, und Kain folgte ihm. Sie verließen die Straße und bogen ab zum Fluss, wo Artjom ein einsames Plätzchen unterm Steilhang gefunden hatte, direkt am Wasser.

»Setz dich«, sagte er zu Kain.

Der setzte sich und sah dabei seinen Beschützer ängstlich an. Artjom beugte den Rücken und drehte sich bedächtig eine Papirossa, und Kain schaute zum Himmel, auf den Mastenwald am Ufer, auf die ruhigen, in der Abendstille glatten Wellen, und überlegte, worüber der Hüne wohl mit ihm sprechen wollte.

»Na, was ist«, fragte Artjom, »du lebst?«

»Ich lebe, oh! Jetzt habe ich keine Angst mehr …«

»Warte!«, sagte Artjom.

Er schwieg – lange, drückend, und qualmte seine Papirossa, während der Jude auf seine Worte wartete, voller vager und ängstlicher Vorahnungen.

»Hm-ja … Alles gut, keiner kränkt dich?«

»Oh, sie haben Angst vor Ihnen! Sie sind wie Hunde, Sie dagegen, Sie sind wie ein Löwe! Und ich bin jetzt …«

»Warte!«

»J-ja? Was wollen Sie mir sagen?«, fragte Kain zitternd.

»Was ich dir sagen will? Das ist nicht so einfach.«

»Was ist es denn?«

»Ach! Weißt du – sagen wirs geradeheraus. Raus damit – und gut!«

»Jaja!«

»Also, ich muss dir sagen, dass ich – dass ich das nicht mehr kann …«

»Was? Was können Sie nicht mehr?«

»Nichts! Ich kann nicht! Es ist mir zuwider … Das ist nichts für mich …«, sagte Artjom seufzend.

»Was denn? Was ist nichts für Sie?«

»Das alles … du und – alles! Ich will dich nicht mehr kennen, weil – das ist eben nichts für mich.«

Kain zuckte zusammen wie von einem Schlag.

»Und wenn dich einer kränkt, komm nicht zu mir und beklag dich nicht bei mir … ich werd dir nicht beistehn. Verstehst du? Das geht einfach nicht …«

Kain schwieg wie tot.

Artjom, der das Seine gesagt hatte, atmete tief ein und fuhr klarer und zusammenhängender fort.

»Dafür, dass du mir damals geholfen hast, kann ich dich bezahlen. Wie viel willst du? Sags, und ich gebs dir. Aber Mitleid mit dir haben, das kann ich nicht. Das hab ich nicht in mir … ich hab mich nur verbogen … mich verstellt. Ich dachte, ich hab Mitleid, aber nein – das war nur Betrug. Ich kann einfach kein Mitleid haben.«

»Weil ich ein Jidd bin?«, fragte Kain leise.

Artjom sah ihn von der Seite an und erwiderte: »Was heißt – Jidd? Vor Gott sind wir alle Jidden …«

»Warum dann?«, fragte Kain leise.

»Ich kanns eben nicht! Verstehst du, ich habe kein Mitleid mit dir … Und überhaupt mit keinem … Versteh das doch … Einem anderen würd ich das nicht mal erklären, dem würd ich einfach eins überziehen! Aber dir sag ichs …«

»Wer wird sich für mich gegen die Frevler erheben, wer steht für mich ein gegen den, der Unrecht tut?«, fragte der Jude leise mit den Worten eines Psalms.

»Ich – ich kann das nicht!« Artjom schüttelte abwehrend den Kopf. »Du tust mir nicht leid … Und für das andere – dafür geb ich dir lieber Geld …«

»Gott der Vergeltung, o Herr, du Gott der Vergeltung, erscheine! Erhebe dich, Richter der Erde …«, betete Kain, kläglich zusammengekrümmt.

Der Sommerabend war still und warm. Traurig und sanft spiegelte das Wasser des Flusses die Strahlen der untergehenden Sonne. Der Steilhang warf einen Schatten auf Kain und Artjom.

»Überleg doch«, sagte Artjom traurig und beschwörend, »was jetzt meine Aufgabe ist. Du verstehst das nicht … aber ich – ich muss für mich einstehen … Wie sie mich verprügelt haben – weißt du noch?«

Er knirschte mit den Zähnen und wühlte im Sand herum, dann legte er sich auf den Rücken, die Beine zum Wasser ausgestreckt und die Arme hinterm Kopf verschränkt.

»Ich kenne jetzt alle …«

»Alle?«, fragte Kain niedergeschlagen.

»Alle! Und jetzt werde ich mit ihnen abrechnen … Und dabei störst du …«

»Wie kann ich dich ich stören?«, rief der Jude.

»Na ja, du störst nicht direkt, aber die Sache ist die – ich bin böse auf alle Menschen. So ist das … Und deshalb bist du mir jetzt im Weg. Kapiert?«

»Nein!«, antwortete der Jude schüchtern und schüttelte den Kopf.

»Das verstehst du nicht? Was bist du bloß für einer! Ich soll Mitleid mit dir haben, ja? Na, und ich kann jetzt mit niemandem Mitleid haben … Ich habe kein Mitleid …« Er stieß den Juden in die Seite und setzte hinzu: »Überhaupt keins. Kapiert?«

Lange schwiegen sie. Die warme, duftende Luft um sie herum war erfüllt vom Plätschern der Wellen und dumpfen Ausrufen aus der Ferne, die vom dunklen, verschlafenen Fluss zu ihnen drangen.

»Was soll ich jetzt machen?«, fragte schließlich Kain, erhielt aber keine Antwort, denn Artjom war eingeschlafen oder in Gedanken versunken. »Wie soll ich leben ohne Sie?«, rief der Jude.

Artjom, den Blick zum Himmel gerichtet, antwortete: »Das musst du dir selber überlegen …«

»Mein Gott, mein Gott!«

»Das kann doch keiner so einfach sagen, wie man leben soll«, versetzte Artjom träge.

Nun, nachdem er gesagt hatte, was er hatte sagen wollen, war er ganz klar und ruhig.

»Ich habe es ja gewusst! Schon damals, als ich zu Ihnen ging, nachdem Sie verprügelt wurden, da wusste ich schon, dass Sie mir nicht lange beistehen können …«

Der Jude sah Artjom mit flehenden Augen an, doch der wich seinem Blick aus.

»Ist es vielleicht, weil die anderen Sie auslachen wegen mir?«, fragte Kain vorsichtig, fast flüsternd.

»Die? Was kümmern mich die?« Artjom öffnete die Augen und lachte spöttisch. »Wenn ich wollte, würde ich dich auf die Schultern nehmen und durch die Straße tragen. Sollen sie nur lachen … Aber das hat keinen Sinn … Was man tut, muss man aufrichtig tun … Was man nicht im Herzen hat – das hat man eben nicht drin … Und ehrlich gesagt, Bruder, es ist mir zuwider, wie du bist … So ist das.«

»Ach! Wie wahr! Und was soll ich nun machen?! Fortgehen?«

»Geh, solange es noch hell ist … Einstweilen werden sie dich nicht anrühren! Von unserem Gespräch weiß ja keiner …«

»Und Sie erzählen es keinem, nein?«, bat Kain.

»Nein, versteht sich! Aber komm mir trotzdem nicht zu oft unter die Augen …«

»Gut«, willigte der Jude leise und traurig ein und stand auf.

»Du solltest besser irgendwo anders Handel treiben«, sagte Artjom gleichgültig. »Denn hier sind die Sitten rau …«

»Wo soll ich denn hin?«

»Na, das … musst du selber wissen …«

»Leben Sie wohl, Artjom.«

»Leb wohl, Bruder!«

Er streckte dem Juden im Liegen die Hand hin und drückte seine dürren Knochen.

»Leb wohl. Sei nicht gekränkt …«

»Ich bin nicht gekränkt«, sagte der Jude mit einem unterdrückten Seufzen.

»Na dann … Ist doch besser so, sag selbst … Du bist nun mal kein Kamerad für mich … Soll ich etwa für dich da sein? Das geht nicht …«

»Leben Sie wohl!«

»Na, nun geh …«

Kain lief am Flussufer entlang, den Kopf auf die Brust gesenkt, den Rücken gebeugt.

Der schöne Artjom drehte den Kopf, sah Kain kurz nach und legte sich gleich wieder hin, das Gesicht dem Himmel zugewandt, den die nahende Nacht schon dunkel färbte.

In der Luft entstanden und vergingen seltsame Geräusche. Eintönig plätschernd schlug der Fluss ans Ufer, traurig und wehmütig.

Kain lief fünfzig Schritt und kehrte zurück, trat zu Artjoms auf der Erde ausgestreckter mächtiger Gestalt, blieb stehen und fragte leise und ehrerbietig: »Vielleicht überlegen Sie es sich noch einmal?«

Artjom schwieg.

»Artjom?«, rief Kain und wartete lange auf Antwort. »Artjom? Vielleicht haben Sie das alles nur so gesagt?«, wiederholte der Jude mit zitternder Stimme. »Erinnern Sie sich, wie ich Sie damals … wie? Artjom?! Keiner ist gekommen, aber ich war da …«

Die Antwort war leises Schnarchen.

Lange stand Kain vor dem Hünen und musterte das im Schlaf weicher gewordene ausdruckslos schöne Gesicht. Die Reckenbrust hob sich gleichmäßig, der schwarze Schnurrbart flatterte bei jedem Atemzug und entblößte die glänzenden, kräftigen Zähne des schönen Mannes. Er schien zu lächeln.

Der Jude seufzte schwer, beugte den Kopf noch tiefer und ging wieder am Flussufer entlang. Am ganzen Leib zitternd aus Angst vor dem Leben, lief er vorsichtig – auf offenem, mondhellem Gelände schritt er zügiger aus, trat er in Schatten, so schlich er langsam.

Er ähnelte einer kleinen Maus, einem furchtsamen kleinen Nager, der sich unter vielen Gefahren, die überall auf ihn lauern, zu seiner Höhle durchschlägt.

Indessen war es schon Nacht, und das Flussufer war menschenleer.

1898

Ein Pogrom

Es war ein heißer Tag im Juni. Ich arbeitete seit dem Morgen am Fluss, teerte einen Lastkahn, und es ging schon auf Mittag, als irgendwo in der Stadt hinter mir dumpfer, wütender Lärm losbrach, wie das Brüllen wütender Stiere. Ich war hungrig, wollte die Arbeit möglichst schnell beenden und achtete erst nicht auf das entfernte Getöse, doch es schwoll von Sekunde zu Sekunde an, wie Rauch zu Beginn eines Brandes.

In der heißen Luft über der Stadt stand eine trübe Staubwolke, ich schaute in die Richtung und vermeinte zu sehen, wie vielstimmiger Lärm die Luft schwängerte und mit dem Staub vom Boden aufstieg. Der Staub wurde immer dichter, der Lärm lauter und vielfältiger, die Luft bebte, und mit ihr bebte mein Herz, denn ich ahnte Böses …

Ich warf die Arbeit hin, stieg auf das sandige Hochufer und sah: Aus den Toren stürmten Leute, sie liefen die Straße entlang, ins Innere der Vorstadt, Hunde und Kinder liefen ihnen hinterher, über ihnen kreisten erschrockene Tauben, und vor ihren Füßen rannten Hühner durcheinander. Vom allgemeinen Aufruhr erfasst, rannte auch ich los.

»Auf der Jelisawetinskaja ist eine Prügelei!«, rief jemand.

Ein Fuhrwerk raste die ungepflasterte Straße entlang den Rennenden entgegen; der Kutscher peitschte das Pferd wütend mit den Zügeln und schrie aus vollem Hals: »Die Schauerleute! Sie verprügeln die Unseren!«

Ich bog in eine schmale Gasse ab und blieb stehen. Eine Menschenmenge verstopfte die Gasse, die Leiber waren dicht aneinandergepresst wie Körner in einem Getreidesack.

Ein ganzes Stück weiter vorn waren Brüllen und Kreischen zu hören, Glas klirrte, es krachte, etwas splitterte und fiel zu Boden, die Geräusche überlagerten einander wie Wolken im Herbst und hingen dicht und drückend in der Luft.

»Die Jidden kriegen Prügel!«, sagte ein würdevoller, reinlicher Alter zufrieden. Er rieb sich die welken kleinen Hände und setzte hinzu: »Geschieht ihnen recht!«

Ich drängte mich vor zu dem Lärm, seiner erregenden, anziehenden Kraft folgend. Nicht nur mich zog er an, dieser entsetzliche Lärm; wie Morast sog er alle ein. Die Gesichter der Menschen, die an mir vorüberhuschten, waren erregt von zielstrebiger und dumpfer Bosheit, die Augen leuchteten gierig, die ganze Menge wälzte sich als schwere Masse voran, entschlossen, einengende Mauern und Zäune niederzureißen, jeder war bereit, seinen Vordermann umzurennen, über seinen Leib zu trampeln, ihn zu zerquetschen.

Ich stürzte in den Hof eines Hauses in der Gasse, sprang über den Zaun in einen anderen Hof, dann in den nächsten und in den übernächsten – und befand mich erneut in einer dichten Menschenmenge. Sie füllte den ganzen Hof eines großen, von zahlreichen Anbauten umgebenen Steinhauses und schien in dem engen Raum zu brodeln, als bebte die Erde unter ihr. Die Menschen brüllten wie besessen, den Kopf in die Höhe gereckt, ihre Gesichter waren rot, die Zähne in den offenen Mündern blitzten; sie fuchtelten mit den Armen und stießen einander, kletterten auf die Dächer der Nebengebäude, fielen herunter und kletterten wieder hinauf. Und obwohl sich jeder anders bewegte, hatten sie alle etwas Gemeinsames, der Einzelne war zum Glied eines riesigen Körpers geworden, von ein und derselben gewaltigen Kraft beseelt.

Hoch über dieser dichten, durch Raserei zusammengeschweißten Menschenmenge, auf dem Dach des Hauses, am Schornstein, stand ein langer, dünner Jude. Er riss mit den Händen Ziegel aus dem Schornstein, schleuderte sie nach unten und schrie dabei mit scharfer, hoher Stimme, die klang wie Möwenschreie. Sein großer grauer Bart wehte auf der Brust, seine weiße Hose war voller roter Flecke.

Wütende Rufe flogen zu ihm hoch.

»Schieß ihn runter!«

»Ein Gewehr her!«

»Schmeißt Steine!«

»Rauf zu ihm!«

In den Fenstern des Hauses tauchten schemenhafte Gestalten auf. Sie brachen die Rahmen heraus und warfen Sachen auf den Hof. Glas klirrte und splitterte.

Ein breitschultriger junger Lockenkopf trug einen Spiegel zum Fenster, schob ihn hinaus und rief: »He, Achtung!«

Der Spiegel flog, die Sonnenstrahlen reflektierend, hinunter auf den Hof. Gleich darauf lehnte sich der Bursche aus dem Fenster. Sein breites Gesicht war ernst und besorgt, aber nicht böse. In einem anderen Fenster erschien ein schwarzbärtiger Mann mit einem Kissen in der Hand. Er zerriss es, und eine dichte weiße Wolke aus Federn schwebte durch die Luft.

»Es schneit, friert euch nicht die Nase ab, Jungs!«, rief der Mann und sah zu, wie die weißen Daunen auf die Köpfe der Menschen schwebten.

Auf dem Hof wurde geschrien: »Hierher! Im Kübel steckt Judenbrut!«

»Schlagt sie!«

»Mit dem Schädel gegen die Wand!«

»He, alter Jidd! Komm runter, wir ham deine Enkel gefunden!«

»Komm runter von Dach, sonst erschlagen wir deine Brut!«

Der durchdringende Schrei eines Kindes gellte durch die Luft, es war ein schrecklicher Laut, grell zuckte er im dumpfen Geheul der Menge auf wie ein Blitz in den Wolken. Danach schien der Lärm leiser geworden.

»Rühr sie nicht an!«, brüllte jemand.

»Finger weg von den Kindern!«

»Schlagt die Großen!«

Erneut der Schrei eines Kindes – dünn und hoch, er schnitt ins Herz und dämpfte alle anderen Geräusche.

»Aah, verdammt!«, brüllte jemand wütend, alles andere übertönend.

»Auf die Birne?«

»Ans Bein …«

»Gut gezielt, der alte Teufel!«

»Antip! Los, aufs Dach, wir schmeißen den Jidden runter!«

Zwei riesige Schauerleute stießen die Menge auseinander, gingen zu einem Anbau und kletterten aufs Dach.

In einem Fenster des Hauses erschien noch einmal der ernste, rotgesichtige Bursche.

Mühsam schob er eine Art Schrank oder Truhe ins Fenster und rief nach unten: »Leute, hier kommt Geschirr …«

Das Möbelstück passte nicht durchs Fenster, also riss der Bursche es zurück, verschwand für einen Augenblick, erschien wieder am Fenster und heulte gedehnt wie ein Wolf: »Aaa-chtuung!«

Ein Stapel Teller flog aus dem Fenster, dann blinkte ein Samowar auf wie eine Sonne. Die Leute unten liefen auseinander, hielten schützend die Hände über den Kopf und lachten aus vollem Hals. Ein dicker rothaariger Bursche packte den Samowar, hob ihn hoch über den Kopf, warf ihn erneut zu Boden und trampelte darauf herum.

Auf dem Dach ertönte ein unmenschlicher Aufschrei. Alle blickten nach oben. Ein metallisches Poltern … Plötzlich erschien etwas Großes am Rand des Daches, verharrte einige Sekunden bebend in der Luft, schrie auf, heulte, löste sich, flog abwärts und landete mit einem dumpfen, scheußlichen Klatschen. Ich stürzte aus dem Hof, verfolgt von wildem, triumphierendem Geheul.

»Aaah …«

»Hahaa!«

»Er is ruuunter!«

Auf der Straße zerbrachen Menschen Stühle und Tische, zertrümmerten Truhen, zerrissen lachend Kleider. Federn schwebten durch die Luft, aus den Fenstern zweier Häuser fielen Kissen, Körbe, Möbel und Kleidungsstücke vor die Füße der Menschen, und die Menge, irrsinnig vor Zerstörungswut, griff nach den Sachen und zerriss, zerbrach und zertrümmerte sie.

Zwei Frauen, zerzaust, verschwitzt, hochrot im Gesicht, hatten nach einer Kiste gegriffen und zerrten beide daran. Sie schrien sich an, Federn und Daunen wirbelten um ihre Köpfe, beide rissen den Mund weit auf, doch ihre Stimmen konnten das Splittern von Holz, das Geheul und Gebrüll der Menge und die kreischenden Angstschreie aus den Fenstern nicht übertönen.

Ein riesiger Mann im zerfetzten Hemd und ohne Mütze kam an mir vorbei. Sein Haar war zerzaust, über sein schmutziges Gesicht floss dickes, fast schwarzes Blut. Er schwenkte einen Arm und lächelte stumpf – das zufriedene Lächeln eines satten Tieres. Nun ging er zu einem Laternenpfahl, umschlang ihn und rüttelte daran, die breite Brust gegen das Holz gepresst. Die Lampe schwankte und krachte zu Boden.

»Hoho!«, rief ein anderer Mann und rannte zu einem anderen Laternenpfahl. Er packte ihn und rüttelte ächzend daran.

Ein Mädchen im zerrissenen Kleid und mit offenem Haar stürzte sich blindlings in die Menge wie eine Taube in eine Rauchwolke. Sie lief, den Kopf in den Nacken geworfen, und die Augen in ihrem blassen Gesicht waren unglaublich groß.

»Auf die Jiddin!«, brüllte jemand. Sofort verschwand das Mädchen in der dichten Menschenmenge wie ein Zuckerkrümel unter einer Schar Fliegen. Über ihr brodelte eine dunkle Masse aus menschlichen Leibern, Fäuste flogen durch die Luft, ich hörte lustvolles Ächzen und weiches Klatschen. Zynische Scherze, Beschimpfungen und Gezischel – das alles verschmolz zu einem einzigen hämischen und bösartigen Lärm.

»Auseinander, Leute! Hier kommt Selman!«

Der Ruf kam aus einer Menschenmenge, die etwas die Fahrbahn entlangschleifte. Es war ein Mensch oder ein menschlicher Leichnam, ein halbnackter dürrer Körper, zermalmt, zerfetzt, voller Blut und Schmutz. Die Leute hatten Selmans Beine mit einem Seil gefesselt und zogen ihn die Straße entlang, er hinterließ eine breite Blutspur. Seine langen, dürren Arme badeten darin, und zwischen seinen Armen, an der Stelle, wo sie an den Schultern angewachsen waren, schlug ein formloser, blutüberströmter, zerfetzter Klumpen auf den Boden.

Ein Halbwüchsiger lief zu dem Körper, sprang darauf, seine Füße sanken in den Bauch ein wie in Teig, der Junge wedelte mit den Armen und fiel um, was Gelächter auslöste. Selman war ein reicher Unternehmer. Ich hatte ihn oft lebendig gesehen, doch das, was ich hier sah, hatte nicht nur keine Ähnlichkeit mit Selman, sondern überhaupt mit einem Menschen.

Ganz betäubt von allem, was um mich herum geschah, keuchend vom Staub, taumelte ich durch die Menge wie ein Holzspan auf einem Fluss und nahm alles wahr wie einen bösen Traum. An einem Regenrohr hing ein weißer Rock, hoch über dem Erdboben, und eine alte Frau versuchte auf Zehenspitzen, danach zu greifen, den knochigen dunklen Arm in die Höhe gereckt. Neben ihr stülpte sich ein bärtiger Schauermann eine Samtkappe auf den Zottelkopf. Kleine Jungen wuselten zwischen den Beinen der

Erwachsenen herum und sammelten Spiegelscherben auf, einer von ihnen sprang hoch, um eine durch die Luft wirbelnde Feder zu fangen.

Ein Polizist, den Säbel in der Scheide schwingend, kam gelaufen, er wurde ausgelacht, Rufe hallten ihm nach:

»Haltet ihn!«

»Fangt den Greifer!«

Jemand warf dem Rennenden eine zerbrochene Kiste vor die Füße, und der Polizist stürzte kopfüber. Lautes Gelächter erschallte.

Als ich kurz zu Boden blickte, entdeckte ich ein Stück blutige Haut mit einem Büschel Haare daran.

»Leu-te! Hierher!«

Der Ruf kam aus einem Hof, und die Menge strömte wie eine dichte Welle durch das Tor. Die Menschen quiekten, knurrten, heulten.

»Schlagt sie! Schlagt sie!«, schallte es.

Im ersten Stock eines Hauses hantierte jemand mit einem Brecheisen, um die Wand zwischen zwei Fenstern einzureißen. Ziegel und Kalk krachten auf die Straße, weißer Staub wirbelte auf. Aus einem Fenster flog ein Tablett, kreiselte unentschlossen in der Luft und landete auf dem Kopf einer dicken Frau. Aufjaulend ging sie in die Hocke.

Ein Haufen Ziegel prasselte auf die Straße. Die Wand war eingerissen, und sogleich schob sich durch das hässliche Loch in der Hauswand schwerfällig und behäbig ein riesiger Schrank, zitterte, glitt gleichsam widerwillig an der Hauswand herab, stieß gegen den Sims, drehte sich und zerschellte donnernd auf den Pflastersteinen. Ein unaufhörliches Geheul lag in der Luft, als toste hier ein unsichtbarer wilder Fluss, der den Boden unter sich aufwühlt, schäumend vor Wut, in wilder Raserei …

Als ich am Abend dieses Tages über den großen Platz ging und an einer Postenkette von Kosaken vorbeikam, hörte ich einen der Männer zu seinem Nebenmann sagen:

»Vierzehn Jidden, hörst du, vierzehn Jidden haben sie zerfetzt …«

Der Angesprochene aber rauchte seine Pfeife und schwieg.

Das geschah im Juni 1885 im Ort Kunawino* an der Oka, gegenüber von Nishni Nowgorod.

1901

* Heute Kanawino, Stadtteil von Nishni Nowgorod; von 1822 bis 1928 Ort der alljährlich im Juli stattfindenden berühmten Messe von Nishni Nowgorod, einem der belebtesten Handelsplätze des 19. Jahrhunderts. Hierher wurde die seit Mitte des 16. Jahrhunderts ursprünglich in der Nähe des Makarjew-Klosters am linken Ufer der Wolga angesiedelte Messe nach einem großen Brand 1816 verlegt.

Die Erzählung des Filipp Wassiljewitsch

Ich saß im Stadtpark auf einer Bank, der Wind schüttelte grimmig die nassen schwarzen Äste über mir, riss die letzten Blätter herunter, trug sie zum Berghang, zum Fluss, und der Fluss atmete feuchte Kälte in den Himmel.

Hinterm Fluss, im gelben Samt sonnengebleichten Grases, blinkte ein kleiner See, sein Wasser spiegelte traurig den trüben Herbsthimmel; am Himmel stand die blasse Sichel des abnehmenden Mondes. Die Sonne war längst in den dunklen Schlund des Waldes gesunken, und der blutrote Streifen Abendrot zwischen den grauen Wolken sah aus wie ein Flammenstrom in einer Gebirgsschlucht.

»Hören Sie«, sagte leise ein hochgewachsener, schäbig gekleideter junger Mann; das Rauschen der Bäume dämpfte seine Schritte, und ich hatte ihn nicht kommen gehört. »Geben Sie mir Geld für Brot!«

Er neigte den Kopf, trat ein Stück zurück, nahm aber den Hut nicht ab. Ich griff wortlos in meine Tasche.

»Nicht viel!«, sagte er hastig und hob stolz den Kopf. »Sie denken, ich wäre ein Bettler? Nein – ich bin nur arbeitslos … Und sehr hungrig … Glauben Sie mir?«

»Ich glaube Ihnen«, sagte ich.

Er hatte breite Wangenknochen und tief unter der Stirn liegende sanfte, große graue Augen.

»Danke«, knurrte er mürrisch, als er mit seiner langen, vor Kälte und Scham zitternden Hand das Geld nahm.

Ich stand auf und ging mit ihm.

Er weckte meine Neugier, und ich fragte ihn: »Kann ich Ihnen vielleicht irgendwie nützlich sein?«

»Finden Sie eine Arbeit für mich!«, rief er schnell. »Können Sie das?«

»Ich wills versuchen …«

»Das Betteln fällt mir schwer und ist mir peinlich … ich will arbeiten!«

»Wie heißen Sie?«

»Platon Bagrow … Wissen Sie, ich bin Bauer, habe die Dorfschule besucht, ich war ein guter Schüler, die Lehrerin mochte mich … Sie hat die alte Gutsherrin überredet, mich aufs Gymnasium zu schicken …«

Er hatte große dunkle Ringe unter den Augen. Seine knorpelige Höckernase war von der Kälte gerötet. Der junge Mann schob die Hände in die Hosentaschen, krümmte den Rücken und zog fröstelnd die breiten Schultern hoch. Das dünne, bis zum Hals zugeknöpfte Jackett, die geflickten hohen Stiefel und der zerknautschte alte Hut ließen ihn aussehen wie einen Leierkastenmann. Er sprach ruhig, ohne Traurigkeit, ohne Klage in der Stimme, so, als lauschte er selbst aufmerksam seinen Worten und prüfte sie in Gedanken.

»Vier Jahre war ich auf dem Gymnasium; als ich in die zweite Klasse ging, starb meine Mutter – sie hatte sich auf den Feldern verirrt und war erfroren; mein Vater war schon vorher gestorben; und als ich in die vierte Klasse kam, starb die Gutsherrin … Ihre Erben wollten nicht mehr für mich zahlen, und ich musste das Gymnasium verlassen … Damit war meine Ausbildung zu Ende …«

Eine vorbeieilende Dame stieß ihn an – er riss den Kopf hoch, legte die Hand an den Hut und sagte dumpf: »Verzeihung!«

Die Dame lief weiter, ohne sich nach ihm umzusehen.

Er presste die Lippen zusammen, dann sagte er lächelnd: »Wie sehr sich die Leute an die Rempelei gewöhnt haben … als wäre nichts weiter dabei, jemanden anzurempeln …«

Wir gingen in ein Wirtshaus, setzten uns an einen Tisch

in der Ecke des kleinen, verräucherten Raumes, ich bestellte mir ein Bier, und während er auf sein Essen wartete, sah er sich um und erzählte halblaut.

»Die erste Zeit wohnte ich bei einem der Schuldiener des Gymnasiums, dann brachte er mich als Laufbursche bei einem Krämer unter, aber mein Brotherr war ein Raufbold, und ich verließ ihn …«

Der Kellner stellte einen Teller mit Brot auf den Tisch. Platon griff sofort nach einem Stück, doch seine Hand zuckte seltsam, er warf einen raschen Blick auf mich, legte das Brot zurück und fuhr mit gesenktem Kopf fort: »Damals war ich vierzehn, jetzt bin ich neunzehn, in zwei Jahren muss ich zu den Soldaten. In den fünf Jahren habe ich viel gesehen, ich habe in verschiedenen Städten gelebt, hab bei einem Klempner gearbeitet und bei einem Gärtner, war Bote in einer Zeitungsredaktion im Süden, hab Fische gefangen im Asowschen Meer, war auch am Kaspischen – ich habe viel erlebt! Hab mich umgesehen, nachgedacht … und wissen Sie – das Leben, das ist schlecht eingerichtet!«

Der Kellner brachte eine Schüssel mit etwas Trübem, herzhaft Riechendem. Platon sog den Duft tief und gierig ein, zog die Schüssel mit beiden Händen zu sich heran und tat sich Suppe auf, ohne seine Rede zu unterbrechen.

»Ich lese sehr gern, ich habe eine Regel – ein Drittel meines Verdienstes gebe ich für Bücher aus … Wenn ich ein Buch ausgelesen habe, verkaufe ich es natürlich … das tut mir immer leid, aber ich kann ja nicht alle mit mir herumschleppen … Ich lebe nicht gern lange am selben Ort, ich will so viel wie möglich sehen, ich möchte gebildet sein …«

»Gebildet sein, das ist ein wunderbarer Wunsch, doch mir scheint, dafür sollte man lange am selben Ort bleiben. Aber – essen Sie bitte!«, sagte ich, als ich sah, wie sich seine Nüstern blähten, die den Geruch des Essens einsogen.

Er lächelte und begann zu essen, wobei er erfolglos versuchte, seine hungrige Gier vor mir zu verbergen.

Es war ein wenig seltsam, seiner schlichten Rede zu lauschen, der ein kaum merklicher Rhythmus innewohnte und eine tiefe Ernsthaftigkeit, die dem Alter des jungen Mannes nicht zu entsprechen schien. Er spreizte sich ein wenig mit seiner Wortgewandtheit, und ich merkte, dass er sich bemühte, mich von seiner Bildung zu überzeugen. Als ich nun sah, mit welcher Gier er aß, bemühte ich mich, ihn nicht anzuschauen, um ihn nicht in Verlegenheit zu bringen, und blickte mich im Raum um.

In einer anderen Ecke saß, die Uniformmütze in den Nacken geschoben, ein Telegrafist. Er lehnte mit der Brust auf dem Tisch und betrachtete düster die vor ihm stehende Halbliterflasche Wodka. Über ihm kreisten schwarze Fliegen und erfüllten den Raum mit unwilligem, aufgeregtem Gebrumm, sie verhedderten sich in den staubigen Blättern der Pflanzen auf den Fensterbrettern und prallten stumpfsinnig immer wieder gegen die Scheiben. Im Raum hing ein stickiger Geruch nach Tabak, Sauerkohl, Geranien und Wodka …

Ein hochgewachsener, pockennarbiger Mann kam herein, setzte sich dem Telegrafisten gegenüber, schenkte sich schweigend ein Glas ein, leckte sich gründlich den roten Schnurrbart ab und fragte mit tiefem Bass: »Wie gehts?«

Der Telegrafist setzte sich auf, lehnte sich in seinem Stuhl zurück, schlug mit der flachen Hand auf den Tisch und antwortete: »Ich bin in einer Stimmung – ich könnte Fensterscheiben einschlagen!«

»Beschwer dich!«, riet der Rothaarige und goss sich noch einmal Wodka ein.

»Zum Teufel! Alle beschweren sich … und wer hört drauf?«

Platon lachte spöttisch, sah kurz zu mir und sagte leise: »Ich trinke nicht, aber ich sitze sehr gern im Wirtshaus – das ist interessant! Man hört immer irgendwas Besonderes …«

»Das ist alles hässlich und schmutzig«, bemerkte ich. »Wenn Sie gern lesen, dann lesen Sie mehr, in Büchern finden Sie doch viel Wertvolleres als im Wirtshaus!«

»Hm-ja, versteht sich!«, stimmte er mir seltsamerweise nicht gleich zu und setzte nach einer kurzen Pause hinzu: »Obwohl, wissen Sie, manchmal erkennt man, wenn man drüber nachdenkt, sogar unter hässlichen Worten den gleichen Gedanken, den man in einem Buch gelesen hat … Dann glaubt man dem Buch mehr, und auch die Menschen kommen einem besser vor … klüger …«

»Waren Sie mit Gebildeten bekannt?«, fragte ich.

»Als ich in der Redaktion gearbeitet habe, ja … Die Mitarbeiter behandelten mich gut … gaben mir Bücher … Und in Rostow, da hatte ich einen Bekannten – er war Tischler, aber ein sehr gebildeter Mann, er besaß eine ganze Bibliothek«, sagte Platon langsam.

Er war ein wenig berauscht vom sättigenden Essen und offenbar schläfrig; seine Augen hatten sich getrübt. Ich stand auf, gab ihm meine Adresse, sagte, er solle am nächsten Tag zu mir kommen, und reichte ihm die Hand.

Er drückte sie fest, nickte und sagte schlicht: »Danke!«

Ich hatte nicht den Eindruck, dass er gerührt gewesen wäre von meinem Verhalten ihm gegenüber, und obgleich ich natürlich keine Dankbarkeit erwartete, empfand ich seine Kälte – oder was es sein mochte – als nicht sehr schön. Wir alle müssen Dienste, die wir einander erweisen, würdigen, das ist unerlässlich im Zusammenleben …

Als ich auf die Straße trat, war es bereits dunkel. Eine lange, funkelnde Lichterkette zog sich weit in die Dunkelheit; es war windig, die Lichter flackerten.

Ihm ist bestimmt kalt in dem leichten Jackett, dachte ich an Platon Bagrow.

Es gelang mir, für Platon eine Stelle als Hausknecht bei einem Bekannten von mir zu finden, einem Professor, einem netten alten Mann – er hatte sich einige Jahre zuvor aus seinem Lehramt an der Universität zurückgezogen, lebte nun bescheiden im Ruhestand und widmete sich der Erforschung eines Weizenschädlings.

Sein Haus war klein und fein; es stand am Stadtrand, war ringsum von alten Linden umsäumt, von dichten Akazien- und Fliederbüschen umwogt und wirkte im Sommer in diesem Meer von Grün wie eine gastliche stille Insel.

Der Professor hatte eine Tochter – ein kleines Fräulein mit blauen Augen und hellem Lachen, ein fröhliches, verwöhntes und unbekümmertes Geschöpf. Sie spielte nicht übel Klavier, malte, las schöne Literatur und trug stets weiße Kleider – sie passten zu ihr wie die weiße Rinde zur Birke. Sie war ständig von Freundinnen umringt, ebenso eleganten Fräuleins wie sie selbst, und empfing häufig Besuch von Studenten. Fast jeden Abend ging es lebhaft zu, manchmal lustig; es wurde gespielt, gestritten, getanzt, Verse wurden vorgetragen, und der alte Professor saß in einer Ecke, strich sich den grauen Bart und belächelte die Fröhlichkeit der Jugend.

Ich war oft zu Gast in diesem Haus und begegnete Platon dort. Sein Gesicht war voller geworden, die dunklen Ringe unter seinen Augen waren verschwunden, er trug eine dicke schwarze Wattejacke, schwarze Pluderhosen und hohe Stiefel. Mit diesem etwas ungewöhnlichen Aufzug wollte er sich wohl hervorheben. Hochgewachsen und hager, bewegte er sich ein wenig linkisch. Sein kurzes dunkles Haar war leicht gewellt, seine Augen blickten ruhig und nachdenklich, in seinem breitknochigen Gesicht lag etwas Bedeutsames.

Stets verbeugte er sich schweigend vor mir – er war so taktvoll, mich in Gegenwart seiner Brotherren nie anzusprechen, denn er spürte wohl, dass er damit mich wie auch sich selbst in eine peinliche Lage gebracht hätte. Doch wenn ich ihn allein auf dem Hof antraf, unter vier Augen, gab ich ihm die Hand, und wir unterhielten uns.

»Na, wie gefällt es Ihnen hier, Platon?«

»Nicht schlecht!«, antwortete er gutmütig. »Freie Zeit habe ich wenig, aber ich kann immerhin lesen ... Sehen, fühlen, arbeiten, denken – das ist Leben! Nicht wahr?«

»Ja, ja!«, stimmte ich ihm zu und freute mich an seiner Lebhaftigkeit. »Und vor allem, lesen Sie möglichst viele gute Bücher ... Na, und wie gefallen Ihnen die Hausherren?«

»Nette Leute, denk ich ... nicht grob zur Dienerschaft. Das trifft man selten ... Das Fräulein ist spaßig! Läuft wild herum, kreischt, zieht Grimassen – immer pieksauber, wie ein gepflegtes Ferkel!«

Mir missfiel diese Äußerung über Lidija Alexejewna – ein abfälliges Urteil von Dienstboten über ihre Herren ist durchaus verständlich, aber Platon war doch ein halbwegs gebildeter Mensch und musste verstehen, dass er sich mit einer solchen Meinung über die Hausherrin auf das Niveau von Tellerwäscherinnen begab.

Ich sagte nichts dazu, und er fuhr lächelnd fort: »Sie ist lieb! Und gutherzig, zwar launisch, aber immer nett zu den Leuten ... manchmal schreit sie das Dienstmädchen an, aber nicht böse, ganz wie ein Kind ...«

»Sie ist nur ein Jahr jünger als Sie«, bemerkte ich.

»Das hat nichts zu bedeuten!«, entgegnete er ruhig. »Jahre sind nicht gleich Jahre, man muss die Zeit nach der Quantität und der Qualität des Erlebten messen ... Was hat sie schon erlebt und gesehen?«

Er prahlte gern mit seiner Lebenserfahrung, das langweilte mich. Und ich hatte Gründe, ihm nicht zu glauben, denn ich hatte mehrmals bemerkt, dass er, wenn Lidija Alexejewna an ihm vorbeikam, verdächtig eilig die Hand an die Mütze legte und unterwürfig den Kopf vor ihr neigte; dabei klappte er komisch eckig zusammen, als fürchte er, das Mädchen mit seiner Größe zu erschrecken – gegen seine Herrin war er riesig und ungelenk. Ich verstand die Bedeutung dieser Verbeugungen nicht, Lidija aber bemerkte ihre übertriebene Ehrerbietung. Das ist ganz natürlich: Die Augen des Feindes sehen stets besonders scharf; und Lächerliches an einem Mann sieht am ehesten eine Frau.

Das fröhliche Mädchen lächelte Platon freundlich zu, bedachte ihn zuweilen mit ein paar nichtssagenden Worten, und einmal, als er Holz hackte, fragte sie ihn sogar, ob er nicht erschöpft sei. Das hätte sie nicht tun sollen.

Ich warnte sie: »Er ist zu eingebildet ... hält sich für eine außergewöhnliche Persönlichkeit und ist imstande, sich sonst was einzubilden!«

Sie schenkte meinen Worten keine Beachtung.

»Er ist ein Sonderling«, sagte sie, nachdenklich lächelnd. »So komisch, so lang ... und ständig philosophiert er da in der Küche ... und die anderen lachen deshalb über ihn ...«

Sie erzählte mir, das Gesinde im Haus halte Platon für dumm, weil er nicht hinter den Dienstmädchen her war, nicht vorm Tor saß und Sonnenblumenkerne knackte, und weil er Bücher las. In den Augen der Köchin und der Dienstmädchen verhielt er sich nicht wie ein Hausknecht, er redete viel und unverständlich – das alles ärgerte die Leute in der Küche.

»Man sollte ihm raten, das Lehrerexamen abzulegen und dann aufs Land zu gehen«, sagte ich.

»Ja«, stimmte mir Lidija zu, »das wäre das Beste für ihn.«

Von da an schenkte sie wohl Platon mehr Beachtung – natürlich nicht, weil sie glaubte, in ihm einen verkleideten Märchenprinzen zu entdecken, nein, sie war einfach neugierig, zu erfahren, wie der Mann fühlte und dachte, der den Hof ihres Hauses fegte ...

Der Frühling kam. Die Saatkrähen kehrten zurück. Tagelang war in den alten Linden überm Dach ununterbrochen das laute Krächzen der betriebsamen Vögel zu vernehmen.

Ich bemerkte, dass Platons Blick irgendwie seltsam geworden war, er schaute in die Ferne, als suchte er hartnäckig etwas, das er dringend brauchte, doch seine Augen fanden es nicht, weiteten sich erstaunt und lächelten unfroh. Er war nun sehr schweigsam, und in seinen Bewegungen lag eine gewisse Ratlosigkeit.

Eines Tages, als er an einem stillen Aprilabend das Tor hinter mir schloss, fragte er halblaut: »Kann ich morgen zu Ihnen kommen?«

»Bitte«, sagte ich. »Zwischen fünf und sechs Uhr abends … Bis dann! Zwischen fünf und sechs!«

Er kam pünktlich zur genannten Zeit, wie immer in seiner Wattejacke, lächelte verlegen und setzte sich schwerfällig an den Tisch.

Ich wollte mit ihm über die Bücher sprechen, die er gelesen hatte, doch das interessierte ihn offensichtlich nicht; er antwortete zerstreut, widerwillig, und blickte mit traurigen Augen über meinen Kopf hinweg oder durch mein Gesicht hindurch. Traurigkeit passte nicht zu seinem breitknochigen Gesicht.

Plötzlich erklärte er: »Ich … ich habe angefangen, Gedichte zu schreiben!

Er sah mich kurz verlegen an und fragte leise: »Finden Sie das lächerlich?«

»Nein, kein bisschen!«, beruhigte ich ihn. »Können Sie mir die Gedichte vortragen – ja?«

Er lächelte mit unfrohen Augen, legte die Ellbogen auf den Tisch, bettete seinen zerzausten Kopf darauf und begann mit dumpfer Stimme:

»Nacht ist nun. Ich blicke in den Park,
Still und düster liegt er schlafend da.
Ich sehe ins stumme Dunkel der Nacht,
Und ein Schrei entringt sich meiner Seele:
Ach, warum ist mir so schwer zumute?
Ach, warum?«

Seine Verse rochen nach Machorka, seine Stiefel nach Teer, seine Wattejacke war an den Ellbogen abgewetzt, am Kragen fehlten die Knöpfe, und ich sah die Adern an Platons Hals schwer und heftig pulsieren.

Den Blick auf den Tisch gerichtet, sprach er weiter:

»Nirgends findet meine Seele Antwort,
Rings um mich herrscht schwüles Dunkel …
Alles schläft, die feuchte Luft ist stumm …
Und nur mein Herz schlägt laut, ja, immer lauter.
Oh, warum hört sie nicht auf zu lachen?
Oh, warum?«

Er verstummte, sah auf und hob fragend die Brauen.

»Nun, und?«

Ich wollte seine Lyrik als Scherz abtun.

»Das ist nicht schön!«, sagte ich lachend. »Es wäre besser, wenn beide lachen oder beide weinen … Haben Sie noch mehr Gedichte?«

»Ja«, sagte er leise, senkte erneut den Kopf und begann langsam zu rezitieren:

»Leb wohl! Voll Trauer ist mein Herz …
Nun bin ich einsam, wie zuvor,
Und wieder ist mein Leben trist.
Leb wohl, mein helles, klares Licht!
Leb wohl!
Leb wohl. Die Segel sind gesetzt,
Am Ruder steh ich voller Gram,
Der Möwen munteres Geschrei,
Der weiße Schaum, der Wellen krönt –
Sind alles, was zum Abschied mir
Das Land noch schenkt … Leb wohl!«

Seine dumpfe Stimme klang monoton und erinnerte an die Psalmenlesung für einen Verstorbenen. Er schwieg eine Weile, schaute mich kurz an, seufzte und fuhr fort.

»Von Unheil kündet mir das Meer,
An meiner Seele nagt der Kummer,
Und drohend heult die graue Flut …
Doch keines Meeres mächtger Strom
Kann dich aus meinem Herzen schwemmen!
Leb wohl!«

Er verstummte und rührte sich nicht. Ich fühlte mich unbehaglich, wusste nicht, wie ich ihm helfen sollte. Ich überlegte und beschloss, vorzugehen wie ein Chirurg – das Störende gleich wegzuschneiden.

Ich fragte: »Sie haben sich verliebt?«

»Hm, ja«, sagte er leise.

»Wer ist sie? Das Dienstmädchen Fjokluschka?«

Er hob erstaunt die Brauen und antwortete: »Lidija Alexejewna …«

Das wusste ich natürlich, hatte aber nicht erwartet, dass er es so offen eingestehen würde, und es aus seinem Mund nicht hören wollen. Ich fand es ein wenig unangenehm und lächerlich.

»Hören Sie, mein Lieber«, begann ich, so ernst und freundlich ich konnte, »begreifen Sie, das ist doch recht – komisch!«

»Komisch?«, schrie er leise und riss erstaunt die Augen auf.

»Aber ja!«, sagte ich. »Es fällt mir direkt schwer, mit Ihnen im Ernst darüber zu reden …«

»Warum?«, wiederholte er seinen gedämpften Aufschrei.

»Ja, überlegen Sie doch: Sie sind neunzehn Jahre alt … ja, Sie haben einiges erlebt, wissen einiges, aber – was wären Sie beide für ein Paar? Sie ist ein gebildetes Mädchen mit feinem Geschmack … alles Grobe ist ihr entschieden zuwider – aber darum geht es gar nicht! – nein, sondern darum, dass eine solche Verbindung zwischen ihr und Ihnen vollkommen unmöglich ist … Sie sind nicht dumm, Sie müssen diese Unmöglichkeit doch selbst spüren …«

»Gleichwohl – ich spüre sie nicht«, sagte er leise, aber starrsinnig, und fragte im selben Ton: »Bin ich nicht ein Mensch wie alle?«

Ich zuckte die Achseln und sprach weiter zu ihm, doch er blickte mich mit seinen grauen Augen an, und ich sah, dass meine Worte ihn nicht erreichten.

»Und schließlich«, sagte ich, von Platon ablenkend, »Lidija Alexejewna liebt mich …«

Er erhob sich langsam von seinem Stuhl, presste die Lippen fest zusammen, krümmte den Rücken und ging, ohne mir die Hand zu geben.

Ich schaute ihm nach und fühlte, dass ich mich ernstlich in diese komische, aber unangenehme Geschichte einmischen musste.

Gleich am nächsten Abend ging ich zu Lidija Alexejewna und erklärte ihr vorsichtig, um sie nicht zu sehr zum Lachen zu bringen, aber zugleich ausreichend eindringlich, sie sollte ihrem Hausknecht wohl lieber keine Aufmerksamkeit mehr schenken.

»Warum?«, fragte sie erstaunt. »Man kann sich mit ihm sehr interessant unterhalten … Seine Geschichten sind trotz ihrer Primitivität manchmal so anrührend … und beschreiben so anschaulich das Leben der einfachen Leute … Warum, Sie Despot, sollte ich denn nicht mit ihm reden?«

Da sagte ich ihr unumwunden, dass sich Platon in sie verliebt habe, und die erste Liebe, wie auch immer sie sei, präge das Herz eines Mannes fürs ganze Leben … Sie zuckte angewidert zusammen, ihre Augen wurden vor Erstaunen ganz rund, ihre Wangen erröteten flammend, und sie lief erregt durchs Zimmer, beleidigt und verlegen.

»Wie kann er es wagen!«, rief sie verwirrt. »Er? Er hat Schweißhände … und sie sind ganz rot … auch seine Ohren sind rot … Aber – warum habe ich das nicht selbst geahnt? Nein – wie lächerlich! Er tut mir leid … aber das ist so unschön … Sie sagen, er hat Gedichte geschrieben?«

»Sie sind nicht mal schlecht, scheint mir«, bemerkte ich.

»Nein, wieso habe ich das nicht selbst bemerkt? Wirklich, das ist interessant … ein verliebter Demokrat … ein Roman! Ach, mein Gott! Aber was soll ich nun mit ihm machen, Filipp Wassiljewitsch? Ich muss ihn entlassen, oder?«

»Keineswegs – nicht sofort!«, riet ich. »Warum einen Menschen verletzen, wenn es sich vermeiden lässt? Entlassen müssen Sie ihn natürlich, aber behutsam … nicht sofort …«

»Seine Gedichte würde ich trotzdem gern sehen«, sagte sie nachdenklich.

Bald bereute ich bitter und aufrichtig, dass ich Lidija diesen Rat gegeben hatte, ohne ihren kindlichen Leichtsinn zu bedenken.

Am nächsten Tag verließ ich die Stadt, und zwei, drei Tage später wussten bereits alle im Haus, dass der Hausknecht in das Fräulein verliebt ist. Es kam – wie ich später erfuhr – zu komischen, ja, ehrlich gesagt, bösen Szenen.

»Platon!«, rief Lidija.

Er erschien.

»Sie lieben mich?«, fragte sie freundlich.

»Ja!«, sagte der Hausknecht fest.

»Sehr?«

»Ja«, wiederholte er.

»Und wenn ich Sie um etwas bitten würde«, sagte Lidija leise und geheimnisvoll, während sie verträumt sein breitknochiges Gesicht musterte, »dann würden Sie doch alles für mich tun, Platon?«

»Alles!«, bestätigte der Hausknecht mit unerschütterlicher Festigkeit.

»Nun, wenn das so ist«, sagte sie mit einem triumphierenden Lächeln, »wenn das so ist, mein lieber Platon …«

Sie machte ein trauriges Gesicht, seufzte tief und schloss: »Stellen Sie den Samowar auf …«

Er ging und stellte den Samowar auf, und seine Wangenknochen stachen noch schärfer hervor, und seine Augen sanken noch tiefer in ihre Höhlen.

Manchmal ließ Lidija Platon, nachdem sie ihn über seine Liebe ausgefragt hatte, ihre schmutzigen Galoschen waschen, oder sie schickte ihn mit einer Nachricht zu einer Freundin, und bei allem, worum sie ihn bat, spielte sie immer mit seiner Liebe.

Wenn sich abends Gäste versammelten, rief sie Platon und forderte ihn auf, seine Gedichte vorzutragen, und er tat es, den Kopf tief gesenkt und niemanden anblickend. Er wurde gelobt, er verbeugte sich, doch sein Gesicht war wie versteinert.

Lidija sagte in seinem Beisein zu ihren Gästen: »Nicht übel, nicht wahr? Manche Verse, die gedruckt werden, sind schlechter. Diese hier sind zwar ungelenk, aber aufrichtig … ich weiß, dass der Dichter tatsächlich verliebt ist – und zwar unglücklich! Standesvorurteile und das kalte Herz derjenigen, die er besingt, stehen seinem Glück im Wege …«

Ich finde, sie behandelte den Jungen unvorsichtig und unverdient boshaft. Seine Liebe beleidigte wohl ihren Stolz, und dafür rächte sie sich ein bisschen an dem armen Kerl. Übrigens behandelten ihn die anderen im Haus nicht besser. Der alte Professor war ein grundgütiger Mensch, wie ein warmherziger Weiser liebte er jedwedes Insekt, doch auch ihm bereiteten Scherze auf Kosten des jungen Mannes Vergnügen.

»Hören Sie, Sie Poet!«, sagte er. »Ich bitte Sie dringend, schütten Sie nicht so viel Mist auf die Spargelbeete! Das habe ich Ihnen schon mehrfach gesagt, aber Sie vergessen es immer wieder … und wenn das so weitergeht, stehe ich am Ende ohne Spargel da … Im Übrigen bin ich Ihnen nicht böse, ich begreife Ihre Lage … Es zieht Sie nach Arkadien … Ja nun – das ist legitim: In der Kindheit bekommt der Mensch Scharlach und Windpocken, in der Jugend verliebt er sich, schreibt Gedichte und träumt von Heldentaten … kein sehr nützlicher Zeitvertreib … aber immer noch besser als die Bedächtigkeit des Alters!«

Der Professor machte stets viele Worte, seine Beredsamkeit war etwas ermüdend, doch ihm gefiel sie.

Auch die Bediensteten trieben ihre Späße – natürlich einfacher und derber. Und offenbar trafen alle Späße ihr Ziel, denn es war ja groß genug. Am einfallsreichsten aber war Lidija – das kann ich nicht verhehlen, und ich billigte es natürlich nicht.

Abends bei Mondschein setzte sie sich geziert und nachdenklich ans offene Fenster und erklärte ihren Freundinnen laut, die Liebe kenne keine Schranken, für sie gebe es keine Adligen und keine Bauern, sondern nur den Mann, den Menschen, den Geliebten. Platon hörte das alles.

Dann rief sie nach ihm, blickte ihm kalt und teilnahmslos ins Gesicht und trug ihm irgendeine Erledigung auf.

Sie spielte auf dem Klavier melancholische Stücke, die mit sanften, schmeichelnden Akkorden an die Seele des Verliebten rührten, sie sang zärtliche, leise Lieder, in denen vom Warten auf Liebkosungen und von Sehnsucht nach dem Liebsten die Rede war, und dabei war sie stets darauf bedacht, dass der Hausknecht es sah, hörte, fühlte …

Eines Tages trat er im Garten zu ihr und sagte: »Warum verspotten Sie mich? Was ist so lächerlich daran, dass ich Sie liebe? Ich werde die Stadt bald verlassen … ich möchte Sie als freundlich und gütig in Erinnerung behalten … quälen Sie mich nicht!«

Er sprach leise und stand reglos da, doch Lidija bekam Angst vor ihm und lief wortlos davon.

Am nächsten Tag aber konnte sie sich nicht das Vergnügen versagen, ihn noch ein wenig zu quälen – sie rief ihn herein und forderte ihn auf, ihren beiden Freundinnen Verse vorzutragen. In den Versen ging es um einen jungen, starken Baum – einer seiner Zweige hatte das Gesicht einer Königin gestreift, und sie befahl, den Baum zu fällen. Die Verse waren ungelenk; die Fräulein hörten sie an und lächelten.

Das Ganze endete damit, dass ich eines Morgens eine Nachricht von Lidija erhielt: »Kommen Sie sofort, ein Unglück mit Platon, Lidija.«

Sie empfing mich verwirrt und blass, fast krank.

»Wissen Sie – er hat sich erschossen!«

»Wirklich?«, rief ich aus, zutiefst erschüttert.

»Ja, ja! Da haben Sie es!«, sagte sie, nervös durchs Zimmer laufend. »Daran sind Sie schuld, ja, Sie!«

»Ich?«

»Natürlich! Ich hätte ihn damals gleich entlassen müssen, aber Sie haben gesagt, das geht nicht! Und jetzt … Der Arme! Er tut mir so leid …«

In ihren Augen glänzten Tränen, ich sah, dass sie in der Nacht schlecht geschlafen und viel geweint hatte.

»Wenn ich gewusst hätte, dass er … dass er im Ernst … dann hätte ich mir doch keine Scherze erlaubt«, sagte sie, drückte ihr Taschentuch ans Gesicht und zitterte. »Es heißt, er lebt noch … fahren Sie zu ihm! Ich kann nicht … ich werde später … Papa ist ganz verstört … und allen tut er leid … er war so originell!«

Sie war ein Kind! Selbst jetzt sprach sie von ihm wie von einem kaputten Spielzeug.

Ich fuhr sofort ins Krankenhaus und dachte unterwegs traurig an Platon. Er war mir so stark erschienen, so fest – und dann, bei der ersten Begegnung mit dem Leben, hatte es ihn umgeworfen und zerstört. Eine solche Labilität, verständlich bei einem kultivierten Menschen, der unter ständiger nervlicher Anspannung lebt, war mir bei Platon unbegreiflich.

Er lag auf dem Rücken, gelb, blutleer, mit Runzeln im Gesicht; seine Augen waren dunkler geworden und riesig, voller Gram und Schmerz. Sein langer, sehniger Arm hing kraftlos vom Bett herab, die Finger berührten fast den Boden. Er sah mir lange eindringlich ins Gesicht und schwieg. Schließlich sagte er mühsam, mit zusammengebissenen Zähnen und knarrender Stimme, keuchend vor Schwäche: »Fragen Sie sie … ich habe – ich habe für sie gearbeitet … damit sie es bequem und sauber haben … warum haben sie mich so verletzt?«

Dann schlossen sich seine Augen.

Ich hob seinen Arm auf, legte ihn aufs Bett und sprach sanft auf Platon ein: »Mein Freund, Sie dürfen nicht so streng urteilen … Werden Sie wieder gesund, und dann – dann klärt sich alles … Sie wissen doch – es sind gute Menschen …«

Ohne die Augen zu öffnen, sagte er: »Dort sind noch … Bücher von mir … schicken Sie die nach Rostow … an den Tischler Jewsej Skrjabin … vergessen Sie es nicht!«

»Gut, ich schicke sie ihm!«

Ich zückte mein Notizbuch und schrieb die Adresse des Tischlers hinein, Platon aber lag noch immer reglos da. Aus seiner Brust drang dumpfes Röcheln, und die riesigen dunklen Flecke anstelle der Augen ließen sein Gesicht aussehen wie tot.

Ich sah ihn an und schwieg, es war mir peinlich, zu bleiben, und ebenso peinlich, fortzugehen.

Schließlich öffnete er die Augen und flüsterte: »Gehen Sie!«

»Auf Wiedersehen!«, sagte ich.

Er antwortete mit einer Handbewegung.

Langsam, mit einem unangenehmen, stechenden Gefühl in der Brust, verließ ich das Krankenzimmer, und als ich schon im Flur war, hörte ich Platons heisere Stimme: »Schwester … lassen Sie niemanden zu mir … niemanden …«

Offenbar glaubte er, Lidija würde kommen.

In der Nacht starb er.

Ich erfüllte seine Bitte und schickte die Bücher, die er hinterlassen hatte, nach Rostow – die Hefte mit seinen Gedichten hatte er im Ofen verbrannt, erzählte mir das Dienstmädchen –, doch zwischen den Büchern fiel mir ein durchgestrichenes Blatt Briefpapier in die Hand, und darauf standen folgende eilig hingeworfene Zeilen:

»Langsam und lange stieg ich vom tiefsten Grund des Lebens auf zu euch, auf seine Höhen, und alles auf meinem Weg betrachtete ich mit den gierigen Augen des Beobachters, der aufbricht ins Gelobte Land …«

Dieses Blatt habe ich zur Erinnerung an Platon behalten; als ich vor Kurzem in meinem Schreibtisch kramte, habe ich es wiedergefunden und mich an den Jungen erinnert … und darum habe ich jetzt von ihm erzählt.

1904

Das Mädchen

Eines Abends, müde von der Arbeit, lag ich an der Wand eines großen Steinhauses auf der Erde – es war ein trauriges altes Gebäude; die roten Strahlen der untergehenden Sonne offenbarten die tiefen Risse und die Schmutzschichten auf seiner Mauer.

Drinnen im Haus wuselten Tag und Nacht – wie Ratten in einem dunklen Keller – hungrige, schmutzige Menschen herum, ihre Leiber waren nur halbwegs mit Lumpen verhüllt, ihre dunklen Seelen waren nackt und ebenso schmutzig wie ihre Leiber.

Aus den Fenstern des Hauses wälzte sich dicht und träge wie der graue Rauch eines Feuers der eintönige Lärm des Lebens, das in ihm brodelte. Ich hörte diesen mir längst vertrauten beunruhigenden und trostlosen Lärm und döste, nicht gefasst auf das geringste neue Geräusch.

Doch ganz in meiner Nähe ertönte aus einem Haufen leerer Fässer und zerbrochener Kisten eine leise, sanfte Stimme:

»Schlaf, mein Engelchen! Schlaf ein!
Eiapopeia, mein Kleines, schlaf ein …«

Ich hatte in diesem Haus noch nie eine Mutter ihr Kind so liebevoll in den Schlaf singen gehört. Leise stand ich auf, schaute hinter ein Fass und sah: In einer der Kisten saß ein kleines Mädchen. Den dunkelblonden Lockenkopf tief gesenkt, wiegte es sich still und sang gedankenversunken vor sich hin.

»Schlaf, mein Liebling, schlaf in Ruh,
Mache beide Äuglein zu …«

In den schmutzigen kleinen Händen hielt das Mädchen einen mit einem roten Stofffetzen umwickelten hölzernen Löffelstiel, den es mit traurigen großen Augen ansah.

Sie hatte schöne Augen, klar, sanft – und von unkindlichem Gram erfüllt. Als ich das entdeckte, sah ich den Schmutz im Gesicht und an den Händen des Mädchens nicht mehr.

Über ihr hingen wie Wolken aus Ruß und Asche Geschrei, Flüche, betrunkenes Lachen und Weinen, auf der schmutzigen Erde um sie herum war alles zerbrochen, zersplittert, und die Strahlen der Abendsonne färbten die Trümmer der Kisten und Fässer rot, verliehen ihnen eine unheilvolle und seltsame Ähnlichkeit mit den Überresten eines großen Körpers, zerstört von der harten, grausamen Hand der Armut.

Unwillkürlich regte ich mich – die Kleine zuckte zusammen, sah mich, ihre Augen verengten sich misstrauisch, und sie krümmte sich ängstlich zusammen, wie eine Maus vor der Katze.

Lächelnd blickte ich in ihr schmuddeliges, trauriges und schüchternes Gesicht; sie hatte die Lippen fest zusammengepresst, und ihre schmalen Brauen bebten.

Nun stand sie auf, klopfte geschäftig ihr zerlumptes Kleid ab, das einmal rosa gewesen war, steckte ihre Puppe in die Tasche und fragte mich mit heller, klarer Stimme: »Was kuckst du so?«

Sie mochte elf Jahre alt sein; sie war dünn, mager, und schaute mich wachsam an, wobei ihre Brauen noch immer zitterten.

»Na?«, fragte sie nach kurzem Schweigen. »Was willst du?«

»Nichts, spiel weiter, ich gehe schon …«, sagte ich.

Da kam sie auf mich zu, verzog angeekelt das Gesicht und sagte laut und deutlich: »Komm mit, für fünf Altyn* …«

Ich verstand nicht gleich, doch eine furchtbare Ahnung, erinnere ich mich, ließ mich zusammenzucken.

Sie trat dicht an mich heran, schmiegte sich mit der Schulter an meine Seite und sprach mit dumpfer, eintöniger Stimme weiter, meinem Blick ausweichend: »Na komm schon … Hab keine Lust, auf der Straße einen Freier zu suchen … Außerdem hab ich nichts zum Anziehen für draußen – Mamas Galan hat auch mein Kleid versoffen … Na los, komm …«

Wortlos und sacht schob ich sie von mir; sie sah mir misstrauisch-ungläubig in die Augen, verzog die Lippen seltsam schief, hob den Kopf, schaute mit weit offenen klaren Augen nach hoch oben und sagte halblaut und ausdruckslos: »Was stellst du dich so an? Du denkst, ich bin noch klein und werd schreien? Keine Angst, geschrien hab ich früher … jetzt nicht mehr …«

Nach diesen Worten spuckte sie gleichgültig aus.

Ich ging fort, im Herzen tiefes Entsetzen und den traurigen Blick der klaren Kinderaugen.

1905

* Alte russ. Dreikopekenmünze.

12

Die Zikaden zirpen.

Als wären im dichten Laub der Olivenbäume Tausende Metallsaiten gespannt, und wenn der Wind die harten Blätter bewegt, ist es, als berührten sie diese Saiten, und diese unablässigen sanften Berührungen erzeugen einen warmen, berauschenden Klang. Das ist noch keine Musik, doch es scheint, als stimmten unsichtbare Hände Hunderte unsichtbarer Harfen, und du erwartest die ganze Zeit gespannt, dass kurz Stille eintritt, bevor eine mächtige Hymne an die Sonne, den Himmel und das Meer erklingt.

Der Wind weht, die Bäume wiegen sich, als strebten sie, die Wipfel schüttelnd, vom Berg herab zum Meer. Gegen die Felsen am Ufer schlagen dumpf und gleichmäßig die Wellen; das Meer ist voller weißer Flecke, als hätten sich zahllose Vogelscharen auf seiner blauen Ebene niedergelassen, sie alle schwimmen in dieselbe Richtung, verschwinden, tauchen in die Tiefe, erscheinen wieder und zischen kaum hörbar. Und am Horizont schaukeln, als wollten sie die weißen Flecke zu sich locken, zwei Schiffe, die dreistöckigen Segel gesetzt, auch sie ähneln grauen Vögeln; das alles – es erinnert an einen alten, fast vergessenen Traum – wirkt nicht ganz real.

»Zur Nacht wird starker Wind aufkommen!«, sagt ein alter Fischer, der im Schatten der Steine auf dem schmalen, mit knirschenden Kieseln übersäten Strand sitzt.

Die Brandung wirft Halme stark riechenden Seegrases auf die Steine – braun, golden und grün; das Seegras welkt in der Sonne und auf den heißen Steinen, die salzige Luft ist von herbem Jodgeruch erfüllt. Unablässig rollen gekräuselte Wellen an den Strand.

Der alte Fischer hat Ähnlichkeit mit einem Vogel – ein kleines, zusammengedrücktes Gesicht, Höckernase und runde, vermutlich sehr scharfe Augen, die in den dunklen Hautfalten verschwinden. Seine Finger sind krumm, steif und dürr.

»Vor einem halben Jahrhundert, Signor«, sagt der Alte, und sein Ton passt zum Rauschen der Wellen und zum Zirpen der Zikaden, »da war auch genau so ein heiterer, klingender Tag, an dem alles lacht und singt. Mein Vater war vierzig, ich war sechzehn, und ich war verliebt – was ganz zwangsläufig ist mit sechzehn Jahren und bei schöner Sonne.«

›Lass uns rausfahren, Guido, Pezzoni* fangen‹, sagte mein Vater. Der Pezzono, Signor, das ist feiner, schmackhafter Fisch mit rosa Schwimmflossen, man nennt ihn auch Korallenfisch, weil er dort lebt, wo es Korallen gibt, sehr tief im Meer. Zum Fischen geht man vor Anker und fängt ihn mit Haken und schwerem Senkblei. Ein wunderschöner Fisch.

Wir fuhren also raus und rechneten mit nichts als einem guten Fang. Mein Vater war ein starker Mann, ein erfahrener Fischer, doch kurz zuvor war er krank gewesen, er hatte es auf der Brust, und seine Finger waren krumm vom Rheumatismus – eine Fischerkrankheit.

Das ist ein ganz tückischer und böser Wind, der da gerade so sanft vom Ufer her bläst, als wollte er uns sacht ins Meer stoßen – dort draußen schleicht er sich unmerklich an und stürzt sich plötzlich auf einen, als hätte man ihn beleidigt. Das Boot wird sofort hochgerissen und fliegt davon, manchmal kieloben, und man selber landet im Wasser. Das geschieht in einem einzigen Augenblick, man kann nicht mal mehr fluchen oder Gott anrufen, so schnell wird man

* Diesen Fisch gibt es nicht, vermutlich hat sich Gorki, der nicht Italienisch konnte, den Namen ausgedacht.

herumgewirbelt und fortgeschleudert. Ein Räuber ist ehrenhafter als dieser Wind. Übrigens sind die Menschen immer ehrlicher als die Elemente.

Ja, dieser Wind also traf uns vier Kilometer vor der Küste – nicht weit draußen, wie Sie sehen, er überrumpelte uns überraschend wie ein hundsgemeiner Feigling.

›Guido!‹, sagte mein Vater und griff mit seinen verkrümmten Händen nach den Rudern. ›Halt dich fest, Guido! Den Anker, schnell!‹

Doch während ich noch den Anker einholte, bekam mein Vater einen Schlag mit dem Ruder gegen die Brust – die Ruder wurden ihm aus den Händen gerissen, und er sank bewusstlos zu Boden. Ich hatte keine Zeit, ihm zu helfen, jeden Augenblick konnten wir kentern. Es ging alles ganz schnell: Als ich mich an die Ruder setzte, trieben wir schon davon, in feinen Sprühregen gehüllt, der Wind wirbelte die Wellenkämme auf und besprühte uns wie ein Priester, nur mit größerem Eifer und keineswegs, um unsere Sünden abzuwaschen.

›Das ist ernst, mein Sohn!‹, sagte mein Vater, als er zu sich kam und zum Ufer schaute. ›Das wird lange dauern, mein Lieber.‹

Wenn man jung ist, glaubt man nicht so leicht an Gefahr, ich versuchte zu rudern, ich tat alles, was man in einem gefährlichen Moment auf dem Wasser tun muss, wenn dieser Wind, der Atem böser Dämonen, einem tausend Gräber gräbt und kostenlos ein Requiem singt.

›Sitz still, Guido‹, sagte Vater, lachte spöttisch und schüttelte sich das Wasser vom Kopf. ›Wozu mit Streichhölzern im Meer herumrühren? Schone deine Kräfte, sonst warten sie zu Hause vergebens auf dich.‹

Grüne Wellen warfen unseren kleinen Kahn hoch wie Kinder einen Ball, blickten zu uns über Bord, türmten sich über unseren Köpfen, brüllten und brodelten, wir stürzten in tiefe Löcher, kletterten auf weiße Schaumkämme – und das Ufer rückte immer weiter weg und tanzte genauso wie unser Boot.

Da sagte mein Vater zu mir: ›Du wirst vielleicht an Land zurückkehren, aber ich nicht! Hör zu, was ich dir jetzt erzähle über den Fisch und über die Arbeit …‹

Und dann teilte er mit mir sein Wissen über die Gewohnheiten dieser und jener Fische – wo, wann und wie man sie am besten fängt.

›Vielleicht sollten wir lieber beten, Vater?‹, schlug ich vor, als ich begriff, dass es schlecht stand um uns: Wir waren wie zwei Kaninchen in einem Rudel weißer Hunde, die von allen Seiten die Zähne gegen uns bleckten.

›Gott sieht alles!‹, sagte er. ›Er begreift, dass Menschen, die eigentlich für das Land geboren sind, manchmal im Meer umkommen, und dass einer, der nicht mehr auf Rettung hofft, seinem Sohn weitergeben muss, was er weiß. Die Arbeit ist notwendig für das Land und für die Menschen – das versteht Gott …‹

Und nachdem er mir alles erzählt hatte, was er über die Arbeit wusste, sprach er davon, wie man unter den Menschen leben muss.

›Ist jetzt etwa Zeit, mich zu belehren?‹, fragte ich. ›Das hättest du an Land tun sollen!‹

›An Land habe ich den Tod nie so nahe gefühlt.‹

Der Wind heulte wie ein wildes Tier und peitschte die Wellen – Vater musste schreien, damit ich ihn hörte, und er schrie: ›Verhalt dich immer so, als wäre niemand besser und niemand schlechter als du – dann machst du es richtig! Ob Adliger oder Fischer, Priester oder Soldat – alle sind ein Körper, und du bist ein ebenso wichtiges Glied wie die anderen. Denk von einem Menschen nie, in ihm stecke mehr Schlechtes als Gutes, denk immer, dass er mehr Gutes in sich hat – dann ist es auch so! Die Menschen geben das, was man von ihnen erwartet.‹

Das kam natürlich nicht so zusammenhängend, sondern

fast wie Kommandos: Wir wurden von Welle zu Welle geworfen, und ich hörte seine Worte mal von oben, mal von unten durch die Gischt hindurch. Vieles trug der Wind fort, bevor es mich erreichte, vieles konnte ich nicht verstehen – ist denn Zeit zum Lernen, Signor, wenn jeden Augenblick der Tod droht! Ich hatte Angst, zum ersten Mal sah ich das Meer derartig toben und fühlte mich darin so schrecklich hilflos. Und mich überkam ein Gefühl – ich kann nicht sagen, ob schon damals oder erst später, wenn ich an diese Stunden zurückdachte –, ein Gefühl, das bis heute in meinem Herzen fortlebt.

Ich sehe meinen Vater noch genau vor mir: Er saß auf dem Boden des Kahns, die kranken Hände gespreizt, mit den Fingern an die Bordwand geklammert, der Hut war ihm heruntergespült worden, die Wellen schwappten ihm über Kopf und Schultern, bald von rechts, bald von links, griffen bald von hinten, bald von vorn an, er schüttelte den Kopf, prustete und rief mir hin und wieder etwas zu. Nass wirkte er ganz klein, aber seine Augen waren riesig vor Angst, vielleicht auch vor Schmerz. Ich denke, vor Schmerz.

›Hör zu!‹, rief er. ›He, hörst du?‹

Manchmal antwortete ich: ›Ja, ich höre dich!‹

›Merk dir – alles Gute kommt vom Menschen.‹

»Gut!‹, antwortete ich.

An Land hat er nie so mit mir gesprochen. Er war fröhlich, gütig, aber ich meinte immer, dass er mich spöttisch und misstrauisch ansah, dass ich für ihn noch ein Kind war. Das kränkte mich manchmal – die Jugend ist empfindlich.

Seine Rufe bändigten wohl meine Angst, darum erinnere ich mich so gut an alles.«

Der alte Fischer schweigt eine Weile, blickt auf das weiße Meer hinaus, lächelt, zwinkert mir zu und sagt: »Ich habe die Menschen beobachtet, Signor, und ich weiß jetzt, sich erinnern ist so gut wie verstehen, und je mehr du verstehst, desto mehr Gutes siehst du – so ist das, glauben Sie mir!

Ja, also – ich erinnere mich an sein mir so liebes nasses Gesicht und an seine riesigen Augen – sie blickten mich ernst an, voller Liebe, und so, dass ich damals wusste: Ich sollte an diesem Tag nicht sterben. Ich hatte Angst, aber ich wusste, ich würde nicht sterben.

Wir sind natürlich gekentert. Dann lagen wir beide im brodelnden Wasser, in der Gischt, die uns blind machte, die Wellen spielten mit unseren Leibern, schleuderten sie gegen den Bootskiel. Schon vorher hatten wir alles an die Ruderbänke gebunden, was sich anbinden ließ, wir hielten Seile in den Händen, klammerten uns an unserem Kahn fest, solange wir die Kraft dazu hatten, aber sich über Wasser zu halten ist schwer. Immer wieder wurde mal er, mal ich auf den Kiel geworfen und sofort wieder hinuntergespült. Das Schlimmste dabei ist, dass dir schwindlig wird, du wirst taub und blind – Augen und Ohren sind voll Wasser, außerdem schluckst du jede Menge davon.

Das dauerte lange – wohl sieben Stunden, dann drehte der Wind auf einmal, blies kräftig landeinwärts, und wir trieben zum Ufer.

Ich freute mich, rief: ›Halt aus!‹

Auch mein Vater rief etwas, ich verstand nur ein Wort: ›Zerschellen …‹

Er dachte an die Felsen, aber die waren noch weit weg, ich glaubte ihm nicht. Doch er kannte sich besser aus als ich – wir trieben zwischen Wasserbergen, klebten wie Schnecken an unserem Kahn, unserem Ernährer, an dem wir uns ordentlich Schrammen geholt hatten, waren schon ganz taub und entkräftet. Das dauerte lange, doch als die dunklen Berge der Küste zu sehen waren, ging auf einmal alles rasend schnell. Schwankend kamen sie immer näher, neigten sich übers Wasser, als wollten sie uns auf den Kopf stürzen – plötzlich, zack, schleudern die weißen Wellen unsere Körper hoch, splittert unser Boot wie eine Nuss unter einem Stiefel, ich werde losgerissen, sehe die schrundigen schwarzen Rippen der Felsen, scharf wie Messer, sehe den Kopf meines Vaters hoch über mir, dann – über diesen Teufelskrallen. Nach zwei Stunden wurde er herausgefischt, mit gebrochenem Rückgrat und völlig zertrümmertem Schädel. Die Wunde an seinem Kopf war riesig, ein Teil des Gehirns war rausgespült worden, aber ich erinnere mich an graue Reste mit roten Adern darin, wie Marmor oder Schaum mit Blut. Er war furchtbar zugerichtet, ganz verdreht und zerbrochen, aber sein Gesicht war ruhig und seine Augen waren fest geschlossen.

Ich? Ja, ich war auch ordentlich zerschlagen; ich wurde bewusstlos an Land gezogen. Wir waren ans Festland gespült worden, hinter Amalfi – ein fremder Ort, klar, aber die Leute dort sind auch Fischer, solche Vorfälle wundern sie nicht, sondern machen sie gütig: Menschen, die gefährlich leben, sind immer gütig!

Ich glaube, ich habe Ihnen von meinem Vater nicht so erzählen können, wie ich fühle; was ich seit einundfünfzig Jahren im Herzen trage, das verlangt nach besonderen Worten, vielleicht sogar nach einem Lied, aber wir sind einfache Leute, einfach wie die Fische, wir können uns nicht so schön ausdrücken, wie wir gern möchten! Man fühlt und weiß immer mehr, als man sagen kann.

Die Sache ist die, dass mein Vater in der Stunde seines Todes, als er wusste, dass er ihm nicht entgehen würde, an mich dachte, an seinen Sohn, und die Kraft und Zeit fand, alles an mich weiterzugeben, was er für wichtig hielt. Ich bin jetzt siebenundsechzig Jahre auf der Welt, und ich kann sagen, alles, was er mir beigebracht hat, ist richtig!«

Der Alte nimmt seine einst rote, nun braune Strickmütze ab, holt eine Pfeife darunter hervor, neigt den kahlen, bronzefarbenen Schädel und sagt mit Nachdruck: »Es ist alles richtig, lieber Signor! Die Menschen sind so, wie wir sie sehen wollen; sehen wir sie mit guten Augen, ist es gut für uns und auch für sie, denn davon werden sie besser und wir auch! Das ist ganz einfach!«

Der Wind wird immer stärker, die Wellen werden immer höher, spitzer und weißer; die Vögel auf dem Meer wachsen, streben immer eiliger in die Ferne, die beiden Schiffe mit den dreistöckigen Segeln sind bereits hinter der blauen Linie des Horizonts verschwunden.

Gegen die Steilufer der Insel schäumt die Gischt, rebellisch tost das blaue Wasser, unermüdlich und inbrünstig zirpen die Zikaden.

1912

Ein Mensch wird geboren

Das geschah im Hungerjahr 1892, zwischen Suchumi und Otschamtschire, am Ufer des Flusses Kodori, unweit des Meeres – durch das fröhliche Lärmen des hellen Gebirgsflusses war deutlich das dumpfe Rauschen der Meereswellen zu hören.

Es war Herbst. Im weißen Schaum des Kodori tanzten gelbe Kirschlorbeerblätter wie flinke kleine Lachse, ich saß auf den Felsen über dem Fluss und überlegte, dass bestimmt auch die Möwen und Kormorane die Blätter für Fische hielten und sich getäuscht sahen – deshalb schrien sie beleidigt, dort rechts hinter den Bäumen, wo das Meer rauschte.

Die Kastanienbäume über mir waren goldgeschmückt, zu meinen Füßen lagen viele Blätter, die aussahen wie abgehackte Hände. Die Zweige der Hainbuche am anderen Ufer waren bereits kahl und hingen in der Luft wie ein zerrissenes Netz; ein gelbroter Grünspecht hüpfte darin herum, als wäre er gefangen, klopfte mit seinem schwarzen Schnabel gegen die Baumrinde, um Insekten herauszutreiben, und flinke Meisen und graue Kleiber – Gäste aus dem fernen Norden – pickten sie auf.

Links von mir über den Bergen hingen dunstige regenschwere Wolken, ihre Schatten krochen über die grünen Hänge, an denen der immergrüne Buchsbaum wächst, und wo man in den Höhlen alter Buchen und Linden »Tollhonig« finden kann, der in der Antike mit seiner berauschenden Süße beinahe die Soldaten des Großen Pompeji ins Verderben gestürzt hätte, weil er eine ganze Legion eiserner Römer umwarf; die Bienen machen ihn aus den Blüten von

Lorbeer und Azaleen, und Menschen, die zufällig vorbeikommen, holen ihn aus den Baumhöhlen und verzehren ihn, als Aufstrich auf Lawasch – dünnen Fladen aus Weizenmehl.

Genau das tat auch ich, auf den Steinen unter einer Kastanie sitzend, ziemlich zerstochen von verärgerten Bienen, tunkte Brot in einen Topf voll Honig und aß, wobei ich das träge Spiel der Herbstsonne bewunderte.

Im Herbst ist es im Kaukasus wie in einer prunkvollen Kathedrale, errichtet von großen Weisen – die immer auch große Sünder sind. Um ihre Vergangenheit vor den scharfen Augen des Gewissens zu verbergen, haben sie einen riesigen Tempel aus Gold, Türkisen und Smaragden errichtet, haben die Berge mit den schönsten Seidenteppichen behängt, gewebt von Turkmenen in Samarkand und Schemacha, haben die ganze Welt geplündert und alles hierhergebracht, vor die Augen der Sonne, als wollten sie zu ihr sagen: »Das Deine – von den Deinen – für dich …« Ich sehe vor mir, wie langbärtige grauhaarige Riesen mit den großen Augen fröhlicher Kinder die Berge herabsteigen und die Erde schmücken, indem sie überall großzügig ihre bunten Schätze verteilen, die Berggipfel mit dicken Schichten Silber bedecken und die Hänge mit dem lebendigen Gespinst mannigfaltiger Bäume – unglaublich schön wird dieses Stück segensreicher Erde unter ihren Händen.

Was für ein vortreffliches Amt – auf Erden ein Mensch zu sein, man sieht so viel Wunderbares; so quälend süß pocht das Herz in stiller Bewunderung der Schönheit!

Nun ja, bisweilen ist es schwer, brennender Hass erfüllt die Brust, und Wehmut saugt gierig das Blut aus dem Herzen, aber das währt nicht ewig, und schließlich wird auch die Sonne oft traurig, wenn sie die Menschen sieht: Sie hat sich so für sie bemüht, aber sie sind nicht gut geraten, die Menschen …

Natürlich gibt es auch viele gute, doch sie müssten ausgebessert oder – am besten – ganz erneuert werden. Über den Büschen links von mir schaukelten dunkle Köpfe: Neben dem Rauschen des Meeres und dem Plätschern des Flusses vernahm ich kaum hörbare menschliche Stimmen – es waren »Hungernde«, sie zogen zum Arbeiten von Suchumi nach Otschamtschire, wo eine Chaussee gebaut wurde.

Ich kannte sie – sie stammten aus dem Gebiet Orjol, ich hatte mit ihnen gemeinsam gearbeitet und mit ihnen zusammen gestern meinen Lohn erhalten; ich war früher aufgebrochen, in der Nacht, um den Sonnenaufgang am Meer zu erleben.

Vier Männer und eine schwangere junge Frau mit breitknochigem Gesicht, einem riesigen hohen Bauch und ängstlich aufgerissenen blaugrauen Augen. Über den Büschen sah ich ihren Kopf mit dem gelben Tuch schaukeln wie eine Sonnenblume im Wind. In Suchumi war ihr Mann gestorben, er hatte sich an Früchten übergessen. Ich hatte mit diesen Leuten in einer Baracke gewohnt. Nach guter russischer Sitte sprachen sie so viel und so laut über ihre Kümmernisse, dass ihre klagenden Reden wohl fünf Werst im Umkreis zu hören waren.

Es waren schwermütige Menschen, niedergedrückt von ihrem Unglück; es hatte sie von ihrem vertrauten, unfruchtbaren Boden gerissen und wie welke Blätter im Herbst hierhergeweht, wo die Üppigkeit der unbekannten Natur sie erstaunte und blendete, die schweren Arbeitsbedingungen aber sie endgültig entmutigten. Verwirrt betrachteten sie alles hier, zwinkerten mit ihren ausgeblichenen, traurigen Augen, lächelten einander kläglich an und sagten leise: »Ach ja … was für ein Boden …«

»Sprießt alles nur so …«

»Hm, ja … dabei ist es blanker Stein …«

»Ungünstiger Boden, das muss man sagen …«

Und sie sprachen von ihren Dörfern. Von Kobyli Loshok. Von Suchoi Gon. Von Mokrenki – von ihren Heimatorten, wo jede Handvoll Erde Asche ihrer Großväter und wo alles voller Erinnerungen war, lieb und vertraut – und mit ihrem Schweiß getränkt.

Unter ihnen war noch eine zweite Frau gewesen – hochgewachsen, aufrecht, flach wie ein Brett, mit einem Pferdegebiss und trübe blickenden kohlschwarzen Schielaugen.

Abends ging sie zusammen mit der anderen – der mit dem gelben Kopftuch – hinter die Baracke, setzte sich auf einen Schotterhaufen, legte die Hand an die Wange, neigte den Kopf zur Seite und sang mit hoher, grimmiger Stimme:

»Hinterm Friedhof … im grü-hünen Gebüsch,
Breit ich ein weißes Tuch auf feinen Sand …
Da warte ich, ob wohl mein Liebster kommt.
Und ist er da, verneig ich mich vor ihm …«

Die Gelbe schwieg meist, beugte den Kopf und streichelte ihren Bauch, doch manchmal fiel sie plötzlich, ganz überraschend, mit voller, männlich rauer Stimme schleppend ein und sang schluchzend:

»Ach, mein Liebster, ach, du Liebster mein …
Nie, nie wieder wirst du bei mir sein …«

Diese Stimmen erinnerten im schwülen schwarzen Dunkel der südlichen Nacht an den Norden, an Schneewüsten, an das Pfeifen von Schneesturm und das ferne Geheul von Wölfen …

Dann bekam die Schieläugige Fieber und wurde in die Stadt gebracht – zitternd lag sie auf einer Segeltuchtrage und lallte, als sänge sie noch immer ihr Lied vom Friedhof und dem feinen Sand …

Der gelbe Kopf tauchte unter und verschwand. Ich beendete mein Frühstück, bedeckte den Honig in meinem Topf mit Blättern, schnürte meinen Brotsack zu und folgte gemächlich den Entschwundenen, mein Stock aus Kornelkirschholz klackte auf dem harten Boden.

Nun lief auch ich den schmalen grauen Weg entlang, rechts wogte das tiefblaue Meer; als bearbeiteten unsichtbare Tischler es mit Tausenden Hobeln, eilten weiße Späne zischend ans Ufer, getrieben vom feuchten, warmen Wind, der duftete wie der Atem einer gesunden Frau. Eine türkische Feluke glitt, nach links geneigt, in Richtung Suchumi, die Segel gebläht, wie ein selbstgefälliger Ingenieur in Suchumi immer die dicken Backen aufgeblasen hatte – ein hochwichtiger Mann. Statt »s« sagte er »sch«.

»Pasch ja auf! Nimm dir nicht zu viel rausch, schonscht schaff ich dich zur Polizei!«

Er schaffte gern Leute zur Polizei, und ich sage mir gern, dass ihn wohl längst die Würmer im Grab bis auf die Knochen abgenagt haben.

Das Gehen fiel mir leicht, es war wie Schwimmen in der Luft. Angenehme Gedanken, bunte Erinnerungen tanzten in meinem Kopf einen stillen Reigen; dieser Reigen in mir war wie die weißen Wellenkämme auf dem Meer, sie trieben oben, doch tief drinnen war es ruhig, dort waberten sacht die hellen, grenzenlosen Hoffnungen der Jugend – wie silbrige Fische in der Meerestiefe.

Den Weg zog es zum Meer, er schlängelte sich immer näher heran an den Sandstreifen, auf den die Wellen trafen – auch die Büsche wollten den Wellen ins Gesicht schauen, sie beugten sich über den schmalen Pfad, als nickten sie der weiten blauen Wasserwüste zu.

Wind kam von den Bergen her – es würde Regen geben.

Plötzlich ein leises Stöhnen im Gebüsch – menschliches Stöhnen, das uns stets im Innersten nahegeht.

Ich bog die Büsche auseinander und sah – da saß, den Rücken an einen Nussbaumstamm gelehnt, die Frau mit dem gelben Tuch, den Kopf auf die Schulter gesenkt, den Mund unschön verzerrt, die Augen hervorquellend und irr; sie presste die Hand auf den riesigen Bauch und atmete so beängstigend unnatürlich, dass der ganze Bauch krampfhaft hüpfte; die Frau hielt ihn mit beiden Händen umfasst und stöhnte dumpf, wobei sie gelbe Wolfszähne entblößte.

»Was ist – hat man Sie geschlagen?«, fragte ich und beugte mich über sie, doch sie strampelte mit den nackten Beinen im aschgrauen Staub wie eine Fliege, schüttelte den schweren Kopf und krächzte: »Geh weeeg … Schamloser … geeh weeeg …«

Ich begriff, was los war – das hatte ich schon mehrfach gesehen –, und erschrak natürlich, die Frau aber heulte laut und langgezogen, aus ihren Augen, die zu zerplatzen drohten, spritzten trübe Tränen und flossen über das blutrote, krampfhaft verzerrte Gesicht.

Das ließ mich zu ihr zurückkehren, ich warf Brotsack, Topf und Teekessel hin, bettete die Frau mit dem Rücken auf die Erde und wollte ihre Beine beugen – sie stieß mich von sich, schlug mir ins Gesicht und auf die Brust, drehte sich um und kroch wie eine Bärin knurrend und ächzend auf allen vieren weiter ins Gebüsch.

»Räuber … Satan …«

Ihre Arme knickten ein, sie fiel hin, mit dem Gesicht auf die Erde, heulte erneut und streckte krampfhaft die Beine aus.

Fiebrig vor Aufregung, rief ich mir rasch in Erinnerung, was ich über diesen Vorgang wusste, drehte die Frau auf den Rücken und beugte ihre Beine – die Fruchtblase schaute schon heraus.

»Bleib liegen, das Kind kommt gleich …«

Ich lief zum Meer, krempelte mir die Ärmel hoch, wusch mir die Hände und ging zurück – als Geburtshelfer.

Die Frau wand sich wie Birkenrinde im Feuer, schlug mit den Armen auf den Boden ein, riss bleiche Grashalme aus und wollte sie sich in den Mund stopfen, streute sich dabei Erde auf ihr schrecklich anzusehendes, unmenschliches Gesicht mit den wilden, blutunterlaufenen Augen, und nun platzte schon die Fruchtblase und das Köpfchen kam heraus – ich musste ihre verkrampften Beine festhalten, dem Kind helfen und aufpassen, dass sie sich kein Gras in den verzerrten, schreienden Mund stopfte.

Wir beschimpften einander verhalten, sie mit zusammengebissenen Zähnen, ich ebenfalls nicht laut, sie vor Schmerz und wohl auch aus Scham, ich aus Verlegenheit und quälendem Mitleid mit ihr.

»O Gooott!«, krächzte sie, ihre Lippen waren zerbissen und voller Schaum, und aus ihren Augen, die aussahen wie plötzlich von der Sonne ausgebleicht, strömten noch immer reichlich Tränen des unerträglichen Leidens einer Mutter, und ihr ganzer Körper bog sich, als wollte er entzweibrechen.

»Geeh weeg, Teufel …«

Mit schwachen, verrenkten Armen stößt sie mich immer wieder von sich, und ich sage eindringlich: »Mach schon, Dummchen, krieg dein Kind …«

Sie tut mir furchtbar leid, mir ist, als spritzten ihre Tränen in meine Augen, mein Herz krampft sich vor Kummer zusammen, ich möchte schreien, und ich schreie: »Na los, mach schon!«

Und dann – halte ich einen Menschen im Arm – er ist ganz rot. Ja, das sehe ich selbst unter Tränen: Er ist ganz rot und gleich unzufrieden mit der Welt, er zappelt, tobt und schreit laut, obwohl er noch mit seiner Mutter verbunden ist. Seine Augen sind blau, die Nase im zerknitterten roten Gesicht ist komisch eingedrückt, seine Lippen sind in Bewegung und schreien: »Uaaah … Uaaah …«

Er ist glitschig; wenn ich nicht aufpasse, gleitet er mir aus den Händen, ich knie, sehe ihn an und lache lauthals – ich freue mich so, ihn zu sehen! Und vergesse völlig, was zu tun ist.

»Schneid durch«, flüstert die Mutter leise, ihre Augen sind

geschlossen, ihr Gesicht ist eingefallen, es ist erdgrau wie das einer Toten, und die blauen Lippen gehorchen ihr kaum.

»Schneid durch … mit einem Messer …«

Mein Messer ist mir in der Baracke gestohlen worden – ich beiße die Nabelschnur durch, das Kind schreit mit Orjoler Bassstimme, und seine Mutter – lächelt: Ich sehe, wie ihre abgrundtiefen Augen wunderbar blau aufleuchten; ihre Hand tastet über den Rock, sucht die Tasche, und ihre blutig gebissenen Lippen flüstern: »K-keine Kraft … Bindfaden … in der Tasche … Nabelschnur abbinden …«

Ich holte den Bindfaden heraus, band die Nabelschnur ab, und die Frau lächelte noch strahlender; so schön und strahlend, dass ich fast geblendet wurde von diesem Lächeln.

»Ruh dich aus, ich geh ihn waschen …«

Sie murmelte besorgt: »Pass auf … sei vorsichtig … pass gut auf …«

Das kleine rote Menschlein verlangte gar keine Vorsicht: Es hatte die Fäuste geballt und schrie, schrie, als wollte es mich zu einer Prügelei herausfordern.

»Uaah … uaah …!«

»Du, du! Ja, behaupte dich, feste, sonst reißen dir deine Nächsten gleich den Kopf ab …«

Besonders grimmig und laut schrie er, als er zum ersten Mal von einer schäumenden Meereswelle abgespült wurde, die fröhlich über uns beide schwappte; als ich ihm dann auf Brust und Rücken klatschte, kniff er die Augen zusammen, zappelte und brüllte durchdringend, während Welle um Welle ihn abspülte.

»Ja, mach Krach, kleiner Orjoler! Schrei, so laut du kannst …«

Als wir zu seiner Mutter zurückkehrten, lag sie wieder mit geschlossenen Augen da, biss sich auf die Lippen und wand sich unter den Wehen, mit denen die Nachgeburt ausgetrieben wurde, dennoch hörte ich sie unter Stöhnen und Seufzen kraftlos flüstern: »Gib her … gib ihn mir …«

»Er kann warten.«

»Gib her …«

Mit zitternden, unsicheren Händen knöpfte sie sich die Jacke auf. Ich half ihr, die Brust freizulegen, die von der Natur geschaffen war, zwanzig Kinder zu nähren, und legte den ungestümen Orjoler an ihren warmen Körper; er begriff sofort und verstummte.

»Heilige Jungfrau Maria …«, seufzte die Mutter bebend und warf den zerzausten Kopf auf ihrem Brotsack hin und her.

Dann, nach einem kurzen Aufschrei, verstummt sie, und wieder öffnen sich diese unglaublich schönen Augen – die heiligen Augen einer Mutter; tiefblau blicken sie in den tiefblauen Himmel, in ihnen glimmt und zerfließt ein dankbares, freudiges Lächeln; sie hebt den schweren Arm und schlägt langsam das Kreuz über sich und das Kind …

»Gepriesen seist du, heilige Muttergottes … oh … gepriesen seist du …«

Ihre Augen werden matt, sinken in ihre Höhlen, die Frau schweigt lange, atmet schwer, bis sie plötzlich sachlich, mit fester Stimme sagt: »Schnür meinen Brotsack auf, Junge …«

Wir schnürten ihn auf, sie sah mich eindringlich an, lachte schwach auf, und für einen Augenblick schien eine leichte Röte ihre Wangen und ihre schweißnasse Stirn zu färben.

»Geh ein Stück weg …«

»Streng dich nicht zu sehr an …«

»Nun geh schon … geh …«

Ich ging in ein nahes Gebüsch. Ich war zwar erschöpft, doch in meiner Brust sangen leise herrliche Vögel, und das – zusammen mit dem nicht verstummenden Rauschen des Meeres – war so schön, dass ich ein Jahr lang hätte zuhören mögen.

Irgendwo in der Nähe plätscherte der Fluss – als erzählte ein Mädchen der Freundin von ihrem Liebsten …

Über den Büschen erschien der Kopf mit dem gelben Tuch, das bereits ordentlich gebunden war.

»He, he, bist ein bisschen früh wieder auf!«

Sie hielt sich mit einer Hand am Gebüsch fest, hockte da wie leergesaugt, ohne einen einzigen Blutstropfen im grauen Gesicht, die Augen wie große blaue Seen, und flüsterte gerührt: »Sieh mal … wie er schläft …«

Er schlief gut, aber meiner Ansicht nach kein bisschen besser als andere Kinder, anders waren nur die Umstände: Er lag auf einem Haufen bunter Herbstblätter, unter einem Busch, wie sie im Gouvernement Orjol nicht wachsen.

»Du solltest dich hinlegen, Mutter …«

»Hmhm«, brummte sie und schüttelte den Kopf auf dem schwankenden Hals, »ich muss doch weiter, in dieses …«

»Nach Otschamtschire?«

»Jaa! Meine Leute sind bestimmt schon viele Werst weit weg …«

»Aber kannst du denn laufen?«

»Und die heilige Jungfrau? Sie wird mir helfen …«

Nun, wenn sie die heilige Jungfrau an ihrer Seite hatte – da musste ich schweigen.

Sie schaute unter den Busch in das kleine, unzufrieden gerunzelte Gesicht, aus ihren Augen strömte warmes, zärtliches Licht, sie leckte sich die Lippen und strich sich langsam über die Brust.

Ich machte Feuer und legte Steine zurecht, um den Teekessel darauf zu stellen.

»Ich koch dir gleich einen Tee, Mutter …«

»O ja! Meine Brust ist ganz ausgetrocknet …«

»Warum haben dich deine Landsleute eigentlich im Stich gelassen?«

»Sie haben mich nicht im Stich gelassen – warum auch!

Ich bin selber zurückgeblieben, sie waren betrunken, na … war besser so, sonst hätt ich noch vor ihnen entbunden …«

Nach einem kurzen Blick zu mir schlug sie die Hände vors Gesicht, dann spuckte sie etwas Blut aus und lachte beschämt.

»Ist das dein Erster?«

»Ja, mein Erster. Und wer bist du?«

»Anscheinend ein Mensch …«

»Natürlich ein Mensch! Verheiratet?«

»Habe nicht die Ehre …«

»Du lügst, oder?«

»Wieso?«

Sie senkte den Blick und überlegte.

»Warum kennst du dich dann mit Weibersachen aus?«

Nun würde ich lügen.

Ich sagte: »Hab ich gelernt. Als Student – schon mal gehört?«

»Und ob! Der Sohn von unserm Popen, der ist auch Student, er lernt Pope …«

»Siehst du, genauso einer bin ich. Na, ich geh mal Wasser holen …«

Die Frau beugte sich zu ihrem Sohn hinunter und lauschte – ob er atmete –, dann schaute sie zum Meer.

»Ich müsste mich mal waschen, aber das Wasser – das kenn ich nicht … Was ist das für Wasser? Es ist so salzig und bitter …«

»Wasch dich ruhig damit – es ist gesundes Wasser!«

»Ja?«

»Bestimmt. Und wärmer als im Fluss, die Flüsse hier sind kalt wie Eis …«

»Du musst es wissen …«

Ein Abchase ritt im Schritttempo vorbei, dösend, den Kopf auf der Brust; das kleine Pferd, das nur aus Sehnen zu bestehen schien, zuckte mit den Ohren, musterte uns mit einem runden schwarzen Auge und schnaubte, der Reiter hob misstrauisch den Schädel mit der zottigen Pelzmütze, blickte ebenfalls in unsere Richtung und ließ ihn wieder sinken.

»Die Leute hier sind so merkwürdig und sehen zum Fürchten aus«, sagte die Frau aus Orjol leise.

Ich ging los. Über die Steine hüpfte und strömte hell und quirlig wie Quecksilber das Wasser, Herbstblätter wirbelten fröhlich darin herum – wunderschön! Ich wusch mir Hände und Gesicht, füllte den Teekessel, ging zurück und sah durchs Gebüsch – die Frau kroch, sich besorgt umblickend, auf Knien über den Boden, über die Steine.

»Was hast du?«

Sie erschrak, wurde ganz grau und versteckte etwas unter sich – ich verstand.

»Gibs mir, ich vergrabs.«

»Ach, mein Lieber! Wie denn? Es müsste in der Banja, unterm Fußboden …«

»Ob hier so bald eine Banja gebaut wird, überleg mal!«

»Du machst Witze, aber ich – ich hab Angst! Wenn nun ein Tier es frisst … die Nachgeburt muss doch der Erde übergeben werden …«

Sie drehte sich weg, reichte mir ein schweres, feuchtes Bündel und bat leise und verschämt: »Sieh zu, dass du es gut … schön tief, um Christi willen … hab Erbarmen mit meinem Sohn, mach es recht …«

Als ich zurückkehrte, sah ich sie vom Meer kommen, schwankend und einen Arm ausgestreckt, ihr Rock war bis zur Hüfte nass, ihr Gesicht hatte sich ein wenig gerötet und schien von innen zu leuchten. Ich brachte sie zum Feuer und dachte erstaunt: Was für eine animalische Kraft!

Dann tranken wir Tee mit Honig, und sie fragte mich leise: »Du hast das Studieren aufgegeben?«

»Hab ich.«

»Hast alles versoffen, ja?«

»Alles restlos versoffen, Mutter!«

»Ach, so einer bist du! Ich erinnere mich, du bist mir in Suchumi aufgefallen, als du mit dem Chef gestritten hast wegen dem Essen; da dachte ich mir schon – das ist bestimmt ein Säufer, so furchtlos, wie der ist …«

Sie leckte sich genüsslich den Honig von den Lippen und schaute mit ihren blauen Augen ständig unter den Busch, wo der neugeborene Orjoler ruhig schlief.

»Wie wird er wohl leben?«, sagte sie seufzend und sah mich an. »Du hast mir geholfen – danke … aber ob das gut ist für ihn – ich weiß nicht recht …«

Als sie gegessen und Tee getrunken hatte, bekreuzigte sie sich, und während ich meine Siebensachen einsammelte, wiegte sie sich schläfrig, döste vor sich hin und dachte nach, die nun wieder farblosen Augen auf den Boden gerichtet. Dann stand sie mühsam auf.

»Willst du wirklich gehen?«

»Ja.«

»Ach, Mutter, sei vorsichtig!«

»Wozu ist die heilige Jungfrau da? Gib ihn mir!«

»Ich trage ihn.«

Wir stritten eine Weile, sie gab nach, und wir gingen los, Schulter an Schulter.

»Dass ich bloß nicht umkippe«, sagte sie mit einem schuldbewussten Lachen und hielt sich an meiner Schulter fest.

Der neue Bewohner der russischen Erde, ein Mensch mit ungewissem Schicksal, lag auf meinen Armen und schnaufte ernst. Das Meer rauschte und plätscherte, ganz in weiße Spitze gehüllt; die Büsche raschelten, die Sonne strahlte, es wurde Mittag.

Wir liefen – langsam, hin und wieder blieb die Mutter stehen, holte tief Luft, warf den Kopf in den Nacken, schaute sich nach allen Seiten um, blickte aufs Meer, auf den Wald und die Berge, dann sah sie in das Gesicht ihres Sohnes – ihre Augen, gründlich gewaschen von Leidenstränen, waren erneut unglaublich klar, erneut strahlte und glühte in ihnen das tiefblaue Feuer unerschöpflicher Liebe.

Als sie wieder einmal stehen blieb, sagte sie: »Mein Gott, lieber Gott! Wie schön das ist, so schön! Ich könnte immer weiter so laufen, bis ans Ende der Welt, und er, mein Sohn, würde wachsen und wachsen, frei und ungebunden, nah an der Mutterbrust, mein kleiner Liebling …«

Das Meer rauschte und rauschte …

1912

Das »Synbol«

Der Herbstwind zauste die kahlen Büsche, die Zweige bogen sich, aber geräuschlos, obwohl sie, mit rotem Staub bedeckt, aussahen wie aus Eisen und beim Schwanken eigentlich hätten knirschen müssen. Bleierner Nebel hatte alles rund um die kleine Bahnstation in der Steppe eingehüllt; neben einer kaum sichtbaren Wasserpumpe schnaufte und zischte müde eine Lokomotive, Räder dröhnten unter Hammerschlägen; die herbstliche Trostlosigkeit dämpfte alle Laute. Über mir hing geisterhaft der flache Arm eines Eisenbahnsignals. Wie ein Gespenst wirkte auch der nasse, magere Esel, der im Gebüsch stand und stumpfsinnig zusah, wie fünf Bahnangestellte versuchten, eine lange schwere Kiste in einen Güterwaggon zu bugsieren.

Geleitet wurde das Beladen von einem kleinen Alten im karierten Mantel; unter einer Kapuze schaute ein von der Kälte rosiges Gesicht mit langem Schnauzbart hervor; der Schnauzbart und die Habichtsnase des Alten erinnerten an das Porträt eines ukrainischen Hetmans.

»Was verladen Sie da?«

»Ein Synbol.«

Die Hand höflich an die Kapuze gelegt, antwortete der Alte ungreisenhaft klangvoll und unherbstlich fröhlich.

»Das Synbol«, erklärte er, »ist eine Statue aus Marmorstein italienischer Herkunft; sie stellt die Gottheit der Gerechtigkeit dar – eine Frau mit einem Schwert in der Hand, die andere Hand – sie hielt eine Waage – wurde aus Versehen abgeschossen. In alten Zeiten verehrten die Römer diese Frau als Göttin, als sogenanntes Synbol.«

Das Wort gefiel dem Alten sichtlich, er wiederholte es genüsslich und voller Freude.

Als er die Kiste verladen hatte, saß er im schmuddeligen Saal der Bahnstation, wo er auf den Personenzug wartete, rauchte eine deutsche Porzellanpfeife und erzählte freundlich: »Der Großvater der jetzigen Herren hat sie aus dem Ausland mitgebracht, und sie stand bestimmt hundert Jahre in der Rabatte vorm Haus; ist ja ein prächtiges Stück, aus bestem Material; im Winter wurde sie sogar mit Filz umwickelt und mit einem Holzkasten geschützt. Sie hätte noch wer weiß wie lange da stehen können, aber der Herr Baschkirow – schon mal gehört? Der berühmte Fabrikant? Ganz recht, genau der. Er hat vor vier Jahren, zum Ausspannen und seines Alters wegen, das Gut von meinen Herren gekauft und sich eingebildet, dass das Synbol ihn bedroht. Etwas Wahres ist dran an seiner Einbildung, denn die Statue ist sehr kunstvoll gefertigt und sah in Mondnächten aus wie lebendig, als würde sie sich durch die Luft bewegen, obwohl sie ja aus Stein ist. Außerdem hatte sich der Sockel unter ihr durch ihr Gewicht geneigt, und dadurch stand sie vorgebeugt, als wollte sie von da oben runterspringen.

Herr Baschkirow hat sie gleich nicht leiden können, hat dauernd geklagt: Wegen ihr, hat er gesagt, leide ich unter Schlaflosigkeit. Ich schaue nachts aus dem Fenster, und da hängt sie in der Luft, eine barmherzige Schwester oder weiß der Teufel was. Und was hat die Waage in ihrer Hand zu bedeuten? Hat sie was verkauft, oder wie? Der Herr Baschkirow, der ist trotz all seines Reichtums wenig gebildet, in gewisser Weise sogar ungebildet. Ich hab ihm natürlich erklärt, dass das die römische Göttin der Gerechtigkeit ist, und er hat sich dann noch beim Priester und bei jemandem in der Stadt nach ihrer Bestimmung erkundigt, doch danach konnte er das Synbol noch weniger leiden, er hat der Statue sogar oft mit dem Stock gedroht, ist durch den Park spaziert und dann zu ihr und hat ihr gedroht … Einmal hat er sich eingebildet, dass sie durchs Fenster kommt, in sein Schlafzimmer, da hat er mit dem Revolver auf sie gefeuert, den Arm hat er ihr abgeschossen und den Bauch zerschrammt.

Zu mir hat er gesagt: Pokrowski, dieses Ding gehört auf den Friedhof, nicht hierher. Mich hat er sehr gemocht und geachtet, hat mich immer gern ausführlich über mein Leben ausgefragt. Wissen Sie, ich bin der Sohn eines Diakons, aber für die geistliche Laufbahn war ich nicht zu begeistern, ich bin lieber Lehrer geworden, habe aber bald gemerkt, dass mir das nicht liegt. Für die Dressur von Kindern braucht man eine natürliche Leidenschaft und Strenge, und ich, das hat sich dann herausgestellt, ich bin zu weich und tauge nicht zum Bändiger kindlicher Neigungen. Die Wildheit von Kindern mag ich nicht – es ist sinnlose Wildheit! Wenn Erwachsene über die Stränge schlagen, hat das immer einen erkennbaren Grund, aber bei Kindern … Ich bin auch mein Leben lang Junggeselle geblieben …

Ach ja, Herr Baschkirow. Er war von Natur aus wild. Ich mochte ihn nicht. Er ist zwar ein ehrenwerter Mann, aber eine finstere Persönlichkeit, geheimnisumwittert, wie man so sagt.«

Der Alte kratzte mit einer Art kleinem Löffel die Asche aus der Pfeife und erzählte weiter.

»Was die Leute so erzählen, ist natürlich nicht immer wahr, aber irgendwas ist doch dran. Über Herrn Baschkirow ging das Gerücht, dass er verschiedene Frauengeschichten grausamer Art hatte, bei denen sogar das Gericht eingreifen musste. Überhaupt war er ein unsauberer Gesell und von argwöhnischem Wesen. Natürlich hat er getrunken, zum Schaden seiner Gesundheit. Mir war unwohl in seiner Gesellschaft, ich war dreiundzwanzig Jahre lang Gärtner, Blumenzüchter, ich habe einen anderen Geschmack. Aber Blumen, die hat er gemocht. Hat sie immer von Weitem bewundert; hat dagestanden, sie angeschaut und auf seinem

Bart gekaut; er hatte einen prächtigen Bart. Er hat die Blumen bewundert, und dann hat er dem Synbol mit dem Stock gedroht und ist in die Laube gegangen, Limonade mit Kognak trinken. Ja, Blumen hat er gemocht. Pokrowski, hat er gesagt, züchte mehr blaue. Er wollte mir das Gehalt erhöhen, hat das dann aber gleich wieder zurückgenommen: Was sollst du mit Geld, du lebst ja allein. Ich bin auch allein. Geld, Pokrowski, das hilft da nicht, für einen Fünfer kann man keine Freundschaft kaufen.«

Die Glocke läutete – das Signal für die Einfahrt des Personenzugs.

»Ist er gestorben?«

»Ja. Urplötzlich. Er hat sich nicht behandeln lassen, hat mit dem Doktor nur Kognak getrunken.«

»Wohin schicken Sie denn die Statue?«

Pokrowski zog etwas aus der Hosentasche und sagte: »Ans Irrenhaus.«

Und da er offenbar meine Verwunderung bemerkt hatte, erklärte er freundlich: »Herr Baschkirow hat sie dem Doktor geschenkt, zur Erbauung für die verrückten Patienten. Der Doktor will das Synbol im Park aufstellen, das Irrenhaus hat einen sehr schönen Park.«

Stolzierend wie ein Pfau begab sich der Gärtner zur Kasse, nachdem er sich freundlich von mir verabschiedet hatte: »Leben Sie wohl!«

1926

Maxim Gorki – Licht und Schatten des Ruhms

»Du glaubst wohl, der Mensch ist im Innern frei? Von wegen, Bruder! Kannst du mir erzählen, was du morgen tun wirst? Blödsinn! Du kannst mir nicht sagen, ob du morgen nach rechts oder nach links gehst. Ich hab da gelegen und auf das eine gewartet, aber gekommen ist es ganz anders. Ganz, ganz anders!«

Gorki kannte die Menschen. Seine Wanderungen durch Russland haben ihn alles gelehrt. Man konnte ihm nichts vormachen, solange er unter ihnen lebte – den Barfüßigen, den Vagabunden, den Hungernden. Was Jemeljan Piljai in der ersten Erzählung unseres Bandes als seine Lebensweisheit äußerte, trifft wohl auf keinen so zu wie auf seinen Schöpfer selbst.

Er gilt als urwüchsiges literarisches Talent, »Sturmvogel der Revolution«, als Stalins Erfüllungsgehilfe. Wie immer man zu ihm stehen mag – kein russischer Schriftsteller hat zu Lebzeiten eine solche Popularität erfahren wie Alexej Peschkow, der sich Maxim Gorki (der Bittere) nannte. Während die Verehrung der Klassiker Puschkin, Tolstoi, Dostojewski erst nach ihrem Ableben zum Höhepunkt gelangte, wurde der hagere und linkische Mann aus dem Volk mit dem breitknochigen Gesicht bereits mit seinen ersten Erzählungen schlagartig im ganzen Land und bald auch in Europa berühmt.

Dabei sind sich die Kritiker einig, dass Gorkis literarische Blütezeit nur eine kurze Zeitspanne umfasste: Sein Stern ging auf in den neunziger Jahren des 19. Jahrhunderts, erglühte noch einmal in der Mitte der zwanziger Jahre, um dann im Mittelmaß und publizistischen Geschäft zu verglimmen. Mit seinem Aufstieg zum sowjetischen Staatsautor unter Stalin hatte er einen zweifelhaften Ruhm erlangt.

Die Texte dieser Auswahl entstammen vorrangig jener frühen Phase, als die ursprüngliche Kraft des Erzählers Gorki noch ungebrochen spürbar ist. Mit seinen Barfüßlergeschichten und den romantischen Legenden, die er zunächst in Provinzzeitschriften, dann gebündelt in einer zweibändigen Ausgabe »Erzählungen und Skizzen« (1898) herausbrachte, traf er den Nerv der Zeit.

Die mit der Industrialisierung einhergehende Massenverelendung in ganz Europa fand in der zeitgenössischen sozialkritischen Literatur ihren Niederschlag: Hauptmann, Zola, Ibsen, Hamsun kamen in Mode, und auch in Russland entdeckten die Literaten das Volk als neuen Helden. Bauerndichter wie Nikolai Klujew und Sergej Jessenin in ihren Russenkitteln und Folkloreaufzügen wurden als Abgesandte des Dorfes in den Petersburger Salons gefeiert. Doch die sich aus den Tiefen der Wolgaregion erhebende kraftvolle poetische Stimme des jungen Gorki war etwas anderes: Da meldete sich einer zu Wort, der mit harten Worten die erbärmliche Lage des Volkes schilderte. Insbesondere den Bauern misstraute er, er nannte sie einen »finsteren Menschenschlag«. Seine Helden waren die Geächteten, die Landstreicher, die sogenannten Barfüßigen, die in den neunziger Jahren des 19. Jahrhunderts nach einer verheerenden Hungersnot millionenfach bettelnd, marodierend und sich irgendwie durchschlagend durch den Süden Russlands zogen. Gorkis Figuren aus dem Volk unterscheiden sich von den traditionellen Darstellungen des »kleinen Mannes« in der russischen Literatur: Weder bringt ihnen der Autor Mitleid entgegen wie Dostojewski, noch will er sie erziehen wie die Volkstümler, noch will er von ihnen lernen wie Tolstoi. Als seine Vorbilder nennt er vor allem Balzac, Stendhal, Flaubert, neben Hamsun und Puschkin. Die Menschen, die ihn interessierten und die ihm imponierten, waren arm, grob, ungebildet, unbekümmert um moralische Normen, aber willensstark und von ungebrochenem Stolz. Sein Menschenbild war an Nietzsche orientiert: der Falke, der im Todeskampf mit dem Feind verletzt in die Fluten stürzt, der Raubvogel, der die sich am Boden räkelnde Natter verachtet – Gorkis Bild vom Menschen ist im »Lied vom Falken« zusammengefasst: Freiheit, Abenteuer, Kampf, Gefahr, alles, nur kein beschauliches, kleinbürgerliches Nattern-Leben. Sein Ideal ist nicht der Übermensch, sondern der MENSCH mit großen Buchstaben. Er sucht ihn nicht auf dem hohen Berg fern der Masse, sondern im Gegenteil ganz unten, bei den Deklassierten, dem menschlichen Abschaum, bei dem Meisterdieb Tschelkasch, dem Bettelknaben Ljonka, dem Vagabunden Jemeljan Piljai. Menschenwürde – häufig von eigenen Gefährten mit Füßen getreten – ist das höchste Gut, für das jeder, egal in welcher Lage er sich befindet, selbst verantwortlich ist. Diese harte Lektion muss der jüdische Junge Kain lernen, als ihm sein Beschützer, der russische Recke Artjom, die Fürsorge entzieht. In den grausamen und einfühlsamen Geschichten, die der Ich-Erzähler erlebt oder von seinen Kameraden hört, geht es immer darum, dass Menschen ihre individuelle Freiheit und ihre Würde bewahren, auch wenn sie dafür einen hohen Preis zahlen.

»Kannst du mir erzählen, was du morgen tun wirst?«, fragt Jemeljan Piljai.

Der junge Autor Gorki ahnte wohl selbst nicht, dass er drei Jahrzehnte später die Sklavenarbeit auf den Solowki-Inseln und beim Bau des Weißmeerkanals, wo Hunderttausende Menschen ihrer Würde und Freiheit beraubt worden waren, befürworten und preisen würde. Noch heute streiten Historiker darüber, ob der von Stalin hofierte Autor das nicht gesehen hat oder nicht sehen wollte.

Doch seine ersten Schritte als Schriftsteller geht er noch unberührt von politischem Kalkül. Er bevorzugt das unmittelbar Szenische, was ihm auch beim Verfassen seiner Theaterstücke zugutekommt. Der Leser taucht ein in das jeweilige Geschehen, die vielfältigen Episoden mit ihren umgangssprachlichen Dialogen, den stimmungsvollen Milieus, der sprechenden Natur: Da »zuckt die Dunkelheit zusammen«, »der Himmel vergoss unerschöpfliche Tränen« und die »Ferne schien hastig vor dem Lärm und Geheul zu fliehen« – ohne pathetische Momente geht es selten ab. Zu seinem Credo eines ungeschönten Realismus gehörte es aber auch, Hoffnung zu verbreiten: »Es ist die Aufgabe der Kunst, den menschlichen Geist zu veredeln, das Leben zu verschönern und die Menschen Liebe, Glaube und Hoffnung zu lehren.« So entdeckt er den Stoff und die Figuren für sein berühmtestes Drama »Nachtasyl« (1902) in Obdachlosenasylen in Nishni Nowgorod und in Moskau; die Figur des Luka, der Licht in die Finsternis bringen soll, hat er jedoch dazu erfunden. Das Stück erfreute sich schnell großer internationaler Beliebtheit: Max Reinhard hat es seit Februar 1903 in seinem »Kleinen Theater« in Berlin 500-mal in Folge aufgeführt.

Die enorme Strahlkraft, die der Name Gorki entfaltete, beruhte auf der biographischen Nähe, die der Autor zu den geschilderten Ereignissen und Begegnungen herstellte. Er hat dieses Image aktiv gestaltet: In seiner Autobiographie mit den Teilen »Kindheit« (1913/14), »Unter fremden Menschen« (1916) und »Meine Universitäten« (1923) hielt er diese frühen Jahre, die ihn als Mensch und Schriftsteller geformt haben, in anschaulichen Bildern fest. Gorki verfügte über eine genaue Beobachtungsgabe – alles, was er damals erlebt und gesehen hatte, blieb fest in seinem Gedächtnis verankert. Es diente ihm zeitlebens als Stoffquelle. Seine späteren Erzählungen, Romane und Dramen hat er dann häufig mit psychologischen und didaktischen Zutaten und Verästelungen ausgeschmückt, um so seinen Sonderlingen und Außenseitern tiefer in die Seele zu blicken.

Die Autobiographie atmet den frischen Geist des Ursprünglichen, der auch den Erfolg der frühen Erzählungen ausmacht. Man versteht, dass die Herkunft aus dem Handwerkermilieu in Nishni Nowgorod, die patriarchalische Enge der Provinz, das freudlose Leben in der Familie seiner Großeltern, wo er zwischen Schlägen des Großvaters und der duldsamen Zärtlichkeit der religiösen Großmutter aufwächst, ihn stark macht für das unstete Wanderleben, das ihm bevorsteht. Mit zehn Jahren, nach kurzem Besuch der Elementarschule, jagt ihn der Großvater aus dem Haus, er beginnt eine Färberlehre, arbeitet als Hilfsarbeiter, Tellerwäscher, Bäckereigehilfe und wandert durch Südrussland, das Wolgagebiet, den Kaukasus. Er ist vertraut mit den verschiedenen Völkern, die dort leben, lernt Menschen aus allen Schichten kennen, großrussischer Chauvinismus ist ihm fremd. Für die Fremdenfeindlichkeit seiner Landsleute gegenüber den Ukrainern und den Kaukasiern hat er kein Verständnis. Besonders empört ihn der Judenhass der russischen Gesellschaft, von dem die Erzählungen »Ein Pogrom« und »Kain und Artjom« berichten. Die zunehmende Zerstörung der jüdischen Kultur hält er für ein Verbrechen: »Die Juden sind mehr Europäer als die Russen. Sie haben nämlich einen tiefen Respekt vor der Arbeit und dem Menschen.«

Er liebt das Meer und die Weiten der Wolgaebene, er fühlt sich zu Hause im bunten Treiben der Handelsmärkte und Häfen. Nishni Nowgorod, Samara und Odessa faszinieren ihn durch ihre Geschäftigkeit und das bunte Völkergemisch, das dort versammelt ist. Im Genrebild vom »Jahrmarkt in Holtwa« hat er dieser exotischen Welt ein Denkmal gesetzt.

Doch man erkennt auch bald, dass der Erzähler, der unter den Barfüßigen lebt, keiner von ihnen ist. Für Jemeljan Piljai ist er, der Bücherwurm und Brillenträger, ein »Schreckgespenst, vieräugiges«. Was ihn heraushebt aus seiner Umgebung, ist die unstillbare Sehnsucht nach Wissen, sein Drang nach Bildung, seine Lust zu lesen. Den Traum von der Universität kann er sich nicht erfüllen, und die Begegnung mit Studenten, deren Bekanntschaft er in Kasan sucht, macht ihm sein Außenseiterdasein schmerzhaft bewusst. Nie wird er wirklich irgendwo dazugehören. Die harte Lebensschule der Kindheit und Jugendjahre wird seine einzige Universität bleiben. Gorki, der in reifen Jahren wegen seiner großen Belesenheit bewundert wird, bleibt zeitlebens ein Autodidakt. Bildung und Kultur sind für ihn der Weg, das Volk aus seiner Unmündigkeit zu befreien. Er erkennt, dass eine Umwälzung der sozialen Verhältnisse der einzige Weg dorthin ist. So wird aus dem Falken, dem einsamen stolzen Rebellen, der »Sturmvogel der Revolution«.

In den ersten Jahren des neuen Jahrhunderts näherte er sich der Sozialdemokratischen Arbeiterpartei (Bolschewiki) an, im Revolutionsjahr 1905 wird er deren Mitglied. Sein Schreiben bewegte sich nun immer mehr in Richtung Publizistik. Der frische Geist der Frühwerke verflüchtigte sich, indessen nahm die kulturpolitische Wirkung des »großen Gorki« zu. Sein öffentlicher Protest gegen die blutige Niederschlagung einer friedlichen Demonstration im Januar 1905 in Petersburg und seine Mitwirkung an der Vorbereitung eines bewaffneten Aufstandes zum Sturz des Zarenregimes machten ihn endgültig zum verfolgten Regimegegner. Wie viele Revolutionäre musste er das Land verlassen. Im Auftrag seiner Partei reiste er Anfang 1906 in die USA, um Geld für die revolutionäre Sache zu sammeln. Hier begann er die Arbeit an jenem Roman, der Jahrzehnte später zum Musterroman des Sozialistischen Realismus werden sollte: »Die Mutter«, inspiriert von den revolutionären Erhebungen im Land und dem schandbaren Blutsonntag. Amerika begrüßte ihn enthusiastisch, doch die Begeisterung ebbte ab, als sich herausstellte, dass seine Begleiterin nicht seine gesetzliche Ehefrau war, sondern die ebenfall verheiratete Starschauspielerin des Moskauer Künstlertheaters Maria Andrejewa.

Gorki war ein Frauenverehrer, und zahlreiche Affären werden ihm nachgesagt. In seinen Werken sind Frauen zumeist Opfer: Sie werden von Männern ausgenutzt, geschlagen, häufig sind sie schon als Kinder zur Prostitution gezwungen, wie das Mädchen in der gleichnamigen Erzählung. Die Frauen, die Gorki im Leben begleitet haben, waren von anderer Statur – selbstbewusste, starke Persönlichkeiten, ohne die sein immenses Arbeitspensum, die vielen in- und ausländischen Korrespondenzen, die Verlagsverhandlungen und die Organisation des großen Haushalts nicht zu schaffen gewesen wären: Jekaterina Peschkowa, seine Ehefrau, korrigierte als junge Zeitungsredakteurin in Samara seine noch ungelenk und fehlerhaft geschriebenen Manuskripte. Mit ihr hatte er eine Tochter, die früh starb, und den Sohn Maxim, der sein ständiger Begleiter wurde. Maria Andrejewa gab ihre eigene Karriere auf, verließ Mann und Kinder, um Gorki im Ausland als Sekretärin, Haushaltsvorstand und Übersetzerin zu dienen. In den Wirren der Oktoberrevolution lernte er schließlich die mysteriöse Estin Baroness Maria (Mura) Budberg kennen, die Freundin eines englischen Diplomaten und spätere Lebensgefährtin des Schriftstellers H. G. Wells, die ihn während seiner Auslandsjahre von 1921 bis 1928 begleitete. Sie alle hatten auch einen politischen Einfluss auf Gorki: Mit Jekaterina Peschkowa verband ihn eine lebenslange Freundschaft. Sie wurde nach der Revolution Vorsitzende des russischen Politischen Roten Kreuzes, das politisch Verfolgten half. Ursprünglich Sozialrevolutionärin, später glühende Verehrerin des Tscheka-Vorsitzenden Feliks Dzierżyński, wollte sie auch ihren Sohn Maxim in den Diensten der Behörde sehen. Dem leichtsinnigen und trinkfreudigen Maxim wurde jedoch bedeutet, dass sein Platz an der Seite seines Vaters sei. Maxim führte den Auftrag getreulich aus, doch Gerüchte besagen, dass er es war, der dem Vater nach der Rückkehr in die Sowjetunion die Augen über die tatsächlichen Zustände dort öffnen wollte und er deshalb sterben musste. Maria Andrejewa war eine enge Vertraute Lenins, sie hat Gorkis Verbindung zur Partei hergestellt. Die politische Rolle der »eisernen Lady« Maria Budberg liegt im Dunkeln: Sie wurde die Mata Hari des Ostens genannt, da sie mit drei Geheimdiensten zugleich verbandelt gewesen sein soll, dem deutschen, dem englischen und dem sowjetischen. Sicher ist nur, dass sie sich um die Rückgabe von Gorkis Auslandsarchiv nach Russland gekümmert hat. Die Schriftstellerin und Gorki-Vertraute Nina Berberova hat ihr eine Roman-Biographie gewidmet.*

Wegen der sich verschärfenden reaktionären Stimmung in Russland blieben Gorki und Andrejewa acht Jahre im Ausland. Sie nahmen ihren Wohnsitz in Neapel und auf der Insel Capri. Gorkis Werke waren auch in Italien bekannt, und seine Stücke wurden dort gespielt. Die italienische Presse feierte ihn enthusiastisch als den »größten Dichter unserer Zeit, größer als Zola, größer als Tolstoi«. Gorki liebte das Land, und er fühlte sich wohl mit den einfachen Fischern als Nachbarn. Er lernte die Sprache ebenso wenig wie irgendeine andere Fremdsprache, beschäftigte sich aber mit der Folklore des Landes und verfasste, davon inspiriert, seine Italienischen Märchen, 27 kurze Geschichten, die sich an wahren Begebenheiten orientierten. Eine Kostprobe findet sich in diesem Band. Die Villa auf Capri, die ein italienischer Mäzen zur Verfügung stellte, wurde bald zu einem Magnet für Besucher aus dem In- und Ausland: Der Sänger Fjodor Schaljapin, die Schriftsteller Iwan Bunin und Leonid Andrejew, die Parteifreunde Anatoli Lunatscharski, Alexander Bogdanow und Lenin zählten zu seinen berühmtesten Gästen. Mit Bogdanow, der später eine prominente Rolle in der Proletkult-Bewegung spielen würde, gründete Gorki kurzzeitig eine Parteischule auf Capri. Hier sollte

* Nina Berberova, Baronin Budberg. Abenteuerin, Doppelagentin, Femme Fatale, Hildesheim 1992.

auch ihre Idee des »Gottbauertums« Eingang finden – eine Verbindung von Sozialismus und Religion. Gott wird dabei nicht als höheres Wesen begriffen, sondern als eine menschliche Schöpfung, als Ausdruck des kollektiven Willens des Volkes. Religiöse Motive sind in fast allen Werken Gorkis zu finden, in den Erzählungen bilden sie häufig den einzigen, zumeist jedoch nur schwach ausgeprägten moralischen Halt der Figuren. Lenin hielt von dieser Art religiöser Verbrämung seiner atheistischen Lehre nichts undverurteilte sie scharf. Ob Gorki seine religiösen Neigungen mit der Hinwendung zu Stalin aufgab, ist unklar: Mal soll er den Abriss der Christi-Erlöser-Kathedrale 1931 in Moskau enthusiastisch begrüßt, dann wieder »vollkommen herzlos« genannt haben.

Im Zuge einer Amnestie für politische Emigranten kehrte Gorki 1913 nach Russland zurück. Den Ersten Weltkrieg und die Revolutionen von 1917 erlebte er in der Heimat, bevor er 1921 erneut für fast ein Jahrzehnt ins Ausland flüchtete. Gorki war ein vehementer Gegner des Krieges. Er hielt die Bolschewiki als Einzige für geeignet, das Wüten des Mobs und das Chaos der Revolution in geordnete Bahnen zu lenken. Seine Hoffnung, dass nun das Reich der Freiheit, die Ära des MENSCHEN anbrechen würde, erfüllte sich nicht. In unzähligen Artikeln, die zwischen 1917 und 1918 vor allem in seiner Zeitschrift »Neues Leben« unter dem von Nietzsches »Unzeitgemäßen Betrachtungen« angeregten Titel »Unzeitgemäße Gedanken« veröffentlicht wurden, macht er aus seinem Abscheu und seiner Enttäuschung kein Hehl: »Lenin, Trotzkij und ihre Gefährten sind bereits vom faulen Zauber der Macht infiziert, davon zeugt schon ihre schändliche Einstellung zur Redefreiheit, zur Person und zu allen Rechten, für deren Sieg die Demokratie gekämpft hat.« Er nennt Lenin einen »kaltblütigen Gaukler«, der keine Moral hat und das Volk, das er nicht kennt und nicht liebt, einem wahnsinnigen Experiment aussetzt. Er fragt sich: »Gibt es wirklich keine Menschen mehr, die sich bewußt sind, daß hier etwas Schreckliches geschieht, und die bereit sind, die toll gewordenen Sektierer zu verjagen?«* Jahre später wird er selbst die Augen vor dem Schrecklichen verschließen.

Als Lenin durch das Attentat der Sozialrevolutionärin Fanny Kaplan schwer verletzt wird, wendet sich Gorki zum Entsetzen seiner Emigranten-Freunde erneut den Bolschewiki zu. Zunächst bemüht er sich, die kulturellen Errungenschaften der Vergangenheit, die materiellen und geistigen Kulturgüter, vor der sinnlosen Zerstörung zu retten. Er hilft unzähligen von Terror und Hunger bedrohten Intellektuellen und Künstlern durch Fürsprache bei Lenin, der bei allem Unwillen über Gorkis politische Unreife ein Faible für das »große Kind« hat. Gorki bezieht eine geräumige Wohnung auf dem Petrograder Kronwerksi Prospekt, die zu einer begehrten Adresse für Verfolgte aller Couleur, vom Sozialrevolutionär bis zum Mitglied der Zarenfamilie, wird. Zahlreiche Zeitgenossen erinnern sich in Dankbarkeit daran. Er gründet den Verlag »Weltliteratur«, der dem Volk die Meisterwerke der internationalen Literatur nahebringen soll: Innerhalb von drei Jahren sollten 2000 Broschüren und 800 Bücher verlegt werden, davon erscheinen etwa 200 Bände wirklich. Es sichert einem Heer von über 350 Übersetzern, Redakteuren und armen Schriftstellern den Broterwerb. Legendär geworden ist das von Gorki gegründete »Haus der Künste« in Petrograd, wo unter Leitung von Jewgeni Samjatin junge unerfahrene Autoren das Schreiben lernen. Die Gruppe der »Serapionsbrüder« hat Autoren wie Wenjamin Kawerin, Viktor Schklowski und Michail Sostschenko hervorgebracht.

Auch literarischen Gegnern aus dem modernistischen Lager versagte der einflussreiche Gorki seine Unterstützung

* Zit. nach: Maxim Gorkij, Unzeitgemäße Gedanken über Kultur und Revolution, Suhrkamp Taschenbuch 210, Erste Auflage 1974, S. 88; 96.

nicht. Für den Dichter Alexander Block kam jedoch alle Hilfe zu spät, er starb, bevor er die Erlaubnis zur Ausreise erhielt, die Hinrichtung des Dichters Nikolai Gumiljow konnte Gorki ebenfalls nicht verhindern. Anna Achmatowa meinte noch in den sechziger Jahren des vorigen Jahrhunderts, dass es Mode geworden sei, Gorki zu schelten: »Aber ohne seine Hilfe wären wir allesamt tot.« Seine Konflikte mit der Parteiführung spitzten sich in jenen Jahren zu.

Im Herbst 1921 verlässt Gorki auf Drängen Lenins Russland wieder und wird es erst 1928 wiedersehen, bevor er 1933 endgültig dahin zurückkehrt. Nach Stationen in Finnland und Deutschland lässt er sich schließlich erneut in Süditalien, in Sorrent, nieder. Von hier führt er seine vielfältige Korrespondenz mit prominenten Autoren wie Romain Rolland, Stefan Zweig, den russischen Emigranten, aber auch jungen Sowjetschriftstellern. Ströme von Besuchern bevölkern erneut sein Haus, doch Gorkis Stern im Ausland ist im Sinken. Er wird weniger verlegt und gerät zwischen alle Stühle: Die Emigranten verübeln ihm, dass er nicht endgültig mit den Sowjetmachthabern gebrochen hat, während Mussolinis Regierung den aufrührerischen Russen misstrauisch überwacht. Von Stalins Sowjetmacht hingegen wird er umworben und zur Heimkehr gedrängt. Zunächst bricht er zu einem längeren Besuch ins Land der Sowjets auf, wo ihm ein triumphaler Empfang bereitet wird. Eine mehrwöchige Fahrt ins vertraute Wolgagebiet zeigt ihm ein neues Russland: Fabriken, moderne Häuser, glückliche Menschen, Kolonien für obdachlose Kinder lassen ihn glauben, dass seine Vision vom neuen Menschen und dem neuen Leben Wirklichkeit geworden ist. Nach mehreren längeren Aufenthalten kehrt er endgültig in die Heimat zurück. Ab 1933 darf er die Sowjetunion nicht mehr verlassen. Er wird zur Geisel Stalins. Inzwischen hat er mehrere Theaterstücke und Prosatexte verfasst: Von den

Romanen ist »Foma Gordejew« hervorzuheben, wo das bedrückende patriarchalische Kaufmannsmilieu im alten Russland gezeigt wird, aber auch die Rebellion der jungen Generation dagegen, und vor allem sein großes unvollendet gebliebenes Romanepos »Klim Samgin«, das seine persönliche Abrechnung mit der bürgerlichen Intelligenzija beinhaltet, die er zugleich bewunderte und verachtete.

Sein Verhältnis zu Stalin ist umstritten wie die letzten Lebensjahre des Autors überhaupt: Überhäuft mit Ehrungen und Medaillen, mit einer prunkvollen Jugendstilvilla im Zentrum Moskaus, zwei Landhäusern in der Umgebung und einer Villa auf der Krim ausgestattet, führt er das luxuriöse Leben eines Gefangenen im goldenen Käfig. Immer stärker wird er von der Außenwelt isoliert. Obwohl er behauptet, durchaus die dunklen Flecke im neuen Paradies zu sehen, und sich gelegentlich in Briefen und Gesprächen beklagt, dass seine Texte verstümmelt werden, seine Notizen verschwinden, spricht auch er wie die meisten zu dieser Zeit von Stalin als dem großen Führer, begrüßt die Prozesse gegen die »Schädlinge«, lässt sich vor den Karren der neuen Kulturpolitik spannen. Seine Rede zum Schriftstellerkongress von 1934 begründet den Sozialistischen Realismus als künstlerische Methode, ohne dass er allerdings deren schlimmste Auswirkungen noch erlebte.

Sein Tod ist Legende wie sein Leben: Stalin bezichtigte seine Ärzte und den Geheimdienstchef Jagoda, ihn umgebracht zu haben, Trotzki und die Familie Gorkis hingegen sahen Stalin selbst als seinen Mörder. Auch wenn er, was inzwischen als wahrscheinlich gilt, eines natürlichen Todes gestorben sein soll, zeugen die Gerüchte um seinen Tod von der unheilvollen und vergifteten Atmosphäre jener Zeit.

Als Gorki bei der Nobelpreisverleihung von 1933 nach drei vergeblichen Nominierungen erneut leer ausging und stattdessen Iwan Bunin den Preis erhielt, äußerte die ihm politisch gewiss nicht nahestehende Dichterin Marina Zwetajewa Unverständnis: Gorki sei ein weitaus bedeutenderer Schriftsteller als Bunin, »größer, menschlicher und unverzichtbarer«. Bunin verkörpere nur das Ende einer Epoche, er hingegen eine ganze Epoche – eine Epoche, so lässt sich der Gedanke fortsetzen, in der Gorkis frühes Ideal vom freien Menschen ein Wunschtraum geblieben ist.

Christa Ebert, September 2017